U.G.E. **10|18**
12, avenue d'Italie – Paris XIIIe

*Du même auteur
dans la collection 10/18*

LA VIE À DEUX, n° 1599

COMME UNE VALSE

PAR

DOROTHY PARKER

Traduit de l'anglais
par Michèle VALENCIA

10|18

« *Domaine étranger* »
dirigé par Jean-Claude Zylberstein

JULLIARD

Si vous désirez être régulièrement tenu au courant
de nos publications, écrivez-nous :
Éditions 10/18
12, avenue d'Italie
75627 Paris Cedex 13

© 1973, National Association For the Avancement
of Coloured People
© 1989, Julliard
pour l'édition française

ISBN 2-264-01710-4

NOTE DE L'ÉDITEUR

Dorothy Parker a elle-même réuni ses fictions dans deux recueils : LAMENTS FOR THE LIVING, *publié en 1930, et* AFTER SUCH PLEASURES, *en 1934. Un troisième volume paru en 1936,* HERE LIES, *ajoutait à plusieurs textes nouveaux certains de ceux précédemment publiés.*

En 1942, une sélection de vingt-quatre histoires parut dans la collection Modern Library chez Random House sous le titre « The collected Short Stories of Dorothy Parker ».

C'est un volume à peu près semblable qui fut publié en 1944 sous le titre THE PORTABLE DOROTHY PARKER *avec une préface de Somerset Maugham et l'essentiel de ses poèmes.*

Devenue un véritable classique des lettres américaines, cette anthologie fut augmentée en 1973 de quelques nouvelles publiées après 1944 ainsi que de la plupart des articles publiés par « Dottie » dans le New-Yorker *et* Esquire.

Les Éditions Denoël publièrent en 1960 dans une traduction de Benoîte Groult un premier choix de textes de Dorothy Parker sous le titre Comme ils sont. *Ce volume a été repris dans la série Domaine Étranger de 10/18 sous le titre* La Vie à deux.

Le présent volume offre la traduction de toutes les fictions de Dorothy Parker restées inédites en français ainsi que de quelques articles où la personnalité de l'auteur transparaît, selon nous, le mieux.

C'est la personnalité d'un écrivain à qui, selon Somerset Maugham, « ce serait faire injure que de laisser croire que son humour est cruel ou cynique. Il l'est parfois mais il est aussi plein de compassion, de tendresse, de compréhension. C'est l'expression naturelle de son ironie devant l'absurdité de l'univers ».

Cette ironie, comme on va le voir, n'était pas exempte d'un certain courage.

LES HEURES BLÊMES

Qu'est-ce que c'est que ça ? Pourquoi y a-t-il toute cette obscurité autour de moi ? On ne m'a tout de même pas enterrée vivante pendant que j'avais le dos tourné ? Non mais, vous imaginez, faire une chose pareille ! Ah non, je sais ce que c'est. Je suis réveillée. C'est ça. Je me suis réveillée au milieu de la nuit. Vous ne trouvez pas ça merveilleux ? Vous ne trouvez pas que c'est tout simplement le rêve ? Quatre heures vingt pile, et me voilà aussi fraîche qu'un gardon. Vous vous rendez compte ? A l'heure où tous les gens bien vont se coucher, il faut que moi, je me réveille. Il n'y a pas moyen que les choses se passent équitablement dans la vie. C'est d'une *injustice* proprement révoltante. C'est *ça* qui suscite la haine et provoque les bains de sang, ce n'est pas autre chose.

Ouais. Et vous voulez savoir ce qui m'a fourrée dans ce pétrin ? C'est de m'être couchée à dix heures, voilà. C'est ça qui m'a perdue. Dix heures du soir : l'heure de la catastrophe. On en arrive à souhaiter mourir jeune si on se couche trop tôt. Au lit avant onze heures, araignée au plafond avant sept heures. Dormir avant le petit matin, c'est la mort des marins. Au lit à dix heures, après une bonne soirée de lecture. La lecture : en voilà une belle chose, hein ? D'ailleurs, j'allumerais la lumière et je me mettrais à lire sur-le-champ si ce n'était pas ce qui m'a amenée où j'en suis. Je peux vous le démontrer. Bon Dieu ! quelle amère misère que la lecture en ce bas monde ! Tout le monde le sait... Du moins tous les gens qui sont comme tout le monde. Parce que les grands esprits ont cessé de lire depuis des années. Il n'y a qu'à voir comment La Rochefoucauld lui a réglé son compte, à la lecture. Il a dit que si personne n'avait appris à lire, très peu de gens seraient amoureux. C'était pourtant un homme épatant ; eh bien, voilà ce qu'il en pensait. Bravo, La Rochefoucauld ; t'as gagné, mon vieux. J'aimerais bien n'avoir jamais appris à lire. J'aimerais bien n'avoir jamais appris à me déshabiller. Je ne me retrouverais pas dans cette poisse à quatre heures et demie du matin. Si personne n'avait jamais appris à se déshabiller, très peu de gens seraient amoureux. Non, sa formule est meilleure. Oh, bon, après tout, on est dans un monde d'hommes.

Un monde où La Rochefoucauld repose en paix sans faire plus de bruit qu'une souris, et où, moi, je suis en train de me tourner et de me retourner ! Bon, ce n'est pas le moment de m'exciter sur La Rochefoucauld. Encore quelques minutes et je serai dégoûtée une bonne fois pour toutes de La Rochefoucauld. La Rochefoucauld par-ci, La Rochefoucauld par-là. Eh bien, laissez-moi vous dire que si personne n'avait jamais appris à faire des citations, très peu de gens seraient amoureux de La Rochefoucauld. Je vous parie que je ne connais pas dix personnes qui l'ont lu sans intermédiaire. Les gens se jettent sur ces petits essais scolaires qui commencent par « N'était-ce pas La Rochefoucauld, cet aimable vieux cynique, qui a dit... » et puis ils vont se vanter partout de connaître le maître comme leur poche. Une bande d'illettrés, voilà ce qu'ils sont. Très bien ! Ils peuvent se le garder leur La Rochefoucauld, pour ce que ça me fait. Je m'en tiendrai à La Fontaine. Sauf que je me trouverais en meilleure compagnie si je pouvais m'arrêter de penser que La Fontaine a épousé Alfred Lunt[1].

Je ne sais pas pourquoi je perds mon temps avec un tas d'auteurs français, en tout cas, à l'heure qu'il est. Vous allez voir que je vais bientôt me mettre à réciter *Les Fleurs du mal,* et ensuite, je ne serai plus bonne à rien. Et je vais tâcher de ne pas m'en prendre à Verlaine non plus ; il était toujours en train de courir après Rimbaud. On est quand même plus tranquille avec La Rochefoucauld. Ah, ce damné La Rochefoucauld ! Un grand Fransquillon. Merci à qui me permettra de le chasser de mes pensées. Et d'abord, qu'est-ce qu'il vient faire là ? Qu'est-ce qu'il est pour moi, ce La Rochefoucauld, ou pour Hécube, d'ailleurs ? Je ne connais même pas son prénom, à ce type ! Voilà à quel point nous sommes intimes. Qu'est-ce que je suis censée être, l'amphitryon de La Rochefoucauld ? C'est ce qu'il croit. Qu'il dit. Bref, il ne fait que perdre son temps, à traînasser par ici. Je ne peux rien faire pour lui. La seule autre chose que je me rappelle de ses *Maximes*, c'est que dans l'adversité de nos meilleurs

---

[1]. La première allusion concerne bien Jean de La Fontaine, la seconde, Lynn Fontanne, qui a formé avec A. Lunt un célèbre couple d'acteurs. *(N.d.T.)*

amis, nous trouvons toujours quelque chose qui ne nous déplaît pas. Voilà, j'en ai terminé avec Monsieur La Rochefoucauld. *Maintenant, c'est fini, ça*[1].

Nos meilleurs amis. J'en ai, une joyeuse bande de meilleurs amis, moi. Tous en train de cuver leur alcool à cette heure, pendant que je suis presque sur pied. Tous couchés, noyés dans leurs vapeurs, durant ces meilleures heures de la journée, celles où l'homme devrait être le plus productif. Produisez, produisez, produisez, car je vous le dis, la nuit s'annonce. C'est Carlyle qui a dit ça. Oui, en voilà un brave type, pour qui la production n'avait aucun secret. Oh, Thomas Carly-yle, je sais bien des choses à ton sujet-hé-hé! Non, ça suffit. Je ne vais pas commencer à me faire du tracas pour Carlyle, à un moment pareil. D'abord, qu'est-ce qu'il a fait de si bien, si ce n'est fonder une université pour les Indiens? (Voilà qui devrait bien suffire à lui régler son compte.) Qu'il reste en dehors de tout ça, s'il sait où est son intérêt. J'ai déjà bien assez de problèmes avec cet aimable vieux cynique, La Rochefoucauld, lui et l'adversité de ses meilleurs amis!

La première des choses à faire, c'est de me trouver vite fait bien fait une nouvelle bande de meilleurs amis; c'est par là qu'il faut commencer. Tout le reste peut attendre. Et quelqu'un aura-t-il l'obligeance de me dire, je vous prie, où je vais pouvoir rencontrer des gens nouveaux alors que tout mon mode de vie est décalé, que je suis le seul être vivant réveillé pendant que le reste de l'humanité est en train de dormir? Il faut que je m'adapte. Il faut que je

---

1. En français dans le texte. *(N.d.T.)*

m'efforce de me rendormir tout de suite, de me conformer aux sales petites normes de cette civilisation fainéante. Les gens n'ont pas besoin de se dire qu'ils devraient changer leurs désastreuses habitudes pour faire comme moi. Oh, non, non, non. Pas du tout. C'est moi qui vais m'adapter à eux. D'ailleurs, je suis la femme idéale pour ça ! Il faut toujours que je fasse ce que quelqu'un d'autre a décidé, que ça me plaise ou non. Pas question ne serait-ce que de murmurer une suggestion personnelle.

Et à moi, quelle suggestion peut-on glisser dans le creux de mon oreille pour que je trouve le moyen de me laisser emporter tout doucement vers le sommeil ? Me voici, réveillée comme en plein midi, à force de m'acharner sur La Rochefoucauld. On ne peut vraiment pas me demander de tout laisser tomber et de me mettre à compter les moutons à mon âge. D'abord je déteste les moutons. Ce n'est peut-être pas très délicat de ma part, mais toute ma vie, j'ai détesté les moutons. C'en est presque une phobie, tellement je les déteste. S'il en entre un dans une pièce je suis capable de vous le dire immédiatement. S'ils se figurent que je vais rester là, dans l'obscurité, à compter leurs déplaisantes petites têtes, ils se trompent ; je ne le ferais pas, quand bien même je ne devrais pas me rendormir avant le milieu du mois d'août. Et à supposer qu'on ne les compte jamais... qu'est-ce qui pourrait arriver de pire ? Si le nombre de moutons imaginaires qu'il y a dans le monde ne reste qu'approximatif, qui va y perdre ou y gagner ? Ah ça non, ce n'est pas moi qui vais tenir les comptes. Qu'ils se comptent tout seuls, s'ils sont si fous de mathématiques. Qu'ils fassent eux-mêmes leur sale boulot. Non mais, se pointer ici, à cette heure du jour, et me demander de les compter ! Et encore, des moutons qui ne sont même pas des *vrais*. Alors là, c'est bien la chose la plus saugrenue que j'aie jamais entendue de toute ma vie.

Mais il doit bien y avoir *quelque chose* que je pourrais compter. Voyons voir. Non, je sais déjà par cœur combien j'ai de doigts. Je pourrais compter mes factures, je suppose. Je pourrais compter les choses que je n'ai pas faites hier et que j'aurais dû faire. Ou bien les choses que je devrais faire demain et que je ne ferai pas. Ah, je sais bien que je n'arriverai jamais à rien ; c'est parfaitement clair pour moi. Je ne serai jamais célèbre. Mon nom ne sera jamais écrit en énormes lettres au tableau d'honneur de Ceux Qui Font Des Choses. Je ne fais rien. Pas la moindre petite chose. J'avais pris l'habitude de me ronger les ongles, mais même ça, je ne le fais plus. Je ne vaux même pas la corde pour me pendre. Une épave, voilà ce que je suis devenue. Une épave à la dérive... c'est moi, dorénavant. Oh, tout ça est épouvantable.

Bon. C'est comme ça qu'on en arrive à être neurasthénique au dernier degré. C'est peut-être parce que c'est l'heure H. C'est l'heure où l'âme défaillante hésite, atteinte de vertige, entre le jour nouveau et l'ancien, n'osant ni affronter l'un ni rappeler l'autre. C'est l'heure où ce qui est connu, tout comme ce qui est secret, écrase l'esprit comme une chape de fer ; où tous les chemins, qu'ils soient fréquentés ou vierges, s'effritent sous le pied qui trébuche ; où tout est noir devant les yeux qui tentent de voir. L'obscurité est là, l'obscurité est partout. C'est l'heure de l'abomination, l'heure redoutable des ténèbres victorieuses. Car il fait toujours plus sombre… Est-ce que ce n'est pas La Rochefoucauld, cet aimable vieux cynique, qui a dit que l'obscurité précédait toujours le déluge ?

Et voilà. Vous voyez ? Nous voilà presque revenus au point de départ. Coucou, La Rochefoucauld. Oh, écoute, mon vieux… si tu allais de ton côté et que tu me laissais aller du mien ? J'ai mon travail qui m'attend ici, moi ; j'ai tout ce sommeil qui m'attend. Pense à la tête que je vais avoir demain si ça continue comme ça. Je vais offrir un triste spectacle à tous mes meilleurs amis frais et dispos qui auront le regard clair et le visage reposé — les salauds ! Ma *chère* amie, qu'est-ce que tu as bien pu fabriquer ? Moi qui croyais que tu t'étais assagie, ces derniers temps. Oh, j'ai fait la foire avec La Rochefoucauld jusqu'à une heure indue ; nous ne pouvions pas nous arrêter de rire en pensant à l'adversité de nos meilleurs amis. Non, ceci passe vraiment les bornes. Ce n'est pas juste de subir ça uniquement parce qu'on s'est couché à dix heures une fois dans sa vie. C'est promis je ne le referai plus jamais. Je vais marcher droit, après ça. Je promets de ne plus jamais me coucher si seulement j'arrive à dormir maintenant. Si seulement je parviens à me sortir de l'esprit un certain cynique français qui a vécu vers 1650, et si j'arrive à glisser vers un néant merveilleux. 1650. Je parie qu'à me voir, on a l'impression que je suis restée réveillée depuis tout ce temps-là.

Comment font les gens pour s'endormir ? J'ai peur d'avoir perdu le truc. Je pourrais essayer de me donner un gentil petit coup sur la tempe avec la lampe de chevet. Je pourrais me répéter, d'une voix lente et apaisante, une liste de belles citations, émanant d'esprits profonds ; si j'arrive à me souvenir de ces fichus machins. Ça pourrait peut-être marcher. Et en plus, ça devrait résolument chasser cet étranger qui s'incruste ici depuis quatre heures vingt. Oui, c'est ce que je vais faire. Attendez seulement que je retourne mon oreiller ; j'ai l'impression que La Rochefoucauld s'est glissé dans la taie.

Bon, voyons... par quoi vais-je commencer ? Eh bien... euh... voyons voir. Oh, oui, j'en connais une. Par-dessus tout, sois loyal envers toi-même, et il s'ensuivra nécessairement, aussi inéluctablement que la nuit succède au jour, que tu ne seras déloyal envers personne [1]. Voilà, ça démarre. Et une fois que le mécanisme est enclenché, ça devrait venir tout seul. Voyons. Ah, qu'importaient la royauté et la divinité, quand tu étais parée de toutes les vertus et de toutes les grâces, Rose Aylmer [2]. Voyons... Ils servent également, ceux qui ne font qu'être là et attendre [3]. Quand l'hiver vient, le printemps pourrait-il être loin [4] ? Les lis, en pourrissant, bien plus que l'herbe puent [5]. Silencieux, sur un pic du Darién [6]. Sur son sofa, Mme Sola se lave les pieds dans du soda [7]. L'art d'Agatha arrache le cœur mais mon seul amour m'a trahi. Pourquoi mourir quand

1. Shakespeare, *Hamlet*, Acte I, scène 3. *(N.d.T.)*
2. Walter Savage Landor, *Rose Aylmer*. *(N.d.T.)*
3. Milton, *On His Blindness* (Sur le fait d'être aveugle). *(N.d.T.)*
4. Shelley, *Ode au vent d'ouest*. *(N.d.T.)*
5. Shakespeare, *Sonnet 94*. *(N.d.T.)*
6. Keats, dernier vers de *On First Looking into Chapman's Homer* (Après avoir ouvert pour la première fois l'Homère de Chapman). *(N.d.T.)*
7. T. S. Eliot, *The Waste Land* (La Terre désolée), « The Fire Sermon ». *(N.d.T.)*

les agneaux tondent l'herbe, il vaut mieux mourir quand tombent les pommes. Nous serons ensemble, respirerons le même air et chevaucherons tous les deux, un jour de plus et je serai déifié, qui sait si la fin du monde n'est pas pour demain[1]. Et il entendra sonner huit heures, mais non neuf heures[2]. Rires et larmes ne durent pas longtemps ; je crois que l'amour, le désir et la haine ne seront plus notre lot une fois franchie la porte de l'éternité[3]. Mais je crois que personne ne s'éteint ici[4]. Je crois que je ne verrai jamais de poème plus beau qu'un arbre[5]. Je crois que je ne vais pas me pendre aujourd'hui[6]. Bon, je crois que je vais rentrer chez moi.

Voyons. La solitude est la sauvegarde de la médiocrité et la sévère compagne du génie[7]. La logique est l'épouvantail des petits esprits[8]. Le... quelque chose... est l'émotion que l'on se remémore dans la tranquillité[9]. Un cynique est celui qui connaît le prix de toute chose et sait que rien n'a de

---

1. La fin de la phrase est de Robert Browning, *The Last Ride Together.* *(N.d.T.)*
2. A. E. Housman, Poèmes, « A Shropshire Lad ». *(N.d.T.)*
3. Ernest Dowson, *Vitae Summa Brevis.* *(N.d.T.)*
4. Andrew Marvell, évoquant la tombe dans *To His Coy Mistress* (A sa timide maîtresse). *(N.d.T.)*
5. Joyce Kilmer, Poèmes, « Trees ». *(N.d.T.)*
6. Gilbert Keith Chesterton, *A Ballade of Suicide.* *(N.d.T.)*
7. Citation tronquée d'Emerson, *The Conduct of Life* (La conduite de la vie), « Culture ». *(N.d.T.)*
8. Citation tronquée d'Emerson, *Essay on Self-Reliance.* *(N.d.T.)*
9. Fragment de citation de Wordsworth, *Lyrical Ballads.* *(N.d.T.)*

valeur[1]. Cet aimable vieux cynique est... mince, revoilà notre crampon. Il faut que je me surveille. Voyons. Les présomptions de preuve sautent aux yeux[2]. N'importe quel stigmatisé peut combattre un dogmatisé. Si vous voulez savoir ce que Dieu pense de l'argent, vous n'avez qu'à regarder à qui Il en a donné[3]. Si personne n'avait appris à lire, très peu de gens...

Bon. C'est réglé. J'abandonne. Je sais reconnaître la défaite. Arrêtons ces bêtises ; je vais allumer la lumière et lire comme une folle. Jusqu'à dix heures du soir, si ça me chante. Et qu'est-ce que La Rochefoucauld en dit ? Parce qu'il a quelque chose à dire, bien sûr ! Lui et qui d'autre ? La Rochefoucauld et ses meilleurs amis, peut-être ?

(Titre original : *The Little Hours*)

---

1. Oscar Wilde, *L'Éventail de Lady Windermere*, Acte III. *(N.d.T.)*
2. Citation déformée de Thoreau. *(N.d.T.)*
3. Maurice Baring. *(N.d.T.)*

UNE QUESTION DE STANDING

Annabel et Midge sortirent du salon de thé avec la démarche lente et arrogante de ceux qui n'ont rien à faire, car elles avaient tout leur samedi après-midi devant elles. Elles venaient de déjeuner, comme à leur habitude, de sucre, d'amidon et de graisses végétales et animales. En général, elles mangeaient des sandwiches de pain blanc spongieux tartinés de beurre et de mayonnaise ; elles mangeaient d'épaisses tranches de gâteau imbibé sous la glace, la crème fouettée et la sauce au chocolat graveleuse de noix. Pour changer, elles mangeaient parfois des pâtés suintant d'huile de qualité inférieure, avec des petits bouts de viande insipide enfouis dans une pâle sauce qui se figeait ; elles mangeaient des pâtisseries, souples sous leur glaçage rigide, fourrées d'une substance jaune et sucrée indéterminée, plus tout à fait solide, pas encore vraiment liquide, un peu comme de la pommade qu'on aurait laissée au soleil. Elles ne choisissaient pas d'autre nourriture, l'idée ne leur en serait jamais venue. Leur peau ressemblait aux pétales d'une anémone des bois, leurs ventres étaient aussi plats, leurs flancs aussi étroits que ceux des jeunes guerriers indiens.

Annabel et Midge étaient des amies intimes depuis le jour où Midge avait trouvé un travail de sténodactylo dans l'entreprise qui employait Annabel. Actuellement, Annabel, qui avait deux ans d'ancienneté de plus dans le service de sténo, arrivait à gagner dix-huit dollars cinquante par semaine ; Midge en était encore à seize dollars. Toutes les deux habitaient chez leurs parents et elles leur donnaient la moitié de leur salaire pour les aider financièrement.

Les jeunes filles étaient assises côte à côte au bureau, elles déjeunaient ensemble tous les midis, elles repartaient ensemble chez elles à la fin de la journée de travail. Elles passaient la plupart de leurs soirées et de leurs dimanches en compagnie l'une de l'autre. Elles étaient souvent rejointes par deux jeunes gens, mais il n'y avait aucune stabilité véritable dans ce quatuor ; les deux jeunes gens, sans laisser de regrets, cédaient immanquablement la place à deux autres jeunes gens, et les regrets auraient été vraiment peu appropriés à la situation puisque les nouveaux se distinguaient à peine de leurs prédécesseurs. Invariablement, les jeunes filles passaient ensemble leurs agréables heures de loisir, chaudes et ensoleillées, du samedi après-midi. Cette fréquentation assidue n'avait pas usé leurs liens.

Elles se ressemblaient, bien que cette ressemblance ne résidât pas dans leurs traits mais plutôt dans la forme de leurs corps, dans leurs gestes, dans leur style et leur façon de se parer. Annabel et Midge faisaient tout ce qu'on demande à de jeunes employées de bureau de ne pas faire, sans exception. Elles se mettaient du rouge sur les lèvres et sur les ongles, elles se fonçaient les cils et s'éclaircissaient les cheveux, et elles semblaient ruisseler de parfum. Elles portaient des robes légères de couleurs vives, bien serrées sur la poitrine et montant haut sur les jambes, et elles étaient perchées sur des sandales à hauts talons et à lanières. Elles se faisaient remarquer et elles étaient vulgaires et charmantes.

Maintenant, tandis qu'elles traversaient la rue pour aller sur la Cinquième Avenue, le vent chaud faisait tourbillonner leurs jupes et elles recevaient de sonores témoignages d'admiration. Des jeunes gens, amassés léthargiquement autour des kiosques à journaux, leur décernaient des murmures, des exclamations, et même, tribut suprême, des sifflets. Annabel et Midge passèrent sans condescendre à accélérer le pas ; la tête encore plus haute, elles avançaient le pied avec une exquise précision, comme si elles marchaient sur des œufs.

Quand elles avaient des après-midi libres, elles allaient toujours se promener sur la Cinquième Avenue, car c'était là un terrain idéal pour leur jeu favori. Ce jeu pouvait se jouer n'importe où, et en fait, elles n'y manquaient jamais, mais ces magnifiques vitrines stimulaient au plus haut degré les deux joueuses qui arrivaient ainsi à se dépasser.

C'était Annabel qui avait inventé le jeu : ou plutôt, elle l'avait adapté d'une ancienne formule. Fondamentalement, il ne s'agissait de rien d'autre que de répondre à la vieille question : « Que feriez-vous si vous aviez un million de dollars ? » Mais Annabel avait imaginé de nouvelles règles pour délimiter le jeu, l'affiner, le rendre plus strict. Comme tous les jeux, la difficulté le rendait d'autant plus intéressant.

La version d'Annabel était la suivante : Supposons que quelqu'un meure et te laisse un million de dollars, comme ça, tranquillement. Mais il y a une condition à ce legs. Le testament précise que tu dois dépenser chaque sou pour t'acheter quelque chose de personnel.

C'était là qu'on pouvait faire une faute. Si en jouant, vous oubliiez cette condition et mettiez sur la liste des dépenses la location d'un nouvel appartement pour votre famille, par exemple, vous perdiez votre tour. Il était étonnant de voir combien de gens — dont certains parmi les plus doués — devaient passer leur tour pour avoir laissé échapper *des choses de ce genre*.

Bien entendu, il était essentiel de jouer avec sérieux et passion. Chaque achat devait être soigneusement pesé et, si nécessaire, justifié. On n'aurait pas trouvé de plaisir à y jouer sans restriction aucune. Un jour, Annabel avait expliqué son jeu à Sylvia, une autre jeune fille qui travaillait au bureau. Elle lui avait énoncé les règles, puis elle avait commencé par lui demander, pour lui faciliter la tâche : « Quelle serait la première chose que tu ferais ? » Sylvia n'avait même pas eu la décence d'observer une seconde d'hésitation. « Eh bien, la première chose que je ferais, avait-elle répondu, ça serait de sortir engager quelqu'un pour tuer Mme Gary Cooper, et alors... » Manifestement, ce n'était pas drôle de jouer avec elle.

Mais Annabel et Midge étaient sûrement nées pour s'entendre, car Midge pratiquait ce jeu en maître depuis le moment où elle l'avait appris. C'est elle qui avait inventé les petites touches qui l'avaient rendu plus commode. D'après les innovations de Midge, l'excentrique qui mourait en vous laissant l'argent n'était personne que vous aimiez, ni même, d'ailleurs, que vous connaissiez. Il vous avait vue quelque part et s'était dit : « Cette fille devrait avoir des tas de jolies choses. Je vais lui laisser un million de dollars à ma mort. » Et la mort n'avait été ni prématurée ni douloureuse. Bien âgé, tranquillement prêt à partir pour l'au-delà, votre bienfaiteur devait s'éteindre doucement pendant son sommeil et aller directement au ciel. Ces enjolivements permettaient à Annabel et à Midge de jouer en se payant le luxe d'avoir la conscience tranquille.

Midge jouait avec un sérieux qui n'était pas seulement de bon aloi, mais absolu. La seule tension dans leur amitié s'était produite un jour où Annabel avait déclaré que la première chose qu'elle s'achèterait avec son million de dollars, ce serait un manteau de renard argenté. On aurait dit qu'elle venait de frapper Midge en pleine figure. Quand Midge eut repris son souffle, elle s'écria qu'elle ne pouvait pas imaginer comment Annabel pourrait faire une chose pareille... les manteaux de renard argenté étaient si communs ! Annabel défendit son goût en répliquant qu'ils n'étaient pas communs du tout. Midge dit alors qu'ils l'étaient. Elle ajouta que tout le monde avait un manteau de renard argenté. Avec un mouvement de tête qui pouvait bien être dédaigneux, elle poursuivit en déclarant que pour sa part, elle ne voudrait même pas être retrouvée *morte* dans un manteau de renard argenté.

Pendant les jours suivants, bien que les jeunes filles fussent constamment ensemble, leur conversation fut rare et peu libre. Elles ne jouèrent pas une seule fois. Puis, un matin, aussitôt entrée dans le bureau, Annabel s'approcha de Midge et lui dit qu'elle avait changé d'avis. Elle ne s'achèterait pas un manteau de renard argenté avec une partie de son million de dollars. En recevant ce legs, elle irait immédiatement choisir un manteau de vison.

Midge sourit et ses yeux brillèrent.

— Je crois que c'est exactement ce qu'il faudrait faire, dit-elle.

Maintenant, tandis qu'elles descendaient la Cinquième Avenue, elles s'adonnaient une fois de plus à leur jeu. C'était l'une de ces journées qui font fréquemment irruption en septembre : brûlantes, aveuglantes, avec des rubans de poussière virevoltant au vent. Abattus, les gens traînaient la jambe, mais les jeunes filles redressaient la taille et marchaient bien droit, comme cela sied à de jeunes héritières qui font leur promenade de l'après-midi. Elles n'avaient plus besoin d'ouvrir le jeu avec la formule consacrée. Annabel alla directement au cœur du sujet.

— Bon, dit-elle. Alors, tu as ce million de dollars. Quelle est la première chose que tu vas faire ?

— Eh bien, la première chose que je vais faire, c'est que je vais m'acheter un manteau de vison, dit Midge.

Mais elle le dit machinalement, comme si elle donnait une réponse apprise par cœur à une question tout à fait prévisible.

— Oui, je crois que tu as raison, dit Annabel. Un genre de vison terriblement foncé.

Mais elle aussi, on aurait dit qu'elle récitait. Il faisait trop chaud. Penser à de la fourrure, même foncée, luisante et souple, était horrible.

Elles marchèrent en silence pendant un instant. Puis le regard de Midge fut attiré par une vitrine. De frais et jolis miroitements étaient rehaussés par une obscurité pure et élégante.

— Non, je retire ce que je viens de dire, fit Midge. Je ne commencerais pas par m'acheter un manteau de vison. Tu ne sais pas ce que je ferais ? J'achèterais un collier de perles. Des vraies perles.

Le regard d'Annabel se tourna pour suivre celui de Midge.

— Oui, dit-elle lentement. Je crois que c'est une bonne idée. Et ça serait raisonnable, en plus. Parce que les perles, ça va avec tout.

Ensemble, elles s'approchèrent de la vitrine et y collèrent le nez. Il n'y avait qu'un objet exposé : un double rang de perles magnifiques, régulières, fermant par une émeraude d'un vert intense, entourant une petite gorge de velours rose.

— A ton avis, ça coûte combien ? dit Annabel.

— Seigneur, j'en sais rien, dit Midge. Beaucoup d'argent, je suppose.

— Dans les mille dollars ? dit Annabel.

— Oh, plus, je crois, dit Midge. A cause de l'émeraude.

— Bon, dans les dix mille dollars ? dit Annabel.

— Seigneur, je sais même pas, dit Midge.

Le démon poussa Annabel du coude.

— T'es pas chiche d'entrer leur demander le prix, dit-elle.

— Sûrement pas ! dit Midge.

— Chiche, dit Annabel.

— D'abord, un magasin comme ça ne doit même pas être ouvert cet après-midi, dit Midge.

— Si, il est ouvert, dit Annabel. Il y a des gens qui viennent d'en sortir. Et il y a un portier. Chiche que tu y vas.

— Bon, dit Midge. Mais il faut que tu viennes aussi.

Elles remercièrent le portier qui, d'un air glacial, les avait fait entrer dans le magasin. C'était une pièce fraîche et calme, grande et élégante, avec des murs lambrissés et une moquette moelleuse. Mais les jeunes filles arboraient une expression d'amer dédain, comme si elles se trouvaient dans une porcherie.

Un employé mince et immaculé s'approcha d'elles et s'inclina. Son visage soigné ne trahit aucune surprise à leur aspect.

— Bonjour, dit-il.

Son ton impliquait que si elles lui accordaient la faveur d'accepter cette salutation prononcée d'une voix douce, il ne l'oublierait jamais.

— Bonjour, dirent ensemble Annabel et Midge, sur un ton plutôt réfrigérant.

— Y a-t-il quelque chose...? demanda le vendeur.

— Oh, on jetait juste un coup d'œil, dit Annabel.

On aurait pu croire qu'elle lançait ces mots du haut d'un dais. Le vendeur s'inclina.

— Mon amie et moi, on passait seulement par là, dit Midge avant de s'interrompre, semblant écouter sa tournure de phrase. Mon amie, là, et moi, poursuivit-elle, on se demandait seulement combien coûtent ces perles que vous avez en vitrine.

— Ah oui, dit le vendeur. Le double rang. Il coûte deux cent cinquante mille dollars, madame.

— Je vois, dit Midge.

Le vendeur s'inclina.

— C'est un collier d'une beauté exceptionnelle, dit-il. Voulez-vous le voir ?

— Non, merci, dit Annabel.

— Mon amie et moi, on passait seulement par là, dit Midge.

Elles tournèrent les talons pour partir ; pour partir vers le carrosse qui les attendait, à en juger par leur expression. Le vendeur se précipita pour leur ouvrir la porte. Il s'inclina tandis qu'elles passaient majestueusement devant lui.

Les jeunes filles continuèrent à avancer sur l'Avenue et le dédain était toujours imprimé sur leur visage.

— Non, mais, franchement ! dit Annabel. Tu t'imagines un peu !

— Deux cent cinquante mille dollars ! dit Midge. Ça fait déjà un quart d'un million de dollars rien que pour ça !

— Il a du culot ! dit Annabel.

Elles continuèrent à avancer. Lentement, le dédain s'estompa, lentement et aussi complètement que si on l'avait aspiré au moyen d'une seringue, et avec lui s'en furent le carrosse et la démarche royale. Leurs épaules s'affaissèrent et elles traînèrent les pieds ; elles se heurtaient sans s'en apercevoir et sans s'excuser, puis reprenaient leur marche chaotique. Elles étaient muettes et leur regard était voilé.

Soudain, Midge redressa la taille, leva bien haut la tête, et parla d'une voix claire et forte.

— Écoute, Annabel, dit-elle. Regarde. Suppose qu'il y ait cette personne terriblement riche, d'accord ? Tu ne la connais pas mais elle t'a vue quelque part et elle veut faire quelque chose pour toi. Bon, c'est quelqu'un de très vieux, d'accord ? Et alors, cette personne meurt, comme si elle s'endormait, tout simplement, et elle te laisse *dix millions* de dollars. Quelle serait la première chose que tu ferais ?

(Titre original : *The Standard of Living*)

ENCORE UN TOUT PETIT...

J'aime bien cet endroit, Fred. C'est un coin très agréable. Comment as-tu fait pour le dénicher ? Je pense que tu es absolument merveilleux de pouvoir découvrir un bar clandestin en 1928. Et ils vous laissent entrer sans vous poser une seule question. Je parie que toi tu pourrais descendre dans le métro sans avoir besoin de donner un faux nom. Ce n'est pas vrai, Fred ?

Oh, j'aime de plus en plus cet endroit maintenant que mes yeux sont habitués à l'obscurité. Qu'on n'aille pas te raconter que ce système d'éclairage est original, Fred ; l'idée a été piquée dans les grottes à mammouths du Parc National du Kentucky. C'est toi qui es assis à côté de moi, hein ? Oh, tu ne peux pas me rouler aussi facilement. Je reconnaîtrais ton genou entre mille.

Tu sais ce que j'aime ici ? C'est qu'il y a une atmosphère. Voilà ce qu'il y a. Si tu demandais au serveur d'apporter un couteau bien aiguisé, je me taillerais une tranche d'atmosphère pour l'emporter à la maison. Ce serait intéressant pour mon recueil de souvenirs. Je vais commencer à noter mes souvenirs dès demain. Tâche de m'y faire penser.

Eh bien, je n'en sais rien, Fred... et toi, qu'est-ce que tu prends ? Alors, je crois que je vais prendre un whisky soda, moi aussi ; un tout petit, s'il vous plaît. C'est du vrai scotch ? Eh bien, ça va être une nouvelle expérience pour moi. Tu devrais voir le scotch que j'ai dans le placard, à la maison ; du moins, il était dans le placard ce matin... depuis, il a probablement tout rongé. Je l'ai eu pour mon anniversaire. C'était un événement. L'année dernière, tout ce que j'ai eu, c'est un an de plus.

Il est bon, ce cocktail, tu ne trouves pas ? Eh bien, quand on pense que je suis en train de boire du vrai scotch ! Enfin ! je ne suis plus au fond dans ma cambrousse. Tu vas en prendre un autre ? C'est que j'aimerais pas te voir boire tout seul, Fred. Boire en solitaire, voilà la cause de la moitié de la criminalité dans ce pays. C'est ce qui explique l'échec de la prohibition. Mais, s'il te plaît, Fred, dis-lui de m'en préparer un petit. Pas fort du tout ; avec juste un semblant de scotch.

Ça ne va pas être mal de voir l'effet du véritable whisky sur quelqu'un habitué à des choses plus rudes. Ça va t'amuser, Fred. Tu resteras à côté de moi au cas où il se passerait quelque chose, tu veux bien ? Je ne crois pas qu'il y aura quoi que ce soit de spectaculaire, mais je voudrais te demander une chose, on ne sait jamais : ne me laisse pas emmener de chevaux à la maison. Les chiens et les chats errants, ce n'est pas trop grave, mais les liftiers vous regardent vraiment de travers quand vous essayez de faire monter un cheval dans l'ascenseur. Autant que tu le saches tout de suite, Fred, avec moi, on sait que je suis rétamée quand je commence à m'apitoyer sur nos amis les bêtes. Trois verres, et je me prends pour saint François d'Assise.

Mais je ne crois pas qu'il va m'arriver quoi que ce soit avec ces cocktails. C'est parce qu'ils sont préparés avec du vrai whisky. C'est ce qui fait toute la différence. On se sent bien, c'est tout. Et, je me sens rudement bien, Fred. Toi aussi, hein ? Je le devine, parce que je te trouve très en forme. J'adore ta cravate. Oh, c'est Édith qui te l'a donnée ? C'était vraiment gentil de sa part ça. Tu sais, Fred, au fond la plupart des gens sont terriblement gentils. Il y en a sacrément peu qui n'ont pas un grand cœur. Toi, tu as une belle âme, Fred. Tu serais la première personne que j'irais voir si j'avais des ennuis. Je crois que tu dois être le meilleur ami que j'ai. Mais je me fais du souci pour toi, Fred. C'est vrai. Je ne pense pas que tu t'occupes suffisamment de ta santé. Tu devrais prendre soin de toi pour faire plaisir à tes amis. Tu ne devrais pas boire tous ces horribles trucs qui traînent. Tu devrais être plus prudent, tu le dois à tes amis. Ça ne t'embête pas, que je te dise ça, hein ? Tu comprends, mon chou, c'est parce que je suis ton amie que je n'aime pas te voir t'occuper aussi peu de ta santé. Ça me fait mal à moi de savoir que tu traînes dans des coins pas possibles. Tu devrais t'en tenir à cet endroit, où il y a du vrai scotch qui ne peut pas te faire de mal. Oh, chéri, tu crois vraiment que je devrais ? Bon, dis-lui de m'en préparer un tout petit petit. Dis-le-lui, mon ange.

Est-ce que tu viens souvent ici, Fred ? Je ne m'inquiéterais pas tant si je te savais dans un endroit aussi sûr que celui-ci. Oh, c'est là que tu étais jeudi soir ? Alors je vois. Non, voyons, ça ne fait rien, seulement, tu m'avais dit de t'appeler, et comme une idiote, j'ai annulé un rendez-vous uniquement parce que je pensais que j'allais te voir. C'est ce que je m'étais dit, logiquement, pour ainsi dire, quand tu m'as demandé de t'appeler. Oh, Seigneur, n'en fais surtout pas une histoire. Ça ne fait rien du tout, je t'assure. C'est seulement que c'était pas très gentil de se conduire comme ça, c'est tout. Je ne sais pas... je croyais qu'on était vraiment de bons amis. Je suis affreusement stupide avec les gens, Fred. Il n'y en a pas beaucoup qu'on peut réellement considérer comme des amis. Presque tout le monde te traînerait dans la boue pour un malheureux sou. Eh, ça oui.

Est-ce qu'Édith est venue ici avec toi, jeudi soir ? Cet endroit doit lui convenir. Abstraction faite d'une mine de charbon, je ne vois pas d'autre endroit où la lumière serait plus flatteuse pour sa trombine. Tu connais vraiment beaucoup de gens qui la trouvent belle ? Tu dois avoir de nombreux astigmates parmi tes connaissances, hein Freddie ? Mais non, je n'ai absolument rien... la question est simplement de savoir si on voit bien ou non. Pour ma part, Édith me fait l'effet d'une bête prête à dévorer ses petits. Elle s'habille bien ? *Édith* s'habille bien ? Allons, Fred, tu essaies de me mener en bateau, à mon âge ? Tu veux dire que tu es sérieux ? Oh, mon Dieu ! Tu veux dire qu'elle fait *exprès* de porter ce genre de vêtements ? Dieu du ciel, je m'étais toujours dit qu'elle avait l'air de quelqu'un qui s'échappe d'un immeuble en flammes.

Ben, on en apprend tous les jours. Édith s'habille bien ! Édith a du goût ! Oui, ça, elle s'y connaît en cravates. Je sais bien que je ne devrais pas dire ça d'une de tes bonnes amies, Fred, mais pour choisir les cravates, elle s'y prend on ne peut plus mal. Je n'ai jamais rien vu de comparable à ce que tu as autour du cou. D'accord, admettons que j'aie dit que je l'aimais. C'était seulement parce que tu me faisais pitié. Quiconque aurait porté ça m'aurait fait pitié. Je voulais seulement essayer de te mettre à l'aise, parce que je pensais que tu étais mon ami. Mon ami ! Je n'ai pas un seul ami au monde. Tu le sais, Fred ? Pas un seul ami sur cette terre.

Bon, qu'est-ce que ça peut te faire que je pleure ? J'ai bien le droit de pleurer si j'en ai envie, quand même ? Je crois que toi aussi tu pleurerais si tu n'avais pas un seul ami au monde. Est-ce que je suis horrible à regarder ? Je suppose que ce fichu mascara a coulé partout. Il faut que j'arrête de mettre du mascara, Fred, la vie est trop triste. Tu ne trouves pas que la vie est horrible ? Oh, mon Dieu, elle n'est pas affreuse, la vie ? Oh, ne pleure pas, Fred. Je t'en prie. Ne t'occupe donc pas de ça, mon petit. La vie est horrible, mais que ça ne t'inquiète pas. Tu as des amis, toi. C'est moi qui n'en ai pas. C'est vrai. Non, moi. C'est moi qui n'en ai pas.

Je ne crois pas qu'un autre verre me remonterait le moral. Je ne sais pas si je tiens à avoir meilleur moral. A quoi ça sert, de se sentir bien, quand la vie est si terrible ? Oh, bon, d'accord. Mais, s'il te plaît, dis-lui de m'en faire un tout petit, si ça ne l'embête pas trop. Je ne veux pas rester ici trop longtemps. Je n'aime pas cet endroit. C'est sombre et étouffant. C'est le genre d'endroit dont Édith doit raffoler... c'est tout ce que je peux en dire. Je sais bien que je ne devrais pas parler ainsi de ta meilleure amie, Fred, mais c'est une femme horrible. C'est la plus vache du monde. Ça me fait vraiment un effet terrible de voir que tu as confiance en cette femme,

Fred. Je déteste voir quelqu'un te faire des crasses. Je n'aimerais pas que tu en souffres. C'est pour ça que je me sens si mal. C'est pour ça que j'ai le mascara qui dégouline. Non, je t'en prie, non, Fred. Il ne faut pas me prendre la main. Ce ne serait pas honnête envers Édith. Il faut être loyal envers la grosse vache. Après tout, elle est ta meilleure amie, n'est-ce pas ?

Sincèrement ? Tu le penses sincèrement, Fred ? Oui, mais comment voudrais-tu que je ne le pense pas alors que tu es tout le temps avec elle... que tu l'amènes ici tous les soirs de la semaine ? Vraiment, seulement jeudi ? Oh, je sais... je sais comment ça se passe. On ne peut pas s'en dépêtrer quand on tombe sur quelqu'un de ce genre. Seigneur, je suis heureuse que tu te rendes compte à quel point cette bonne femme est horrible. Je m'inquiétais, Fred. Parce que je suis ton amie. Mais bien sûr, voyons, chéri. Tu le sais bien. Oh, c'est stupide, Freddie. Tu as des tas d'amis. Sauf que tu n'en trouveras pas de meilleure que moi. Non, je le sais. Je sais que je ne trouverais jamais de meilleur ami que toi. Rends-moi ma main une seconde, que je me retire ce fichu mascara de l'œil.

Oui, je crois que c'est ce qu'on devrait faire, chéri. Je crois que comme on est amis, on devrait boire un petit verre. Juste un petit, parce que c'est du vrai scotch et qu'on est de vrais amis. Après tout, les amis, c'est ce qu'il y a de mieux au monde, tu ne trouves pas, Fred ? Mon Dieu, ça fait du bien de savoir qu'on a un ami. Je me sens très bien, pas toi, chéri ? Et en plus, tu es beau. Je suis fière de t'avoir comme ami. Tu te rends compte, Fred, combien c'est précieux, un ami, quand on pense à tous les gens horribles qui sont sur cette terre ? Les animaux sont bien préférables aux gens. Mon Dieu, ce que je peux adorer les animaux. C'est ce que j'apprécie en toi, Fred. Tu aimes tant les animaux.

Écoute, je vais te dire ce qu'on va faire une fois qu'on aura pris un petit verre. On va sortir ramasser des tas de chiens errants. Je n'ai jamais eu assez de chiens dans ma vie, et toi ? On devrait avoir davantage de chiens. Et si on regarde bien, on trouvera peut-être aussi des chats. Et un cheval, je n'ai jamais eu un seul cheval, Fred. Tu ne trouves pas ça dégoûtant ? Pas un seul cheval. Ah, j'aimerais un joli vieux cheval de fiacre, Fred. Pas toi ? J'aimerais m'occuper de lui, lui brosser le poil et tout. Ah, ne me regarde pas de travers comme ça, Fred, je t'en prie. J'ai besoin d'un cheval, franchement. Tu n'aimerais pas en avoir un ? Il serait si gentil. Prenons un dernier verre et ensuite, toi et moi, on ira chercher un cheval. Freddie... juste un tout petit, chéri, juste un tout petit.

(Titre original : *Just a little one*)

MRS. HOFSTADTER, QUI HABITE JOSEPHINE STREET...

Cet été-là, le colonel et moi, on avait loué une villa qui s'appelait 947, West Catalpa Boulevard, et se prétendait complètement meublée : il y avait trois fourchettes, mais vingt-quatre piques à apéritif. Puis nous sommes allés à la chasse au trésor dans un bureau de placement.

La dame de ce bureau était construite en terrasses ; elle était d'un rose soutenu, partout, je suppose, et d'une compétence à perte de vue. Elle attaquait chacun de ses mots en ayant l'air de le trouver à son goût et savourait chaque phrase jusqu'à la dernière miette. Quand je me trouve en présence de personnes de ce genre, on me demande souvent : « Qu'est-ce qui arrive à la demoiselle, aujourd'hui ? Elle a avalé sa langue ? » Mais le colonel, lui, ça lui donnerait plutôt envie de leur raconter ce qu'il a fait à Jack O'Brien, de Philadelphie.

C'est donc le colonel qui parlait au nom de l'équipe. La dame du bureau de placement fut promptement convaincue que j'étais un objet relégué au placard ; elle me fit un aimable petit signe de tête qui semblait vouloir dire : « Contentez-vous de rester tranquillement assise et de vous occuper bien sagement », puis elle et le colonel me laissèrent complètement à l'écart de la conversation. Il nous fallait un homme, dit le colonel ; un homme qui fasse les courses et la cuisine, qui serve à table, qui n'oublie pas de remplir les coffrets à cigarettes et qui nettoie la petite maison. Il nous fallait un homme, dit-il, parce que les bonnes, du moins celles que nous avions eues, passaient une grande partie de leur temps à bavarder. Nous étions exténués, pâles et défaits d'avoir entendu tant d'autobiographies non sollicitées. Nous devions insister sur le fait que notre serviteur devait surtout être silencieux.

— Ma femme, dit le colonel — la dame et moi, nous nous attendions à ce qu'il ajoute « une ancienne demoiselle Kallikak » —, ma femme ne doit jamais être dérangée.

— Je vois, dit la dame avant d'exhaler un petit soupir.

— Elle écrit, dit le colonel.

Donc, dans peu de temps, il nous faudra chercher quelqu'un qui viendra lui apprendre à lire quelques heures par semaine, aurions-nous pu en déduire, la dame et moi.

Le colonel continua à expliquer ce qu'il nous fallait. Pas grand-chose, en fait. La nourriture la plus simple, dit-il. La dame lui fit un signe de tête compatissant. Elle se l'imaginait sûrement en train de me tendre un plat et d'essayer de me convaincre de ne plus manger de terre. Nous menions une vie tranquille, nous nous levions tôt, nous voyions peu de monde, dit-il... bref, en étant chez nous, on menait vraiment une vie de tout repos. Nous voulions seulement placer quelqu'un entre les téléphones et nous, quelqu'un qui chasserait de notre seuil les jeunes gens vous demandant de vous abonner à des journaux, quelqu'un qui garderait en d'autres occasions, le plus souvent possible, un visage fermé.

— Inutile de dire un mot de plus ! dit la dame en insistant sur « mot » comme si elle le trouvait délicieux avec du sel et de l'oignon. Pas un mot de plus. J'ai exactement la chose qu'il vous faut !

Cette chose, c'était Horace Wrenn, nous dit-elle. Et elle ajouta, c'est un homme de couleur, mais il est très bien. J'étais tellement plongée dans mes réflexions sur le choix de ce « mais » que je ratai plusieurs plats dans son festin de mots. Quand je me remis à fixer mon attention sur ses paroles, un nouveau nom avait surgi.

— Il a travaillé périodiquement pour Mrs. Hofstadter, dit-elle.

Elle avait un air triomphant. Je réussis à donner l'impression d'avoir toute ma vie entendu dire que le nec plus ultra, c'était d'avoir travaillé pour Mrs. Hofstadter, surtout périodiquement. Le colonel, lui, avait plus ou moins son air habituel.

— Mrs. Hofstadter habite Josephine Street, expliqua la dame. C'est notre plus charmant quartier résidentiel. Elle y a une charmante maison. Elle est issue de l'une de nos plus charmantes familles. Mrs. Hofstadter... mais attendez seulement de voir ce qu'elle en dit, elle !

Elle prit sur son bureau une feuille couverte d'une écriture qui ressemblait à des affluents sur une carte. C'était la lettre que Mrs. Hofstadter, qui habitait Josephine Street, avait rédigée pour recommander Horace Wrenn, et cela devait tenir à la fois du quatre-vingt-dix-huitième Psaume et du panégyrique que le sénateur West faisait de son chien. Quoi qu'il en soit, c'était là une lettre trop belle pour que des gens comme nous aient le droit de la voir. La dame la tenait fermement et son regard glissait sur les lignes tandis qu'elle gloussait, claquait la langue d'extase et s'écriait :

— Eh bien, voyez-vous ça... « honnête, économe, sachant bien découper les viandes »... eh bien ! Seigneur, en voilà, une bonne référence pour vous !

Puis elle enferma la lettre dans son bureau et elle se mit à parler au colonel. On ne l'a pas aussi facilement, mais elle réussit à l'avoir, et bien, encore. Elle le félicita de la douceur de son sort. Elle s'émerveilla qu'il ait pu trouver cette perle rare, et ceci sans effort. Elle envia la vie qui serait la sienne quand la perfection entrerait dans sa maison. Elle soupira après les plats exquis, les douces attentions qu'allaient lui prodiguer, même en silence, la compétence et l'humilité, unies et personnifiées. Il allait absolument tout avoir, lui dit-elle, et sans même devoir lever le petit doigt ou répondre à une question. Il n'y avait qu'un léger hic, dit-elle, et le colonel vira au gris. Horace ne pourrait pas venir avant le surlendemain. La fille de Mrs. Hofstadter, qui habitait Josephine Street, devait se marier, et Horace s'occupait du petit déjeuner. C'était touchant d'entendre le colonel plaider sa bonne volonté et déclarer qu'il voulait bien attendre.

— Eh bien, alors, je crois que ce sera tout, dit la dame avec entrain avant de se lever. Vous vous rendez compte de la chance que vous avez ! Vous n'avez qu'à rentrer chez vous et patienter jusqu'à l'arrivée d'Horace.

Son expression en disait un peu plus long : « Et emmenez donc avec vous cette mollassonne qui a l'air d'attendre que la lune se décroche du ciel. On ne veut pas de simples d'esprit ici ! »

Nous retournâmes à la maison, tout à la douceur de la vie de château que nous allions mener. Il est vrai que le colonel, qui est d'un naturel mélancolique, s'inquiéta quelque peu en se disant qu'Horace ne nous accompagnerait peut-être pas à New York à la fin de l'été.

Jusqu'à l'arrivée d'Horace, nous réussîmes à nous en sortir, bien que l'expression soit un peu flatteuse. Après un procès équitable, on jugea qu'il valait mieux que je ne mette pas les pieds à la cuisine. Le colonel prépara donc les repas et insidieusement, les tomates se mirent à apparaître dans tous les plats, ce qui donna au colonel l'illusion d'être persécuté. On jugea également qu'il valait mieux que j'évite toutes les autres pièces. La dernière fois que je fis le lit, le colonel vint examiner le résultat.

— Qu'est-ce que c'est que ça ? questionna-t-il. Une farce de collégien ?

Horace arriva dans l'après-midi, au moment où il commençait à faire frais. Ni cloche ni heurtoir pour saluer son arrivée. Il se retrouva tout simplement avec nous dans la salle de séjour. Il portait une valise d'un cuir quelconque et il avait gardé sur la tête un grand chapeau de paille à bord tombant, rappelant la coiffe qu'aurait choisie une duchesse pour une garden-party. Horace était grand et bien bâti, avec un énorme visage couleur de cendre que venaient barrer des lunettes cerclées d'or.

Il nous fit la conversation. Comme s'ils étaient enrobés de graisse, les mots glissaient de ses immenses lèvres et son ton était celui qu'on prend pour tromper un malade sur son état.

— Voilà Horace, dit-il. Horace est venu s'occuper de vous.

Il déposa sa valise et retira son chapeau, révélant des cheveux pommadés, pourpres dans le soleil couchant, recouverts de fines lignes poussiéreuses : Horace utilisait un filet. Il posa son chapeau sur une table. Il s'avança et nous donna une main à chacun. Je reçus la gauche, il lui manquait le majeur, et à la place, il n'y avait qu'un grand vide à angles droits.

— Je tiens à ce que vous soyez persuadés que je vais me sentir ici comme chez moi, dit-il. C'est ce que je vais dorénavant me dire. J'essaie toujours de me dire ce qui convient. Quand j'ai dit à mes amis que je venais ici, je leur ai dit : « C'est chez moi, à partir de maintenant », je leur ai dit. Vous allez faire la connaissance de mes amis, si, si. Je tiens à ce que vous fassiez leur connaissance. Mes amis pourront vous en dire plus long que moi sur mon compte. Mrs. Hofstadter me dit toujours : « Horace », elle me dit, « je n'ai jamais rien entendu de pareil », qu'elle me dit. « Vos amis ne tarissent pas sur vous. » J'ai beaucoup d'amis, des hommes comme des femmes. Mrs. Hofstadter me dit toujours : « Horace », elle me dit, « je n'ai jamais vu quelqu'un qui ait autant d'amis. » Mrs. Hofstadter, qui habite Josephine Street. Elle a une jolie maison là-bas ; je tiens à ce que vous la voyiez. Quand je lui ai dit que je venais ici, elle m'a dit : « Oh mon Dieu, Horace », elle m'a dit, « comment vais-je pouvoir faire sans vous ? » J'ai servi Mrs. Hofstadter pendant des années, là dans Josephine Street. « Oh mon Dieu, Horace », elle m'a dit, « comment vais-je faire sans Horace ? » Mais j'avais promis de venir chez vous autres et Horace ne revient jamais sur sa parole. Je suis quelqu'un de bien et j'essaie toujours d'agir comme il faut.

— Bon, écoutez, dit le colonel, si je vous montrais votre chambre pour que vous puissiez...

— Je tiens à ce que vous me connaissiez bien, dit Horace. Et je vais aussi essayer de bien vous connaître, ah, ça oui. J'essaie toujours de faire ce qu'il faut pour les gens que je sers. Je tiens aussi à ce que vous connaissiez ma petite. Quand je dis à mes amis que j'ai une fille qui va avoir douze ans en septembre, ils me disent : « Horace, j'ai du mal à le croire ! » Vous allez faire la connaissance de ma fille, ça, c'est sûr. Elle viendra ici et elle vous fera la conversation. Oui, et puis elle se mettra au piano, là, et elle jouera toute la journée. Je ne dis pas ça parce que je suis son père, mais sûr que vous n'avez jamais vu de gosse plus intelligente. Les gens disent que c'est Horace tout craché. Mrs. Hofstadter, qui habite Josephine Street, elle me dit : « Horace », elle me fait, « j'aurais du mal à dire qui est la fille et qui est Horace. » Ça, cette petite, elle ne tient absolument pas de sa mère ! Je n'ai jamais pu m'entendre avec sa mère. J'essaie de ne jamais rien dire de méchant sur les gens. Je suis quelqu'un de bien et j'essaie toujours d'agir comme il faut. Mais je n'ai jamais réussi à vivre avec sa mère plus d'un quart d'heure à la fois.

— Écoutez, dit le colonel, la cuisine est par là, et votre chambre est juste à côté, et vous pouvez...

— D'ailleurs, vous ne savez pas, dit Horace, cette

petite que j'ai, on la prend pour une Blanche tous les jours que Dieu fait. Je vous parie qu'il y a une centaine de gens dans cette ville qui ne croiraient jamais que ma fille est de couleur. Et puis, vous allez aussi faire la connaissance de ma sœur. Ma sœur est la meilleure coiffeuse que vous ayez jamais vue. Et elle ne coiffe jamais des Noirs. Pour ça, elle est exactement comme moi. J'essaie de ne jamais dire quoi que ce soit de méchant, je n'ai rien contre les gens de couleur, mais Horace ne se mélange pas à eux, voilà tout.

Je pensai à quelqu'un que je connaissais, qui s'appelait jadis Aaron Eisenberg et qui avait pris le nom d'Erik Colton. Il n'avait jamais réussi à devenir quoi que ce soit.

— Écoutez, dit le colonel, votre chambre est juste à côté de la cuisine et si vous avez apporté une veste blanche, vous pouvez...

— Si Horace a apporté une veste blanche ! dit Horace. S'il a une veste blanche ! Attendez, quand vous verrez Horace dans sa veste blanche, vous allez dire, exactement comme Mrs. Hofstadter, qui habite Josephine Street : « Horace », vous allez dire, « je n'ai jamais vu personne d'aussi élégant. » Pour ça oui, monsieur, j'ai bien une veste blanche. Je n'oublie jamais rien, ça, c'est quelque chose que je ne fais jamais. Vous savez ce qu'Horace va faire pour vous ? Vous ne savez pas ce qu'il va faire ? Eh bien, il va aller dans cette cuisine, là, comme si c'était la grande et belle cuisine de Mrs. Hofstadter, et il va vous préparer le meilleur dîner que vous ayez jamais mangé. J'essaie toujours de rendre les gens heureux. Quand ils sont heureux, je le suis aussi. C'est comme ça que je suis. Mrs. Hofstadter m'a dit dans sa jolie maison de Josephine Street : « Horace », elle m'a dit, « je ne sais pas qui sont ces gens chez qui vous allez », elle m'a dit, « mais ils vont être heureux. » Je lui ai seulement répondu : « Merci, Mrs. Hofstadter. » C'est tout ce que je lui ai répondu. Je l'ai servie pendant tant d'années. D'ailleurs, un de ces jours, il faudra que vous alliez voir sa jolie maison, ça, il le faudra.

Il rassembla sa valise et son chapeau, nous sourit lentement et se dirigea vers la cuisine.

Le colonel s'approcha de la fenêtre et resta là un moment, regardant à l'extérieur. Je lui dis :

— Tu sais, je crois qu'avec un peu d'habileté, on arrivera à découvrir chez qui c'est qu'Horace a travaillé.

— Chez qui Horace a travaillé, rectifia machinalement le colonel.

Horace revint. Il portait une veste blanche et un tablier qui, devant, lui descendait jusqu'aux souliers. Je me pris à penser aux wagons-restaurants des voitures Pullman et je me remémorai sans le moindre plaisir le lait et les figues en conserve.

— Voici Horace, dit-il. Maintenant, Horace est tout prêt à essayer de vous rendre heureux. Vous savez ce qu'Horace va faire pour vous, un de ces jours ? Vous ne savez pas ce qu'il va faire ? Eh bien, il va vous préparer un mint julep[1] à sa façon, voilà ce qu'il va faire. Mrs. Hofstadter, qui habite Josephine Street, me dit toujours : « Horace », elle me dit, « quand allez-vous me préparer un mint julep,

---

1. Boisson du sud des États-Unis, préparée avec du whisky (ou éventuellement du brandy), du sucre, de la menthe fraîche et beaucoup de glaçons. *(N.d.T.)*

comme vous savez si bien le faire ? » Eh bien, je vais vous dire ce que fait Horace. Ça lui est égal de se donner de la peine si c'est pour rendre les gens heureux. Il commence par retrousser ses manches, il prend du sirop d'ananas, il le verse dans un verre, il ajoute un peu, un tout petit peu de ce jus de cerise qu'on trouve en bouteille, il verse alors le gin et le ginger ale, et puis il se procure un gros morceau d'ananas, bien long, il le met dedans, et ensuite, il pose la tranche d'orange et cette bonne vieille cerise dessus... et voilà ! C'est comme ça que fait Horace pour préparer un mint julep.

Le colonel vient du bon vieux Sud. Il quitta la pièce.

Horace s'approcha de moi, la tête penchée, un énorme index pointé au niveau de mes yeux. Mon effroi ne dura qu'un moment, le temps de m'apercevoir qu'il s'agissait là d'une énorme espièglerie.

— Attendez un peu, dit-il. Attendez un peu de voir comment ce téléphone va se mettre à sonner dès que mes amis découvriront que c'est la maison d'Horace. D'ailleurs, je vous parie qu'en ce moment même, tous les téléphones de Mrs. Hofstadter, qui habite Josephine Street, sonnent l'un après l'autre. « Où est Horace ? » « Comment puis-je joindre Horace ? » Je ne tiens pas à trop parler de moi, j'essaie toujours de me comporter exactement comme je voudrais que les autres se comportent avec moi, mais vous allez bientôt vous exclamer que vous n'avez encore jamais vu quelqu'un qui avait autant de relations féminines. Ah, ça, c'est sûr, et quand vous allez faire leur connaissance, vous allez dire : « Horace », vous allez dire, « mon Dieu, Horace, elles m'ont toutes l'air aussi blanches que moi, ça, je ne vois aucune différence. » Voilà ce que vous allez dire. Attendez un peu de voir comment on va s'amuser ici quand le téléphone va se mettre à sonner. « Comment ça va, Horace ? » « Qu'est-ce que tu fais, Horace ? » « Quand est-ce que je peux venir te voir, Horace ? » Je ne veux pas davantage vous parler de moi que je n'aimerais que vous me parliez de vous, mais attendez de voir tous les amis que j'ai. D'ailleurs, Mrs. Hofstadter, qui habite Josephine Street, me dit toujours : « Horace », elle me dit, « je n'ai jamais... »

Le colonel revint.

— Écoutez, Horace, dit-il, si vous...

— Bon, maintenant, évidemment, si vous tenez à aborder le sujet des amis, je vous dirai qu'hier, au mariage de la fille de Mrs. Hofstadter, qui habite Josephine Street, il n'y avait pas un seul invité qui n'était pas un ami d'Horace, dit Horace. Ils étaient tous là, oh, il y avait au moins cent, cent cinquante personnes, qui n'arrêtaient pas de dire : « Bonjour, Horace », « Ça fait plaisir de vous voir, Horace. » Exactement. Et en plus, il n'y avait pas une seule personne de couleur. Je leur ai seulement dit : « Merci. » J'essaie toujours de dire ce qui convient, alors, voilà ce que j'ai dit. Mrs. Hofstadter, elle m'a dit : « Horace », elle m'a dit...

— Horace, dis-je sans peut-être me rendre compte que ce serait là tout ce que je lui dirais jamais, puis-je avoir un verre d'eau s'il vous plaît ?

— Si vous pouvez avoir un verre d'eau ! dit Horace. Si vous pouvez avoir un verre d'eau ! Bon, eh bien, je vais vous dire exactement ce qu'Horace va faire. Il va aller tout droit dans cette cuisine, là, et il va vous rapporter un grand verre d'une eau bien fraîche, comme vous n'en avez encore jamais bu de toute votre vie. Rien ne sera trop bon pour vous, maintenant qu'Horace est là. D'ailleurs, il va agir avec vous exactement comme si vous étiez Mrs. Hofstadter, dans sa jolie maison de Josephine Street, parfaitement.

Il sortit en tournant la tête pour m'adresser, par-dessus son épaule, un sourire d'adieu espiègle.

— Je me demande de quelle Mrs. Hofstadter il peut bien s'agir, dit le colonel.

— Je la confonds tout le temps avec celle qui habite quelque part dans le coin de Josephine Street, dis-je.

Horace revint avec le verre d'eau et il nous fit la conversation. Pendant qu'il préparait le dîner, il nous fit la conversation. Pendant tout le dîner, qui fut servi à six heures, selon la coutume prévalant dans la jolie maison de Mrs. Hofstadter, qui habitait Josephine Street, il nous fit la conversation. Nous nous contentions de rester assis. Une seule fois, le colonel demanda quelque chose à Horace, et il en tira une leçon qu'il n'était pas près d'oublier. Mieux vaut se passer d'un service que de s'entendre donner l'assurance, avec force recommandations, de la douceur qui émanera de son accomplissement.

Je suis incapable de me rappeler la composition des repas. Tandis que des volutes de faiblesse montent en moi, j'arrive à rappeler à mon souvenir une vague impression de sauce grise cireuse, de gélatine rose informe et de beurre tiédasse, toutes spécialités dépassant encore ce que Mrs. Hofstadter, qui habitait Josephine Street, avait elle-même mangé. Charitablement, ma mémoire tire son rideau gris sur des plats plus précis. Elle fait d'ailleurs de

47

même pour tous les événements qui se sont déroulés pendant qu'Horace est resté avec nous. Je ne sais pas combien de temps cela a duré. Il n'y avait plus de jours, plus de nuits, plus d'heures. Il n'y avait qu'un grand vide, un vide rempli par Horace.

Notre monde étant un monde d'hommes, le colonel s'absentait de la villa dans la journée. Horace était là. Horace était toujours là. Je n'ai connu personne qui ait été aussi présent qu'Horace. Je ne le voyais jamais ouvrir une porte, je ne l'entendais jamais approcher ; ou bien Horace n'était pas dans la pièce, ou bien, mille fois plus souvent, d'ailleurs, il s'y trouvait. J'étais assise à ma machine à écrire et Horace était planté devant moi, me parlant au-dessus de la machine.

Et le soir, quand le colonel revenait, Horace nous faisait la conversation. Toutes ses paroles nous étaient réservées, car aucun de ses amis, homme ou femme, ne l'appela jamais pour bavarder ; il se peut que Mrs. Hofstadter, qui habitait Josephine Street, n'ait pu se résoudre à faire part de son numéro de téléphone. Le colonel et moi, nous ne nous regardions pas ; après un certain temps, chacun évita de croiser le regard de l'autre. C'était peut-être parce que nous ne voulions pas y lire notre honte. Je ne sais pas. Je ne sais rien sur cette période. Après confirmation, je suis sûre qu'aucun de nous ne pensait au sujet de l'autre : « Au nom du ciel, quel est ce minable que j'ai épousé ? » Nous n'étions plus capables de penser, de réagir, d'agir. Nous cessions de nous déplacer de pièce en pièce, et même de fauteuil en fauteuil. Nous restions là où nous étions, deux abjectes choses mortes se noyant lentement dans une huile tiède et douceâtre. Nous étions là pour l'éternité, un monde sans fin, avec Horace.

Mais il y eut une fin. Je n'ai jamais su ce qui l'avait provoquée et je n'ai d'ailleurs jamais voulu le savoir. Quand votre grâce arrive, que vous importe ce qui a motivé la signature du gouverneur ? Après coup, le colonel déclara qu'Horace l'avait dit une fois de trop ; mais je n'en ai jamais appris davantage. Tout ce que je sais, c'est qu'un matin, un merveilleux matin ensoleillé, je suis entrée dans la salle de séjour et j'ai entendu la voix du colonel s'élever dans la cuisine. Les gens qui, à ce moment-là, traversaient la ville en train, ont dû également entendre le colonel élever la voix dans la cuisine.

Il donnait apparemment un conseil à Horace.

— Partez, disait-il, partez immédiatement !

J'entendais Horace parler sur un ton que l'on emploie généralement pour calmer un enfant difficile, mais il parlait si bas que je n'ai pu distinguer que quelques mots :

— ... parler de cette façon... les gens les plus charmants de toute la ville. D'ailleurs, Mrs. Hofstadter, qui habite Josephine Street, n'aurait jamais...

Puis la voix du colonel reprit l'avantage. Il renouvela son conseil. Il suggéra, pour commencer, qu'Horace se mette Mrs. Hofstadter, sa jolie maison et sa fichue Josephine Street...

Le colonel était libre. Il était si libre qu'il se tenait sur le perron inondé de soleil, les épaules bien droites, les yeux fixés sur le dos d'Horace qui s'éloignait dans l'allée. Les paroles de Mrs. Hofstadter, qui habitait Josephine Street, s'étaient révélées exactes. Elle ne savait pas qui étaient les gens chez qui allait Horace, mais elle savait qu'ils allaient être heureux. Nous étions seuls ; nous allions peut-être recommencer à être envahis par les tomates, mais c'était là le pire qui pouvait encore nous arriver.

Cela dura dix minutes, et puis le téléphone se mit à sonner. Folle de joie à l'idée d'avoir retrouvé ma langue, j'allai répondre. J'entendis une grosse voix, s'insinuant le long du fil comme de l'huile de lin tiède.

— C'est Horace, disait-elle. Horace à l'appareil. Je suis quelqu'un de bien, j'essaie toujours d'agir comme il faut et je tiens à vous dire que je regrette qu'Horace soit parti de chez vous aussi vivement. Absolument. Je tiens à ce que vous sachiez qu'Horace va revenir chez vous et va vous servir pendant des années, comme il a servi Mrs....

Mais d'une manière ou d'une autre, le combiné se retrouva sur sa fourche et je n'eus plus jamais besoin d'entendre prononcer ce nom.

(Titre original :
Mrs. Hofstadter on Josephine Street)

LA VALSE

Eh bien, *merci mille fois. J'en serais vraiment ravie.*

Je n'ai pas envie de danser avec lui. Je n'ai envie de danser avec personne. Et même si j'en avais envie, ça ne serait pas avec lui. Il serait au moins dans les dix derniers de la liste. J'ai vu comment il dansait ; ça ressemble à ce qui se pratique la nuit de Walpurgis. Pensez donc, il y a même pas un quart d'heure, j'étais là en train de plaindre la pauvre fille avec laquelle il dansait. Et maintenant, c'est moi qui vais être la pauvre fille. Tiens, tiens, le monde est petit, hein ?

Et le monde est également fantastique. Un truc sensas, quoi. Les événements qui s'y produisent sont si imprévisibles que c'en est fascinant, vous ne trouvez pas ? Moi, j'étais là, je ne m'occupais pas des affaires des autres, je ne faisais pas le moindre petit tort à quiconque. Et voilà qu'il arrive dans ma vie, tout sourires et manières policées, pour solliciter la faveur d'une mémorable mazurka. Vous vous rendez compte, il ne connaît même pas mon nom, et encore moins ce qu'il symbolise. Il symbolise le Désespoir, la Confusion, l'Ineptie, la Dégradation et le Meurtre Prémédité, mais tout cela, il l'ignore. Moi aussi, d'ailleurs, j'ignore quel est son nom; je n'en ai aucune idée. Demeuré, je dirais, si j'en juge par son regard. Comment allez-vous, monsieur Demeuré? Et comment va votre cher petit frère, celui qui a deux têtes?

Non mais, pourquoi fallait-il qu'il me tourne autour, avec ses viles requêtes? Pourquoi ne pouvait-il pas me laisser vivre ma vie? Je ne demande pas grand-chose : qu'on me laisse toute seule dans mon petit coin de table tranquille, pour que je puisse passer la soirée à ressasser mes malheurs. Et il fallait qu'il arrive avec ses révérences, ses courbettes et ses pouvez-vous-m'accorder-cette-danse? Et moi, j'avais besoin d'aller lui dire que je serais ravie de danser avec lui? Je n'arrive pas à comprendre comment je n'ai pas été foudroyée sur l'heure. Oui, d'ailleurs, être foudroyée serait une partie de campagne comparé aux efforts qu'il faudra fournir pour danser avec ce garçon. Mais qu'est-ce que je pouvais faire? Tous ceux qui étaient à la table s'étaient levés pour aller danser, sauf lui et moi. J'étais là, prise au piège. Piégée au dernier degré.

Qu'est-ce qu'on peut répondre quand un homme vous demande de danser avec lui? Je ne veux surtout pas danser avec vous, je préférerais encore aller me faire pendre. Oh, merci, j'aimerais vraiment beaucoup, mais je suis dans les douleurs de l'enfantement. Oh, oui, dansons ensemble... c'est si agréable de rencontrer un homme qui n'a pas la frousse d'attraper mon béribéri. Non. Je ne pouvais rien faire d'autre que dire que je serais ravie. Bon, autant en finir. Très bien, Boulet-de-Canon, courons au stade. Tu as gagné à pile ou face ; c'est toi qui as le droit de mener la danse.

A vrai dire, je pense plutôt que c'est une valse. Vous ne croyez pas ? Nous pourrions nous arrêter une seconde pour écouter la musique. Vous voulez bien ? Oh, oui, c'est une valse. Ça vous ennuie ? Mais voyons, je suis tout simplement transportée. J'aimerais beaucoup valser avec vous.

J'aimerais beaucoup valser avec vous. J'aimerais beaucoup valser avec vous. J'aimerais beaucoup qu'on m'enlève les amygdales, j'aimerais beaucoup être dans un bateau en flammes en pleine nuit. Bon, maintenant, il est trop tard. On est déjà en route. *Oh.* Oh, mon Dieu. Oh, mon Dieu, mon Dieu, mon Dieu. Oh, c'est même pire que ce que je pensais. Je suppose que c'est la seule règle sur laquelle on puisse compter dans la vie — tout est toujours pire que ce qu'on pensait. Oh, si j'avais vraiment su ce que cette danse allait représenter, j'aurais insisté pour rester assise. D'ailleurs, le résultat sera probablement le même à la fin. On va se retrouver assis par terre dans une minute s'il continue à ce rythme-là.

Je suis si heureuse de lui avoir fait remarquer que c'était une valse qu'on jouait. Dieu seul sait ce qui serait arrivé s'il avait pensé que c'était quelque chose de rapide ; on aurait fait exploser les murs de la salle. Pourquoi est-ce qu'il veut toujours être à un endroit où il n'est pas ? Pourquoi ne peut-il pas rester à la même place juste assez longtemps pour qu'on puisse s'acclimater ? C'est cette course constante, courir, courir, courir, qui est la malédiction de la vie américaine. C'est pour cette raison que nous sommes tous si... *Aïe!* Pour l'amour du ciel, ne cherche pas à taper dans le ballon, espèce d'idiot ; tu as encore largement le temps avant de devoir essayer de marquer un but. Oh, mon tibia. Mon pauvre, pauvre tibia, que j'ai depuis que je suis toute petite !

Oh, non, non, non. Mon Dieu, non. Ça ne m'a absolument pas fait mal. Et de toute façon, c'était de ma faute. Vraiment. Je vous assure. Eh bien, c'est seulement pour être gentil que vous dites ça. C'était réellement de ma faute.

Je me demande ce qu'il vaudrait mieux : le tuer sur-le-champ, à mains nues, ou attendre de le voir s'effondrer sur le sol qu'il vient de labourer. Il est peut-être préférable de ne pas faire de scène. Je crois que je vais me contenter de me faire toute petite et que je vais attendre qu'il craque. Il ne peut pas tenir ce rythme indéfiniment... il n'est fait que de chair et de sang. Car il doit mourir, et il mourra pour ce qu'il m'a infligé. Je ne voudrais pas qu'on me prenne pour quelqu'un de susceptible, mais ne venez pas me raconter que ce coup de pied n'était pas prémédité. Freud prétend que rien n'est fortuit. Je n'ai pas mené une vie monacale, j'ai déjà dansé avec des gens qui ont abîmé mes souliers et déchiré ma robe ; mais qu'on en arrive aux coups de pied, et je réagis en Femme Outragée. Quand vous me donnez un coup dans les tibias, souriez, souriez.

Il ne l'a peut-être pas fait dans une mauvaise intention. C'est peut-être sa façon de me montrer sa bonne humeur. Je suppose que je devrais être contente qu'au moins l'un d'entre nous passe un bon moment. Je suppose que je devrais m'estimer heureuse si je suis encore vivante quand il me ramènera à ma place. C'est peut-être exagéré d'exiger d'un homme qui est presque un étranger qu'il laisse vos tibias dans l'état où il les a trouvés. Après tout, le pauvre garçon fait tout ce qu'il peut. Il a probablement grandi dans la cambrousse, sans aucune éducation. Je parie qu'il fallait le jeter par terre, sur le dos, pour l'obliger à mettre ses souliers.

Oui, c'est charmant, n'est-ce pas ? C'est tout simplement charmant. C'est la valse la plus charmante qui soit. Vous ne trouvez pas ? Oh, je pense aussi que c'est charmant.

Eh bien, si vous voulez le savoir, je suis positivement attirée par ce Casanova. Il est mon héros. Il a le cœur d'un lion et la vigueur d'un buffle. Regardez-le donc... n'accordant pas une seule pensée aux conséquences de ses actes, ne s'épouvantant jamais de son visage, se jetant dans toutes les mêlées, les yeux brillants, les joues en feu. Et devra-t-il être dit que je traîne la jambe ? Non, mille fois non. Que m'importe d'avoir à passer les trois ou quatre ans à venir dans le plâtre ? Allons, mon Jules, fonce droit sur eux ! Qui donc a envie de vivre indéfiniment ?

Oh, oh, mon Dieu. Oh, ça va aller, merci, Seigneur. Pendant un moment, j'ai cru qu'il faudrait l'évacuer du stade. Ah, je ne pourrais pas supporter qu'il lui arrive quoi que ce soit. Je l'aime. Je l'aime plus que n'importe qui au monde. Regardez le cœur qu'il met à danser une valse morne et banale ; comme les autres danseurs semblent affaiblis à côté de lui. Il est jeunesse, vigueur et courage, il est force, gaieté et... *Aïe !* Descends de mon cou-de-pied, balourd de paysan ! Pour qui est-ce que tu me prends, pour un appontement ? *Aïe !*

Non, bien sûr que non, ça ne m'a pas fait mal. Mais non, pas du tout. Franchement. Et c'était entièrement de ma faute. Voyez-vous, ce petit pas que vous faites... eh bien, il est parfaitement charmant, mais c'était un tout petit peu compliqué à suivre, au début. Oh, c'est vous qui l'avez inventé? Vraiment? Eh bien, vous êtes vraiment étonnant! Oh, maintenant, je crois que j'y suis. Oh, je trouve ça charmant. Je vous ai regardé faire quand vous étiez en train de danser tout à l'heure. Ça fait un effet terrible quand on le voit faire.

Ça fait un effet terrible quand on le voit faire. Je parie que je fais un effet terrible quand on me voit tout court. J'ai les cheveux qui pendent sur les joues et ma jupe a l'air de se démailloter. Je sens de la sueur froide me couler sur le front. Je dois ressembler à une apparition issue de *La Chute de la Maison Usher*. Ce genre de choses réclame un effort effrayant pour une femme de mon âge. Et il a inventé son petit pas tout seul, lui, avec son habileté de dégénéré. C'était un tout petit peu compliqué à suivre au début, mais maintenant, je crois que j'y suis. Deux faux pas, glissade, et un sprint sur vingt mètres; oui, je l'ai, ce pas. Et j'ai aussi d'autres choses, y compris un tibia cassé et d'amers regrets. Je hais cette créature à laquelle je suis enchaînée. Je l'ai haïe depuis le moment où j'ai vu son visage bestial et son regard torve. Et voilà que je suis immobilisée dans son étreinte pernicieuse depuis les trente-cinq ans que dure cette valse. Cet orchestre ne va donc jamais s'arrêter de jouer? A moins que cet obscène simulacre de danse continue jusqu'à ce que l'enfer ait fini de brûler?

Oh, ils vont jouer un autre bis. Oh, chic. Oh, c'est charmant. Fatiguée? Non, je ne suis pas du tout fatiguée. J'aimerais continuer comme ça éternellement.

Je ne suis pas du tout fatiguée. Non, je suis morte,

voilà ce que je suis. Morte, et pour quelle cause ! Et la musique ne va jamais s'arrêter de jouer et on va continuer comme ça, Charlie Galop-Débridé et moi, pendant l'éternité. Je suppose qu'après les premiers cent mille ans, ça ne me fera plus rien. Je suppose qu'à ce moment-là, plus rien n'aura d'importance, ni la chaleur, ni la douleur, ni mon cœur brisé, ni cette cruelle et douloureuse lassitude. Bon. Attendons, ça ne pourra jamais arriver assez tôt pour moi.

Je me demande pourquoi je ne lui ai pas dit que j'étais fatiguée. Je me demande pourquoi je n'ai pas proposé de retourner nous asseoir. J'aurais pu dire : écoutons seulement la musique. Oui, et s'il avait dit oui, ça aurait été la première petite attention qu'il aurait accordée à la musique depuis le début de la soirée. George Jean Nathan a dit qu'on devait écouter les charmants rythmes de la valse en toute tranquillité, sans les accompagner d'étranges girations du corps humain. Je crois que c'est ce qu'il a dit. Je crois que c'est bien George Jean Nathan qui a dit ça. De toute manière, quoi qu'il ait dit, que ce soit lui ou non et quoi qu'il fasse maintenant, il est mieux loti que moi. Là, je ne prends pas de risques. Quiconque n'est pas en train de valser avec cette vache de Mrs. O'Leary[1] que j'ai devant moi passe un bon moment.

Évidemment, si on était retournés s'asseoir, j'aurais probablement dû lui parler. Regardez-le donc... qu'est-ce que vous pourriez bien dire à un animal pareil ! Est-ce que vous êtes allé au cirque, cette

---

1. Selon la légende, cette vache aurait provoqué le grand incendie de Chicago de 1871 en donnant un coup de sabot dans une lanterne. *(N.d.T.)*

année, quel est votre parfum de glace préféré, comment écrivez-vous chat ? Je crois que je suis aussi bien ici. Aussi bien que si j'étais dans une bétonnière en pleine action.

Maintenant, je ne sens plus rien. La seule façon pour moi de savoir qu'il me marche sur les pieds, c'est d'entendre craquer les os. Toute ma vie défile devant mes yeux. La fois où il y a eu un cyclone aux Antilles, le jour où je me suis ouvert la tête dans un accident de taxi, la nuit où la dame soûle a lancé un cendrier de bronze sur l'amour de sa vie et m'a atteinte, moi, l'été où le voilier ne cessait de chavirer. Ah, quelle vie tranquille, paisible que la mienne, jusqu'à ce que je tombe sur ce type rapide comme l'éclair. Je ne savais pas ce que c'était qu'avoir des ennuis avant d'être embringuée dans cette *danse macabre*[1]. Je crois que je commence à divaguer. J'ai presque l'impression que l'orchestre s'est arrêté. Ce n'est pas possible, bien sûr ; il ne pourrait jamais, jamais s'arrêter. Et pourtant, dans mes oreilles, il y a un silence qui rappelle des voix d'anges...

Oh, ils se sont arrêtés, les affreux. Ils ne vont plus jouer. Oh, mince. Oh, vous croyez qu'ils vont recommencer ? Vous croyez vraiment qu'ils le feraient si vous leur donniez vingt dollars ? Oh, ce serait charmant. Écoutez, dites-leur de rejouer la même chose. J'adorerais vraiment continuer à danser.

(Titre original : *The Waltz*)

---

1. En français dans le texte. *(N.d.T.)*

SOLDATS DE LA RÉPUBLIQUE

Ce dimanche après-midi là, nous étions tous les deux attablés avec la Suédoise dans le grand café de Valence[1]. On nous avait apporté du vermouth dans d'épais gobelets pourvus chacun d'un cube alvéolé de glace grise. Le serveur était si fier de cette glace qu'il se résignait difficilement à poser les verres sur la table et à s'en séparer pour toujours. Il finit par aller vers son devoir — dans toute la salle, les gens frappaient dans leurs mains et sifflaient pour attirer son attention — mais en jetant un coup d'œil par-dessus son épaule.

Dehors, il faisait sombre. L'obscurité venait de fondre sur la journée sans laisser place au crépuscule ; mais comme les rues n'étaient pas éclairées, on avait l'impression qu'elle s'était installée depuis bien longtemps et qu'on était au cœur de la nuit. On s'étonnait donc de voir tous les petits enfants encore debout. Il y avait des bébés partout dans le café, des bébés à l'air sérieux mais pas vraiment solennel, qui

---

1. En Espagne ; cette nouvelle se situe à l'époque de la guerre civile. *(N.d.T.)*

manifestaient un intérêt empreint de tolérance pour leur environnement.

A la table voisine, il y en avait un qui était remarquablement jeune ; il avait peut-être six mois. Son père, un homme petit, vêtu d'un grand uniforme qui lui écrasait les épaules, le tenait sur ses genoux. L'enfant ne faisait rien de spécial, pourtant, l'homme et sa mince jeune femme, dont le ventre était déjà gonflé sous sa robe légère, le regardaient avec une sorte d'admiration extatique, tandis que leur café refroidissait devant eux. Le bébé avait sa tenue blanche des dimanches ; sa robe était rapiécée si délicatement qu'on ne remarquait presque pas les différentes nuances de blanc de l'ensemble. Dans les cheveux, il avait un ruban bleu tout neuf, dont le nœud était rigoureusement parfait. Le ruban n'avait aucune utilité ; il n'y avait pas assez de cheveux pour qu'on ait besoin de les maintenir. Le nœud était purement ornemental, on avait voulu qu'il fasse son petit effet.

— Pour l'amour du ciel, arrête un peu ! me dis-je. Bon, d'accord, il a un ruban bleu dans les cheveux. D'accord, sa mère s'est privée de manger pour que son bébé soit joli quand son père reviendrait à la maison en permission. Et alors ? C'est son affaire, pas la tienne. Pourquoi est-ce que tu devrais verser des pleurs là-dessus ?

La grande salle, noyée dans la pénombre, était bondée et animée. Le matin, il y avait eu un bombardement d'autant plus horrible qu'il s'était passé en plein jour. Mais dans le café, personne n'avait l'air tendu ou épuisé, personne ne se forçait désespérément à oublier. Les gens buvaient du café ou de la limonade en bouteille, savourant la détente bien méritée de ce dimanche après-midi et abordant des sujets gais et anodins, parlant tous ensemble, écoutant et répondant tous à la fois.

Il y avait beaucoup de soldats dans la salle, portant des uniformes qui semblaient être ceux d'une vingtaine d'armées différentes, jusqu'à ce qu'on s'aperçoive que cette variété résidait dans les diverses manières dont le tissu s'était usé et décoloré. Seul un petit nombre d'entre eux avaient été blessés ; ici et là, on voyait un homme avancer avec précaution, s'appuyant sur une béquille ou sur deux cannes, mais déjà en si bonne voie de guérison que son visage avait des couleurs. Il y avait également beaucoup d'hommes en civil : des soldats en permission, des employés du gouvernement, ou ce que vous voudrez. Il y avait des épouses grassouillettes, tranquilles, qui s'activaient avec leur éventail en papier, et des vieilles femmes aussi paisibles que leurs petits-enfants. Il y avait beaucoup de jolies filles et quelques beautés au sujet desquelles on ne disait pas « Quel charmant type espagnol » mais « Quelle belle fille ! ». Les vêtements des femmes n'étaient pas neufs, et leur tissu était trop modeste pour justifier une bonne coupe.

— C'est drôle, mais quand il n'y a pas quelqu'un sur son trente et un, on ne remarque pas que personne n'est bien habillé, dis-je à la Suédoise.

— Pardon ? dit la Suédoise.

Personne, sauf un soldat, ici et là, ne portait de chapeau. Quand nous étions arrivés à Valence, je me sentais déconcertée, vexée, de voir que tout le monde se moquait de moi dans la rue. Ce n'était pas parce que « West End Avenue » était inscrit sur mon front comme si un douanier me l'avait marqué à

61

la craie. Ils aiment les Américains à Valence, car ils ont vu les meilleurs : médecins qui ont quitté leur cabinet pour venir les aider, jeunes infirmières sereines, soldats des Brigades Internationales. Mais quand je marchais dans la rue, hommes et femmes mettaient poliment la main devant leur visage contorsionné, et les petits enfants, trop innocents pour dissimuler, se tordaient d'allégresse et s'écriaient en me montrant du doigt : « *Olé !* » Puis, assez tardivement, je fis ma petite découverte et je renonçai à porter mon chapeau ; le rire cessa. Ce n'était même pas un de ces chapeaux ridicules, non, c'était un chapeau, tout simplement.

Le café s'emplit jusqu'à n'en plus pouvoir et je me levai pour aller parler à un ami qui se trouvait de l'autre côté de la salle. Quand je revins à ma place, il y avait six soldats à notre table. Ils étaient serrés les uns contre les autres et je les heurtai au passage en me faufilant vers ma chaise. Ils avaient l'air fatigués, poussiéreux et petits, de la façon dont les gens qui viennent de mourir ont l'air petits, et la première chose qu'on remarquait, c'étaient les tendons de leur cou. A côté d'eux, je me faisais l'effet d'une belle truie primée dans un concours.

Ils étaient tous en train de discuter avec la Suédoise. Elle parle l'espagnol, le français, l'allemand, toutes les langues scandinaves, l'italien et l'anglais. Quand elle a le temps, elle soupire et regrette que son hollandais soit rouillé au point qu'elle ne puisse plus le parler mais seulement le lire ; même chose pour son roumain.

Ils lui avaient dit que leurs quarante-huit heures de permission tiraient à leur fin, qu'ils devaient regagner les tranchées et que pendant ce repos, ils avaient mis leur argent en commun pour acheter des cigarettes, mais quelque chose n'avait pas marché et les cigarettes n'étaient jamais arrivées. J'avais un paquet de cigarettes américaines — en Espagne, elles sont plus précieuses que des rubis —, je le sortis, et par des hochements de tête, sourires et petits coups frappés sur la poitrine, j'expliquai que je l'offrais à ces six hommes qui avaient une folle envie de tabac. Quand ils comprirent ce que je voulais dire, chacun d'eux se leva et me serra la main. Comme j'étais bonne de partager mes cigarettes avec les hommes qui retournaient dans les tranchées. Une véritable corne d'abondance. Une belle truie.

Chacun alluma sa cigarette avec un engin à mèche jaune qui puait quand on le faisait brûler et qui servait aussi, d'après ce que la Suédoise traduisit, à mettre les grenades à feu. Chacun obtint ce qu'il avait commandé, un café, et chacun eut un murmure satisfait en voyant la minuscule quantité miraculeuse de sucre non raffiné qui l'accompagnait. Puis ils se mirent à parler.

Ils parlaient par l'entremise de la Suédoise, mais ils faisaient ce que nous faisons tous lorsque nous parlons notre propre langue avec quelqu'un qui ne la comprend pas. Ils nous regardaient droit dans les yeux et parlaient lentement, prononçant chaque mot en remuant bien les lèvres. Puis, lorsqu'ils nous racontèrent leur histoire, ils nous la présentèrent avec tant de véhémence, d'insistance, qu'ils étaient sûrs que nous comprendrions. Ils en étaient si convaincus que nous avions honte de ne pas comprendre.

Mais la Suédoise traduisit. Ils étaient tous des

fermiers et des fils de fermiers, et ils venaient d'une région si pauvre qu'on avait envie d'oublier qu'il existait ce genre de pauvreté. Près de l'endroit où ils habitaient, les vieux, les malades, les femmes et les enfants de tout un village étaient allés assister à une corrida. Les avions étaient arrivés et avaient lâché leurs bombes sur les arènes ; les vieux, les malades, les femmes et les enfants étaient plus de deux cents.

Tous les six, ils faisaient la guerre depuis plus d'un an, et la plupart du temps, ils étaient restés dans les tranchées. Quatre d'entre eux étaient mariés. L'un avait un enfant, deux en avaient trois, un autre en avait cinq. Ils n'avaient pas eu de nouvelles de leur famille depuis qu'ils étaient partis au front. Il n'y avait eu aucune communication ; deux d'entre eux avaient appris à écrire grâce à des hommes qui combattaient à leurs côtés dans les tranchées, mais ils n'avaient pas osé envoyer de lettres chez eux. Ils étaient affiliés à un syndicat, et les syndicalistes, bien sûr, sont mis à mort si on les attrape. Le village où habitait leur famille avait été pris, et si une femme recevait une lettre d'un syndicaliste, qui sait s'ils ne la fusilleraient pas ?

Ils nous racontèrent donc qu'ils n'avaient pas eu de nouvelles de leur famille depuis plus d'un an. Ils ne faisaient pas montre de bravoure, de légèreté ou de stoïcisme. Ils nous en parlaient comme si... Bon, écoutez. Vous êtes resté un an dans les tranchées, à combattre. Vous n'avez pas eu de nouvelles de votre femme ni de vos enfants. Ils ne savent pas si vous êtes mort, vivant ou aveugle. Vous ne savez pas où ils sont ni s'ils vivent toujours. Vous avez besoin d'en parler à quelqu'un. Voilà comment ils nous l'ont raconté.

Six mois plus tôt, l'un d'eux avait eu des nouvelles de sa femme et de ses trois enfants — ils avaient de si beaux yeux, disait-il — par un beau-frère qui se trouvait en France. A ce moment-là, d'après ce qu'il lui avait dit, ils étaient tous en vie, et ils avaient un bol de haricots par jour. Mais sa femme ne s'était pas plainte de la nourriture. Ce qui l'avait préoccupée, c'est qu'elle n'avait pas de fil pour raccommoder les vêtements loqueteux des enfants. Alors lui aussi, ça le préoccupait.

— Elle n'a pas de fil, ne cessait-il de répéter. Ma femme n'a pas de fil pour raccommoder. Pas de fil.

Nous étions assis là, et nous écoutions ce que la Suédoise nous rapportait de leurs paroles. Soudain, l'un des hommes regarda la pendule, et alors, la surexcitation les gagna. Ils se levèrent d'un bond, comme un seul homme, ils appelèrent le serveur et s'entretinrent brièvement avec lui, et tous, ils nous serrèrent la main, à chacun. Nous recommençâmes à faire des gestes dans tous les sens pour leur expliquer qu'ils devaient emporter les cigarettes qui restaient — quatorze cigarettes pour six soldats qui partaient à la guerre — et alors, ils nous serrèrent à nouveau la main. Puis nous dîmes tous *Salud*! autant de fois que possible pour les six qu'ils étaient et les trois que nous étions, et ensuite, ils sortirent tous les six du café, fatigués, poussiéreux et petits, petits comme le sont les hommes lorsqu'ils se perdent dans la masse.

Seule la Suédoise parla après leur départ. La Suédoise était en Espagne depuis le début de la guerre. Elle avait soigné des hommes en mille morceaux, elle avait porté des brancards dans les tranchées, puis des brancards lestés vers les hôpitaux. Elle en avait trop vu, trop entendu pour être réduite au silence.

Il fut alors temps de partir. La Suédoise leva les mains au-dessus de la tête et les frappa deux fois pour appeler le serveur. Il vint, mais il se contenta de secouer la tête et d'agiter la main et il s'éloigna.

Les soldats avaient réglé nos consommations.

(Titre original : *Soldiers of the Republic*)

LE DERNIER THÉ

Le jeune homme au costume d'un brun chocolat s'assit à la table où la jeune fille au camélia artificiel était installée depuis quarante minutes.

— Je suppose que je dois être en retard, dit-il. Désolé de t'avoir fait attendre.

— Mon Dieu! dit-elle. Je suis moi-même arrivée il y a à peine une minute. Je n'ai pas attendu pour commander, tout simplement parce que je mourais d'envie de boire une tasse de thé. J'étais en retard, moi aussi. Je ne suis pas là depuis plus d'une minute.

— Parfait, dit-il. Hé là! Vas-y doucement avec le sucre... un morceau, ça suffit amplement. Et enlève-moi ces gâteaux de là. Affreusement mal! Je me sens affreusement mal!

— Ah bon? dit-elle. Qu'est-ce qu'il t'arrive?

— Oh, je suis fichu, dit-il. Je suis dans un piteux état.

— Oh, le pauvre petit, dit-elle. Il se sentait pas bien, c'est ça? Et il est quand même venu me retrouver! Tu n'aurais pas dû... j'aurais très bien compris. Et il a pris la peine de venir jusqu'ici alors qu'il était si malade!

— Oh, c'est pas grave, dit-il. Être là ou ailleurs,

ça ne change pas grand-chose, vu mon état aujourd'hui. Oh, je suis complètement vanné.

— Mais c'est vraiment horrible, dit-elle. Pauvre petite chose! Mon Dieu, j'espère que ce n'est pas la grippe. Il paraît qu'il y en a beaucoup en ce moment.

— La grippe! fit-il. J'aimerais bien n'avoir que ça. Oh, je suis empoisonné. Je suis fichu. Je vais me garer des voitures pour de bon. Tu sais à quelle heure je me suis couché? A cinq heures vingt, ce matin. Quelle nuit! Quelle soirée!

— Je croyais que tu devais rester travailler tard au bureau, dit-elle. Tu m'as dit que tu allais travailler tous les soirs, cette semaine.

— Ouais, je sais, dit-il. Mais à l'idée d'aller là-bas, de m'asseoir à ce bureau, je ne tenais plus en place. Je suis allé chez May... elle donnait une soirée. Dis donc, il y avait quelqu'un qui te connaissait.

— Vraiment? dit-elle. Un homme ou une femme?

— Une fille, dit-il. Elle s'appelle Carol McCall. Dis donc, pourquoi est-ce que tu ne m'en avais jamais parlé? Voilà ce que j'appelle une fille. Quelle allure!

— Oh, tu trouves? dit-elle. C'est drôle... je n'ai encore jamais entendu personne dire ça. J'ai entendu dire qu'elle ne serait pas si mal si elle ne se maquillait pas tant. Mais je n'ai encore jamais entendu personne dire qu'elle était jolie.

— Jolie, c'est le mot, dit-il. Quelle paire d'yeux elle a!

— Tu trouves? dit-elle. Je ne les ai jamais particulièrement remarqués. Mais je ne l'ai pas vue depuis pas mal de temps... parfois, les gens changent, enfin je ne sais pas, moi.

— Elle dit qu'elle allait à l'école avec toi, dit-il.

— Eh bien, c'est vrai qu'on allait à la même école, dit-elle. Il se trouve que je suis allée à l'école publique tout simplement parce qu'il y en avait une à proximité et que maman n'aimait pas me voir traverser les rues. Mais elle avait au moins trois ou quatre classes d'avance sur moi. Elle est dix fois plus vieille que moi.

— Elle a trois ou quatre classes d'avance sur tout le monde, dit-il. Pour danser, ça, elle s'y connaît ! Je n'arrêtais pas de lui dire : « Vas-y, ma petite, continue comme ça. » Je crois que j'étais vraiment parti.

— Moi aussi, je suis allée danser hier soir, dit-elle. Avec Wally Dillon. Il y a longtemps qu'il me harcelait pour que je sorte avec lui. C'est un danseur merveilleux. Mon Dieu ! Je ne suis pas rentrée avant je ne sais quelle heure. Je dois avoir l'air d'être dans un état pas possible. Tu ne trouves pas ?

— Mais non, tu as l'air très bien, dit-il.

— Wally est fou, dit-elle. Tout ce qu'il peut raconter ! Pour une raison bizarre, il s'est fourré dans la tête que j'avais de beaux yeux, et alors, il n'arrête pas d'en parler jusqu'à ce que je ne sache plus où me mettre. J'étais vraiment gênée. J'étais si rouge que je me disais que tout le monde devait être en train de me regarder. J'étais rouge comme une tomate. Des beaux yeux ! Tu ne trouves pas qu'il est fou ?

— Mais non, il est tout à fait bien, dit-il. Dis donc, cette petite McCall, elle a eu des tas de propositions pour faire du cinéma. « Pourquoi tu ne te lances pas ? » je lui ai demandé. Mais elle dit qu'elle n'en a pas envie.

— Il y a deux ans, pendant l'été, il y avait un bonhomme au lac, dit-elle. Il était metteur en scène ou quelque chose comme ça avec l'une des grandes stars du cinéma... oh, il avait toutes sortes de relations ! Et il insistait tout le temps pour que je fasse du cinéma. Il disait que je devrais faire des rôles à la Garbo. Je me contentais de lui rire à la figure. Du cinéma, tu t'imagines un peu !

— Elle a eu près d'un million de propositions, dit-il. Je lui ai conseillé de se lancer. On n'arrête pas de le lui demander.

— Oh, vraiment ? dit-elle. Oh, avec ça, je savais bien que j'avais quelque chose à te demander. Est-ce que tu m'as appelée, hier, par hasard ?

— Moi ? dit-il. Non, je ne t'ai pas appelée.

— Ma mère m'a dit que pendant que j'étais sortie, une voix masculine n'a pas cessé de me demander. Je me disais que c'était peut-être toi qui m'avais appelée, pour une raison ou pour une autre. Je me demande qui ça pouvait être. Oh... je crois que je sais qui c'était. Oui, je sais !

— Non, je ne t'ai pas appelée, dit-il. Hier soir, je n'ai vraiment pas pensé à téléphoner. Quelle gueule de bois j'avais, ce matin ! J'ai appelé Carol, vers dix heures, et elle m'a dit qu'elle se sentait en pleine forme. Qu'est-ce qu'elle peut tenir l'alcool, cette fille !

— C'est marrant, moi, quand je vois une fille qui boit, ça me rend presque malade, dit-elle. Je crois que c'est quelque chose que j'ai en moi. Un homme, ça ne m'embête pas autant, mais voir une fille qui se soûle, ça me met dans un état vraiment affreux. Je suppose que je ne peux pas changer.

— Qu'est-ce qu'elle tient bien! dit-il. Et le lendemain, elle se sent en pleine forme. Quelle fille! Hé là, qu'est-ce que tu fais? Je ne veux plus de thé, merci. Je ne suis pas un de ces garçons qui ne font que boire du thé. Et ces salons de thé me donnent la nausée. Regarde-moi un peu toutes ces vieilles bonnes femmes! Ça suffit à vous donner la nausée.

— Eh bien, si tu préfères aller boire avec je ne sais qui, je ne vais pas t'en empêcher, dit-elle. Mon Dieu, il y a bien assez de gens qui sont passablement ravis de m'emmener prendre le thé. Je ne connais même pas le nombre de gens qui me téléphonent sans arrêt pour m'emmener prendre le thé. Des tas de gens!

— Bon, bon, ça va, je suis là, non? dit-il. Calme-toi.

— Je pourrais passer la journée à te dire leurs noms, dit-elle.

— Bon, dit-il. Je ne vois pas pourquoi tu râles comme ça.

— Eh bien, ça ne me regarde pas, ce que tu fais, dit-elle. Mais je n'aime pas te voir perdre ton temps avec des gens qui sont loin de te valoir, c'est tout.

— C'est pas la peine de t'en faire pour moi, dit-il. Je m'en sortirai très bien. Écoute, tu n'as vraiment pas besoin de te faire du souci pour moi.

— C'est seulement que je n'aime pas te voir perdre ton temps à rester debout toute la nuit pour ensuite te sentir horriblement mal le lendemain. Ah, j'oubliais qu'il était si malade, le pauvre petit. Ah, je suis méchante, hein, de le gronder alors qu'il est si malheureux. Le pauvre garçon! Comment te sens-tu, maintenant?

— Oh, je me sens très bien, dit-il. Parfaitement bien. Tu veux boire autre chose? Si on demandait l'addition? Il faut que je passe un coup de fil avant six heures.

— Oh, vraiment? dit-elle. Tu veux appeler Carol?

— Elle a dit qu'elle serait peut-être chez elle vers cette heure-là.

— Tu la vois ce soir? demanda-t-elle.

— Elle me le dira quand je l'appellerai, dit-il. Elle a probablement un million de petits amis. Pourquoi?

— Je me le demandais, c'est tout, dit-elle. Mon Dieu, il faut que je me sauve. Je dois dîner avec Wally et il est si fou qu'il est déjà peut-être là-bas. Il m'a appelée une centaine de fois aujourd'hui.

— Attends que j'aie réglé l'addition et je te mettrai dans un bus.

— Oh, ce n'est pas la peine, dit-elle. C'est juste au coin de la rue. Il faut que je me sauve. Je suppose que tu préfères rester pour appeler ton amie d'ici?

— C'est une idée, dit-il. Tu es sûre que ça ira, pour toi?

— Mais, bien sûr, dit-elle.

Elle ramassa ses gants et son sac d'un air affairé, puis se leva de sa chaise. Il se leva à moitié au moment où elle s'arrêta à côté de lui.

— Quand est-ce qu'on se revoit? demanda-t-elle.

— Je t'appellerai, dit-il. Je suis très pris, avec le bureau et tout. Je vais te dire ce que je vais faire. Je te passerai un coup de fil.

— Franchement, tu sais, j'ai des tas de rendez-vous! dit-elle. C'est terrible. Je ne sais pas quand j'aurai une minute. Mais tu m'appelleras, hein?

— Oui, c'est ça, dit-il. Prends bien soin de toi.

— C'est à toi qu'il faut dire ça, dit-elle. J'espère que tu te sens mieux.

— Oh, je me sens parfaitement bien, dit-il. Je commence à revenir à la vie.

— Ne manque pas de me faire savoir comment tu te sens, dit-elle. C'est promis? Sûr? Bon, au revoir. Ah, et puis... amuse-toi bien ce soir!

— Merci, dit-il. J'espère que tu t'amuseras aussi.

— Oh, j'en suis sûre, dit-elle. J'espère bien. Il faut que je me dépêche! Ah, j'allais presque oublier! Merci beaucoup pour le thé. C'était très agréable.

— Reste simple, veux-tu? dit-il.

— Je l'étais, dit-elle. Bon. Et n'oublie pas de m'appeler, hein? Sûr? Bon, au revoir.

— A un de ces jours, dit-il.

Elle partit dans l'allée étroite, entre les tables peintes en bleu.

(Titre original : *The Last Tea*)

JOURNAL D'UNE NEW-YORKAISE

*Jours d'Horreur, de Désespoir,
qui ont changé la Face du Monde*

Lundi. Plateau du petit déjeuner vers onze heures ; je n'en voulais pas. Le champagne de chez Amorys hier soir était *absolument* révoltant, mais que peut-on y faire, je vous le demande ? On ne peut pas rester jusqu'à cinq heures du matin sans *rien* boire. Il y avait ces musiciens hongrois *divins* dans leurs vestes vertes, et Stewie Hunter a enlevé une de ses chaussures et il a dirigé l'orchestre avec. *Rien* n'aurait pu être plus drôle. C'est l'homme *le plus* spirituel de toute la terre ; on ne peut pas faire plus *parfait* que lui. Ollie Martin m'a raccompagnée à la maison et on s'est endormis tous les deux dans la voiture... *absolument* tordant. Mlle Rose est venue vers midi me faire les ongles, tout simplement *affublée* des ragots *les plus* divins. Les Morris vont se séparer *d'une minute à l'autre,* Freddie Warren *a bien* des ulcères, Gertie Leonard ne *peut* tout simplement pas lâcher Bill Crawford des yeux même quand Jack Leonard *est dans la pièce,* et c'est absolument *vrai,* ce qu'on raconte sur Sheila Phillips et Babs Deering. Ça *n'aurait pas pu* être plus excitant. Mlle Rose est *absolument* merveilleuse ; je crois vraiment que les gens comme elle sont souvent dix fois plus intelligents que beaucoup d'autres. Je n'ai remarqué qu'après son départ que cette fichue imbécile m'avait mis ce vernis mandarine *révoltant* sur les ongles ; j'étais *on ne peut plus* furieuse. J'ai ouvert un livre, mais j'étais trop nerveuse pour lire. J'ai téléphoné et je me suis aperçue que je pouvais avoir deux billets à quarante-huit dollars pour la première de « Cours comme un lapin », ce soir. Je leur ai dit qu'ils avaient un toupet *monstre,* mais qu'est-ce qu'on *peut* y faire ? Je crois que Joe a dit qu'il dînait dehors, alors j'ai téléphoné à des types *divins* pour trouver quelqu'un qui m'accompagne au théâtre, mais ils étaient tous pris. Finalement, j'ai eu Ollie Martin. Il était *on ne peut plus* hésitant, mais qu'est-ce que ça peut me faire ? *Impossible* de décider si je vais m'habiller en crêpe vert ou en laine rouge. A chaque fois que je regarde mes ongles, j'ai la *nausée.* Fichue Mlle Rose.

Mardi. Joe s'est précipité dans ma chambre ce matin à *pratiquement neuf heures*. J'étais *on ne peut plus* furieuse. On a commencé à se disputer, mais j'étais *absolument* morte. Je sais qu'il a dit qu'il ne rentrerait pas à la maison pour dîner. Froid de canard toute la journée ; impossible de bouger. La soirée d'hier *n'aurait pas pu* être plus parfaite. Ollie et moi, nous avons dîné dans la Trente-huitième Rue Est, des trucs absolument *pourris,* il n'y avait *personne* avec qui on aurait accepté de passer *une seconde,* et « Cours comme un lapin » était ce qu'on fait de *pire.* J'ai emmené Ollie à la réception des

Barlow et ça *n'aurait pas pu* être mieux — il *n'aurait pas pu* y avoir de gens plus proprement puants. Ils avaient ces Hongrois en vestes vertes et Stewie Hunter a dirigé l'orchestre avec une fourchette. Tout le monde était tout simplement *mort* d'ennui. Il avait des mètres et des mètres de papier de toilette vert autour du cou, comme un collier de fleurs d'Hawaii. Il était *on ne peut plus* en forme. J'ai rencontré un *type absolument nouveau*, très grand, *vraiment* merveilleux, l'un de ces hommes avec lesquels on arrive *vraiment* à parler. Je lui ai dit que, parfois, j'avais une telle *nausée* que j'aurais pu en *hurler* et que je sentais que je *devais* absolument faire quelque chose comme écrire ou peindre. Il m'a demandé pourquoi je n'écrivais pas ou je ne peignais pas. Je suis rentrée à la maison toute seule ; Ollie est tombé *raide*. J'ai appelé le nouveau type trois fois aujourd'hui pour lui demander de venir dîner et d'aller à la première de « Ne dis jamais bonjour », mais la première fois, il était sorti, et ensuite, il était occupé avec sa mère. Finalement, j'ai eu Ollie Martin. J'ai essayé de lire, mais je n'arrivais pas à rester en place. *Impossible* de décider si je vais m'habiller en dentelle rouge ou en robe à plumes. Je me sens *tellement* fatiguée, mais qu'est-ce qu'on peut y faire ?

Mercredi. La chose la plus terrible vient de m'arriver *à la minute même*. Je me suis cassé un ongle à *ras*. C'est vraiment la chose la plus horrible qui me soit arrivée dans ma vie. J'ai appelé Mlle Rose pour qu'elle vienne me le tailler mais elle était sortie pour la journée. On peut dire que j'ai la *pire* malchance de *toute* la terre. Il va falloir que je reste comme ça toute la journée et toute la soirée, mais qu'est-ce qu'on peut y faire ? Fichue Mlle Rose. La soirée d'hier était *absolument* agitée. « Ne dis jamais bonjour » était *vraiment* infect, *jamais* je n'avais vu des costumes plus pourris sur une scène. J'ai emmené Ollie à la réception des Ballard ; c'était *on ne peut* mieux. Il y avait ces Hongrois en vestes vertes et Stewie Hunter dirigeait l'orchestre avec un freesia — *absolument* parfait. Il avait enfilé le manteau d'hermine de Peggy Cooper et le turban argent de Phyllis Minton. Il était *tout simplement* incroyable. J'ai tout simplement demandé à une *masse* de gens *divins* de venir ici vendredi soir ; Betty Ballard m'a donné l'adresse de ces Hongrois aux vestes vertes. Elle m'a dit, tu n'as qu'à les engager jusqu'à quatre heures, et si quelqu'un leur donne encore trois cents dollars, ils resteront jusqu'à cinq heures. C'est *on ne peut plus* raisonnable. Je suis rentrée à la maison avec Ollie, mais il a fallu que je le dépose chez lui : il était *on ne peut plus* malade. Aujourd'hui, j'ai appelé le nouveau type pour lui demander de venir dîner et de m'accompagner à la première de « Tout le monde debout » ce soir, mais il était pris. Joe va sortir ; il n'a pas voulu *condescendre* à me dire *où* il allait, *bien sûr*. J'ai commencé à lire les journaux, mais il n'y avait rien, si ce n'est que Mona Wheathley est allée divorcer à Reno en accusant son mari d'*intolérable cruauté*. J'ai appelé Jim Wheathley pour voir s'il faisait quelque chose ce soir, mais il était pris. Finalement, j'ai eu Ollie Martin. *Impossible* de décider si je vais m'habiller en satin blanc, en mousseline noire ou en crêpe grège. Je suis tout simplement *atteinte au dernier degré* à cause de mon ongle. Je ne peux pas le *supporter*. Je

77

n'ai *jamais* rencontré *personne* à qui il soit arrivé des choses aussi *incroyables.*

Jeudi. Je ne *tiens* tout simplement plus sur mes jambes. La soirée d'hier était *absolument* merveilleuse. « Tout le monde debout » était *absolument* divin, on ne *pouvait pas faire* plus cochon, et le nouveau type était là, *absolument* céleste, sauf qu'il ne m'a pas vue. Il était avec Florence Keeler qui portait ce modèle doré de Schiaparelli que toutes les petites *midinettes* ont depuis *Dieu* sait combien de temps. Il doit être *dingue* pour sortir avec elle, elle qui ne *regarde* jamais un homme. J'ai emmené Ollie à la réception des Watson. C'était *on ne peut plus* excitant. Tout le monde était simplement *rétamé*. Ils avaient fait venir ces Hongrois aux vestes vertes et Stewie Hunter dirigeait l'orchestre avec une lampe, et quand la lampe s'est cassée, lui et Tommy Thomas ont dansé un ballet — c'était *absolument* merveilleux. Quelqu'un m'a dit que le médecin de Tommy lui avait dit qu'il fallait absolument qu'il quitte *tout de suite* la ville, il a le *pire* estomac de la terre, mais on se s'en rendrait *jamais* compte. Je suis rentrée à la maison toute seule, je n'ai pu trouver Ollie *nulle part*. Mlle Rose est venue à midi me tailler l'ongle, c'était *on ne peut plus fascinant*. Sylvia Eaton ne peut pas mettre le nez dehors sans avoir sa piquouse, Doris Mason sait *tout, de A à Z,* sur Douggie Mason et cette fille de Harlem, Evelyn North ne veut pas se laisser persuader de se tenir à distance de ces trois acrobates et on n'*ose* pas dire à Stuyvie Raymond ce qui ne tourne pas rond avec lui. Je n'ai *jamais* connu quelqu'un qui avait une vie plus *fascinante* que Mlle Rose. Je lui ai fait retirer ce *vil* vernis mandarine de mes ongles et mettre du rouge foncé. Je n'ai remarqué qu'après son départ qu'il était presque *noir* à la lumière électrique ; je suis dans un état *pas possible*. *Fichue* Mlle Rose. Joe a laissé un mot disant qu'il dînait dehors, alors j'ai téléphoné au nouveau type pour lui demander de dîner avec moi et d'aller voir ce nouveau film ce soir, mais il n'a pas répondu. Je lui ai envoyé trois télégrammes pour lui dire de venir demain soir *absolument sans faute*. Finalement, j'ai eu Ollie Martin pour ce soir. J'ai regardé les journaux, mais il n'y a rien, si ce n'est que les Harry Mott donnent un thé dansant avec de la musique hongroise dimanche. Je crois que je vais demander au nouveau type de m'y accompagner ; ils avaient sûrement l'intention de m'inviter. J'ai ouvert un livre, mais j'étais trop épuisée. *Impossible* de décider si je vais porter la nouvelle robe bleue avec la veste blanche ou si je vais la garder pour demain soir et si je vais mettre la moirée ivoire. J'ai simplement *mal au cœur* à chaque fois que je pense à mes ongles. Ça ne *pourrait pas faire plus dingue*. Je serais capable de *tuer* Mlle Rose, mais qu'est-ce qu'on peut y faire ?

Vendredi. Complètement *lessivée* ; ça *ne pourrait pas être pire*. La soirée d'hier a été *absolument* divine, le film *tout simplement* mortel. J'ai emmené Ollie à la réception des Kingsland, c'était *absolument* incroyable, tout le monde *déménageait*. Il y avait ces Hongrois en vestes vertes, mais Stewie Hunter n'était pas là. Il fait une *vraie* dépression nerveuse. Je me suis rendue *malade* en me disant qu'il ne serait peut-être pas rétabli ce soir ; je ne lui pardonnerai *jamais* s'il ne vient pas. J'ai commencé à repartir avec Ollie, mais je l'ai déposé chez lui parce qu'il ne *pouvait pas* s'arrêter de pleurer. Joe a laissé un mot au maître d'hôtel pour dire qu'il partait cet après-midi à la campagne pour le week-end ; bien entendu, il ne s'est pas *abaissé* à me dire *quelle* campagne. J'ai appelé des *tonnes* de types merveilleux pour demander à quelqu'un de dîner avec moi et de m'accompagner à la première de « Folie d'un Blanc », et ensuite d'aller danser un moment ; je ne peux pas *supporter* d'être la première arrivée à la réception que je donne. Tout le monde était pris. Finalement, j'ai eu Ollie Martin. J'étais *on ne peut plus* déprimée ; je n'aurais jamais dû *toucher* au champagne et au scotch en même temps. J'ai ouvert un livre, mais j'étais trop énervée. J'ai appelé Anne Lyman pour lui demander des nouvelles du nouveau bébé et *impossible* de me rappeler si c'était un garçon ou une fille — il faut *absolument* que je trouve une secrétaire *la semaine prochaine*. Anne m'a été *du plus grand* secours. Elle a dit qu'elle ne savait pas si elle allait l'appeler Patricia ou Gloria, donc, bien sûr, j'ai *tout de suite* compris que c'était une fille. Je lui ai suggéré de l'appeler Barbara. J'avais oublié qu'elle en avait déjà une qui avait ce nom-là. J'ai vraiment *tourné comme un lion en cage* toute la journée. J'avais la *nausée* à cause de Stewie Hunter. Je *n'arrive pas* à décider si je dois porter la bleue avec la veste blanche ou la violette avec les roses beiges. A chaque fois que je regarde ces ongles noirs *révoltants,* je suis prête à hurler. Vraiment, je suis la seule dans le monde *entier* à qui il arrive ces horribles choses. *Fichue* Mlle Rose.

(Titre original : *Diary of a New York Lady*)

COUSIN LARRY

La jeune femme qui portait une robe de crêpe de Chine avec des petites pagodes semées parmi des bleuets géants croisa les jambes et étudia avec une enviable satisfaction l'extrémité recourbée de sa sandale verte. Puis, avec un calme qui avait toutes les apparences du bonheur, elle inspecta ses ongles dont le rouge était si épais et si brillant qu'on aurait dit qu'elle venait de lacérer un bœuf à main nue. Alors elle baissa brusquement le menton sur la poitrine et tâta les boucles qu'on lui avait faites sur la nuque, aussi nettes et sèches que des copeaux; elle parut à nouveau baigner dans un confortable contentement. Elle alluma une cigarette et sembla la trouver à son goût, comme tout le reste. Ensuite, elle recommença depuis le début toute l'histoire qu'elle venait de raconter.

— Non, mais vraiment, dit-elle. Franchement, j'en ai plus qu'assez qu'on parle autant de Lila... « Oh, pauvre Lila » par-ci, et « Oh, la pauvre petite » par-là. Si les gens veulent la plaindre... bon, on est en république, mais tout ce que je peux dire, c'est qu'à mon avis, ils sont fous. Je pense qu'ils sont complètement dingues. S'ils tiennent absolument à plaindre quelqu'un, qu'ils plaignent plutôt cousin

Larry. Pour une fois, ce serait justifié. Écoute, Lila n'est vraiment pas à plaindre. Elle a une vie merveilleuse ; elle ne fait absolument rien qu'elle ne veuille pas faire. Elle a une vie plus belle que tous ceux que je connais. Et de toute façon, tout est de sa faute, ça, de toute façon. C'est parce qu'elle est comme ça ; c'est son caractère pourri et ignoble. Bon, on ne peut quand même pas nous demander de plaindre quelqu'un quand c'est de sa faute. Tu trouves ça normal, toi ? Non, mais dis-moi !

» Écoute, je connais Lila. Je la connais depuis des années. Je suis presque restée avec elle du matin au soir. Bon, tu sais que je suis allée souvent les voir dans leur maison de campagne. Tu sais à quel point on arrive à connaître les gens quand on leur rend visite ; eh bien, c'est à ce point-là que je connais Lila. Et je l'aime bien. Franchement. J'aime bien Lila quand elle est raisonnable. C'est seulement quand elle commence à s'apitoyer sur son sort, à pleurnicher, à poser tout un tas de questions et à gâcher le plaisir de tout le monde qu'elle me donne envie de vomir. La plupart du temps, elle est tout à fait acceptable. C'est seulement qu'elle est égoïste, voilà tout. Elle n'est qu'une sale égoïste. Et la manière dont les gens parlent de Larry quand il reste en ville et sort sans elle ! Écoute-moi, elle reste à la maison parce qu'elle le veut bien. C'est elle qui préfère se coucher tôt. Je l'ai vue faire soir après soir quand j'étais allée leur rendre visite. Je la connais comme ma poche. Elle, pas de danger qu'on lui fasse faire quelque chose qu'elle n'a pas envie de faire !

» Franchement, ça me fait bouillir d'entendre dire du mal de Larry. Qu'on essaie un peu de le critiquer devant moi ! Alors que cet homme est un saint, exactement, voilà ce qu'il est. D'ailleurs, je n'arrive pas à comprendre comment il n'est pas complètement épuisé au bout de dix ans passés avec cette bonne femme. Elle ne peut pas le laisser seul une seconde ; elle veut toujours se mêler de tout, elle veut toujours qu'il lui dise pourquoi il rit si on est en train de plaisanter, et alors, il faut tout lui expliquer pour qu'elle puisse rire aussi. C'est une de ces vieilles imbéciles sérieuses comme tout, qui ne trouvent jamais rien drôle, qui ne savent pas plaisanter, alors, quand elle essaie d'entrer dans le jeu... oh, elle est vraiment impossible à regarder, c'est tout. Et le pauvre Larry, lui qui est on ne peut plus amusant et qui a un sens de l'humour extraordinaire et tout. A mon avis, elle aurait pu le rendre complètement dingue il y a déjà des années.

» Et quand elle voit que le pauvre malheureux s'amuse quelques minutes avec quelqu'un, elle devient... eh bien, elle ne devient pas jalouse — elle est trop égocentrique pour passer du temps à être jalouse —, elle est si salement méfiante, elle a un esprit tellement dégoûtant, qu'elle se contente d'être méchante. Et surtout avec moi. Je te demande un peu ! Moi qui ai connu Larry presque toute ma vie, c'est vrai. Ça fait même des années que je l'appelle cousin Larry, ça te montre bien ce que j'ai toujours éprouvé pour lui. La première fois que j'ai passé quelque temps avec eux, elle a commencé à me demander pourquoi je l'appelais cousin Larry, et je lui ai dit que c'était parce que je le connaissais si bien que je me sentais un peu parente. Alors, cette vieille imbécile a fait sa coquette et elle m'a dit que je n'avais qu'à l'accepter dans la famille, elle aussi, et j'ai dit que oui, ce serait fantastique ou quelque chose de ce genre. D'ailleurs, j'ai vraiment essayé de l'appeler tante Lila, mais je n'arrivais tout simplement pas à avoir l'air convaincue. De toute façon, ça n'avait pas l'air de la rendre plus heureuse. Tu vois, elle fait partie de ces gens qui ne se sentent bien que quand ils sont malheureux. Elle adore être malheureuse. C'est pour ça qu'elle agit comme ça. Essaie donc de lui faire faire quelque chose qu'elle ne veut pas faire !

» Franchement. Pauvre cousin Larry. Imagine un peu cette vieille dégoûtante en train de manigancer quelque chose parce que je l'appelle cousin Larry. Je t'assure que ça ne m'a pas découragée. Je crois que l'amitié que je porte à Larry mérite bien ça. Et lui, il m'appelle mon petit cœur, comme il l'a toujours fait. Il m'a toujours appelée mon petit cœur. Tu ne crois pas qu'elle pourrait se rendre compte que s'il y avait quoi que ce soit là-dessous, il ne m'appellerait pas tout le temps comme ça devant elle ?

» Vraiment, ce n'est pas qu'elle me gêne en quoi que ce soit, moi qui ai la vie devant moi, c'est seulement que je plains tellement Larry. Je ne remettrais pas les pieds dans cette maison s'il n'y avait pas Larry. Mais il dit — bien sûr, il ne dit jamais un mot contre elle, c'est le genre de personne qui se ferme comme une huître dès lors qu'il s'agit de la femme qu'il a épousée —, il dit que personne ne peut s'imaginer ce que c'est que d'être seul avec Lila. C'est pour ça que je suis allée là-bas, pour commencer. Et j'ai compris ce qu'il voulait dire. Écoute, le premier soir que j'étais là, elle est allée se coucher à dix heures. Cousin Larry et moi, on écoutait des vieux disques — tu comprends, il fallait bien qu'on fasse quelque chose, elle ne voulait pas rire, plaisanter ou faire ce qu'on faisait, elle restait plantée là comme un vieux piquet — et il s'est trouvé que par hasard, j'ai découvert des vieilles chansons qu'on chantait, Larry et moi, et sur lesquelles on avait dansé et tout. Bon, tu sais comment c'est quand on connaît un homme aussi bien que ça, il y a toujours des choses qui vous rappellent d'autres choses, et on était en train de rire en passant ces disques, et on se disait plus ou moins : " Tu te rappelles à quelle époque c'était ? " et " A quoi ça te fait penser ? " et tout, comme chacun le ferait ; et la première chose qu'on a remarquée, c'est que Lila s'était levée en disant qu'on ne lui en voudrait probablement pas si elle allait se coucher, qu'elle se sentait horriblement fatiguée. C'est à ce moment-là que Larry m'a dit qu'elle faisait toujours ça quand elle voyait des gens en train de s'amuser. S'il y a un invité dans la maison quand elle se sent horriblement fatiguée, tant pis pour lui, voilà. Un petit détail de ce genre ne la gêne pas, celle-là. Quand elle veut aller se coucher, elle y va.

» C'est pour ça que je suis allée si souvent là-bas. Tu ne sais pas ce que ça représente pour Larry d'avoir quelqu'un avec qui il peut bavarder quand Lila monte se coucher à dix heures. Et avec moi, le pauvre malheureux peut aussi jouer au golf pendant la journée. Lila ne peut pas y jouer, elle a quelque chose qui ne tourne pas rond dans le ventre, c'est bien d'elle, ça. Je n'irais pas là-bas si je n'avais pas l'impression d'aider autant Larry. Tu sais comme il adore s'amuser. Et Lila est vieille, elle est vraiment une horrible vieille ! Franchement. Larry... tu comprends, évidemment, l'âge d'un homme n'a pas grande importance, ce qui compte, c'est comment il se sent. Et sur ce plan-là, Larry est un vrai gosse. Je ne cessais de dire à Lila, pour essayer de lui ôter les idées qu'elle a dans son vilain esprit mal tourné, que cousin Larry et moi, on n'était que deux gosses complètement fous. Je te demande un peu, elle ne pourrait pas avoir le bon sens de se rendre compte qu'elle est finie et que la seule chose qui lui reste à faire, c'est de s'asseoir tranquillement à l'écart et de laisser les gens qui peuvent s'amuser le faire ? Elle, elle prend du bon temps, puisque aller se coucher tôt, c'est ce qui lui plaît. Personne ne l'embête... tu crois pas qu'elle pourrait cesser de se mêler des affaires des autres, ne plus poser sans arrêt des questions ni vouloir toujours savoir de quoi on parle ?

» Bon, écoute. Un jour, j'étais là-bas, et il se trouvait que je portais des orchidées. Lila a dit, oh, comme elles sont jolies, et tout, et elle voulait savoir qui me les avait envoyées. Franchement. Elle m'a délibérément, je dis bien délibérément, demandé qui me les avait envoyées. Alors, je me suis dit, bon, ça te fera les pieds, et je lui ai dit que c'était cousin Larry. Je lui ai dit que c'était une sorte de petit anniversaire pour nous... tu sais comment ça se passe, quand on connaît un homme depuis longtemps, on a toujours des petits anniversaires, la première fois qu'il vous a emmenée déjeuner, la première fois qu'il vous a envoyé des fleurs, ou quelque chose de ce genre. Bon, de toute façon, c'était un de ces trucs-là, et j'ai dit à Lila que cousin Larry était un ami merveilleux pour moi, qu'il n'oubliait jamais ce genre de choses, que ça l'amusait beaucoup de faire ça, on voyait bien qu'il trouvait grand plaisir à faire ces gentillesses. Bon, je te le demande : tu ne crois pas que n'importe qui au monde verrait à quel point c'est innocent si tu lui racontais tout ça ? Et tu ne sais pas ce qu'elle a dit ? Franchement. Elle a dit : " Moi aussi, j'aime les orchidées. " Alors, j'ai pensé, bon, peut-être que si tu avais quinze ans de moins, ma petite, un homme pourrait t'en envoyer, mais je n'ai rien dit. Je lui ai seulement dit : " Prends celles-là, Lila, si tu veux. " Comme ça, c'est tout. Dieu seul sait que je n'étais pas obligée de le lui proposer. Mais non, elle n'a pas voulu. Non, elle a dit qu'elle allait monter s'allonger un peu si ça ne me faisait rien. Elle se sentait horriblement fatiguée.

» Et alors... oh, ma chère, j'allais presque oublier de te raconter ça. Tu vas en mourir de rire, ça va t'achever. Voilà. La dernière fois que j'étais là-bas, cousin Larry m'avait envoyé une petite culotte de voile ; elle était on ne peut plus mignonne. Tu sais, c'était seulement une plaisanterie, c'était ce genre de petites choses en tissu rose avec " *Mais l'amour viendra*[1] " brodé dessus en noir. Tu vois le genre. Il l'avait vue dans une vitrine et il me l'avait envoyée, juste pour plaisanter, à cause de ce qui était marqué dessus. Il fait toujours des trucs comme... dis donc, j'espère que tu ne le diras à personne, hein ? Parce que Dieu seul sait que s'il y avait quelque chose là-dessous, je n'irais pas te le raconter, mais tu sais comment sont les gens. Et on jase déjà bien assez comme ça, tout simplement parce que je sors avec lui de temps en temps, pour tenir compagnie à ce pauvre malheureux pendant que Lila est au lit.

» Bref, en tout cas, il m'avait envoyé ça, donc,

---

1. En français dans le texte. *(N.d.T.)*

quand je suis descendue pour le dîner — il n'y avait que nous trois ; voilà encore autre chose qu'elle fait, elle n'invite jamais personne à moins qu'il n'insiste vraiment —, j'ai dit à Larry : " Je l'ai sur moi, cousin Larry. " Et évidemment, il a fallu que Lila entende et elle a dit : " Qu'est-ce que tu as sur toi ? " Et elle n'a pas cessé de le demander et de le redemander. Bien sûr, moi, je n'allais pas le lui dire, et ça m'a semblé tout à coup si drôle que j'ai failli mourir à force de me retenir de rire, et à chaque fois que je croisais le regard de Larry, on éclatait tous les deux. Lila, elle, n'arrêtait pas de dire, oh, dites-moi ce qu'il y a de drôle, oh, dites-le-moi, dites-le-moi. Alors, finalement, quand elle a compris qu'on n'allait rien lui dire, il a fallu qu'elle aille se coucher, sans se préoccuper de ce que ça nous faisait. Seigneur, est-ce qu'il est interdit de plaisanter ? On est en république, non ?

» Franchement ! Et elle ne fait qu'empirer tous les jours. J'en suis tout simplement malade pour Larry. Je ne vois pas comment il va s'en sortir. Tu sais, une femme comme ça n'accepterait pas de divorcer pendant un million d'années, même si c'était lui qui avait l'argent. Larry ne dit jamais rien, mais je parie qu'il y a des fois où il souhaite qu'elle meure. Et tout le monde qui répète : " Oh, pauvre Lila ", " Oh, pauvre chère Lila, si ce n'est pas une honte ! " Tout ça, c'est parce qu'elle les accule dans un coin et qu'elle commence à pleurnicher sur le fait qu'elle n'a pas d'enfant. Oh, comme elle désire un enfant ! Oh, si Larry et elle avaient un bébé, etc. Et ensuite, les yeux remplis de larmes... tu sais bien, tu l'as déjà vue faire. Les yeux remplis de larmes ! Elle a vraiment de belles raisons de pleurer, elle fait toujours ce qui lui plaît. Je parie que c'est simplement une histoire qu'elle a inventée, le fait de ne pas avoir d'enfant. C'est seulement pour s'attirer de la compassion. Elle est si salement égoïste qu'elle n'aurait jamais renoncé à son confort pour en avoir un, c'est ça son problème. Elle serait obligée de rester debout après dix heures.

» Pauvre Lila ! Franchement, je pourrais en rendre mon déjeuner. Pourquoi ne disent-ils jamais pauvre Larry, pour changer un peu ? C'est lui qui est à plaindre. Bon. Moi, tout ce que je sais, c'est que je ferai toujours tout ce que je pourrai pour cousin Larry. C'est tout ce que je sais. »

La jeune femme en crêpe de Chine imprimé retira son mégot de son fume-cigarette en papier mâché et elle parut trouver un plaisir accru à la vue familière de ses ongles à la nuance si riche. Puis elle prit sur ses genoux un coffret doré et en se regardant dans un miroir de poche, elle sonda son visage aussi attentivement que s'il y avait un trésor caché derrière. Elle fronça les sourcils, rapprocha les paupières supérieures des paupières inférieures puis tourna la tête avec une expression de négation empreinte de regrets et enfin elle remua la bouche latéralement, comme un poisson tropical ; et après tout ceci, elle sembla se sentir encore mieux, si possible. Elle alluma alors une nouvelle cigarette et sembla trouver que c'était également là quelque chose d'irréprochable. Ensuite, elle recommença depuis le début toute l'histoire qu'elle venait de raconter.

(Titre original : *Cousin Larry*)

HAUTE COUTURE

C'était l'une de ces journées extraordinairement lumineuses qui font tout paraître plus grand. L'Avenue semblait plus large, plus longue, et les immeubles avaient l'air de grimper plus haut dans le ciel. Aux fenêtres, les fleurs ne formaient pas une masse confuse et embrouillée mais, comme par l'effet d'un agrandissement, on pouvait distinguer leur forme, et même leurs pétales. On parvenait vraiment à voir toutes sortes de choses plaisantes qui étaient généralement trop petites pour qu'on les remarque, comme les fines figurines surmontant les bouchons de radiateur et les jolies pommes de mât dorées des drapeaux, ou les fleurs et fruits sur les chapeaux des dames et la rosée crémeuse appliquée sur leurs paupières. Il devrait vraiment y avoir davantage de ces journées.

Cet éclat exceptionnel agissait sans doute également sur les objets invisibles, car en arrêtant son pas pour regarder le haut de l'Avenue, Mrs. Martindale eut l'impression que son cœur lui aussi prenait plus de place dans sa poitrine. La taille du cœur de Mrs. Martindale était réputée parmi ses amies qui, amitié oblige, s'étaient empressées d'en parler un peu partout. Par conséquent, le nom de Mrs. Martindale figurait en bonne place sur toutes les listes de ces organisations qui appellent à acheter des billets pour leurs kermesses et elle se retrouvait fréquemment photographiée à une table, écoutant attentivement sa voisine et discourant pour le bien-fondé de la charité. Son grand cœur n'habitait pas, comme c'est souvent et tristement le cas, une grosse poitrine. Les seins de Mrs. Martindale étaient admirables, délicats mais fermes, l'un pointant vers la droite, l'autre vers la gauche, « d'opinion contraire », comme disent les Russes.

Son cœur était maintenant encore plus embrasé grâce au beau spectacle de l'Avenue. Tous les drapeaux avaient l'air flambant neufs. Le bleu, le blanc et le rouge étaient si éclatants qu'ils vibraient à ravir et les étoiles bien nettes semblaient danser sur leurs pointes. Mrs. Martindale portait elle aussi un drapeau, accroché au revers de sa veste. Elle possédait des quantités de rubis, de diamants et de saphirs qui traînaient un peu partout, composant des motifs floraux sur des sacs du soir, des nécessaires de toilette et des étuis à cigarettes. Elle les avait tous apportés à son bijoutier qui les lui avait assemblés en un charmant petit drapeau américain. Il y avait eu assez de pierres pour qu'il puisse en imaginer un flottant au vent, et c'était une bien bonne chose car les drapeaux rectangulaires et plats souffraient de quelque raideur. Elle possédait aussi une quantité d'émeraudes, figurant les feuilles et les tiges de motifs floraux, qui n'avaient bien sûr été d'aucune utilité pour ce projet, et qu'elle avait donc laissées de côté, dans un coffret de cuir gaufré. Un jour, peut-être, Mrs. Martindale s'entretiendrait avec son bijoutier pour trouver à les employer. Mais ce n'était pas le moment de s'en occuper.

Il y avait beaucoup d'hommes en uniforme qui arpentaient l'Avenue sous les bannières éclatantes. Les soldats avançaient d'un pas vif et sûr, chacun allant vers une destination personnelle. Les marins marchaient deux par deux, tranquillement, s'arrêtaient à un croisement, regardaient au bout d'une rue ; ils paraissaient renoncer à quelque projet et continuaient leur chemin, plus lentement, sans savoir vraiment où ils allaient. Le cœur de Mrs. Martindale s'enfla à nouveau lorsqu'elle les regarda. Elle avait une amie qui se faisait une règle d'arrêter les hommes en uniforme dans la rue et de les remercier, individuellement, pour ce qu'ils faisaient pour *elle*. Mrs. Martindale trouvait que c'était pousser un peu loin, sans nécessité. Toutefois, elle entrevoyait assez bien ce que voulait dire son amie.

Aucun soldat ou marin n'aurait d'ailleurs fait la moindre objection si Mrs. Martindale l'avait abordé. Car elle était vraiment charmante, aucune autre femme ne l'était tout à fait autant qu'elle. Elle était grande, et son corps jaillissait de source comme un poème. Son visage était entièrement composé de triangles, comme celui d'un chat, et ses yeux et ses cheveux étaient gris-bleu. Ses cheveux n'étaient pas du genre à s'effiler près du front et des tempes ; non, ils fusaient en grandes vagues épaisses, depuis une ligne droite au-dessus de ses sourcils. Et ce gris-bleu n'était pas prématuré. Mrs. Martindale s'épanouissait dans une quarantaine fraîche. L'après-midi n'est-il pas considéré comme le moment le plus agréable de la journée ?

A la voir, si délicate, si raffinée, si savamment

protégée par sa beauté même, on aurait pu rire en entendant dire que c'était une ouvrière. « Allons donc ! » auriez-vous pu dire, si telle était votre manière bien maladroite d'exprimer votre incrédulité. Mais vous n'auriez pas été seulement grossier, vous vous seriez trompé. Mrs. Martindale travaillait, et elle travaillait *dur*. Elle travaillait *doublement* dur car elle n'était pas du tout qualifiée pour ce qu'elle faisait et elle *détestait* le faire. Pourtant depuis deux mois, elle avait travaillé cinq après-midi par semaine, et elle n'avait pas renâclé un seul instant. Et elle ne recevait aucune rémunération pour des services aussi assidus. Elle en faisait don parce qu'elle avait l'impression que tel était son devoir. Elle pensait qu'il fallait faire ce qu'on pouvait, en travaillant dur et avec humilité. Et elle mettait sa théorie en pratique.

Le bureau de l'organisation d'aide militaire dans lequel Mrs. Martindale travaillait avait reçu d'elle et de ses collègues le nom de Quartier Général ; certaines en étaient même arrivées à l'appeler le Q.G. Ces dames faisaient partie d'une minorité qui ne cessait de haranguer les autres en faveur de l'adoption d'un uniforme. Le modèle n'en avait pas été complètement mis au point, mais ce serait quelque chose qui rappellerait un costume d'infirmière, avec une jupe plus ample, une longue cape bleue et des poignets mousquetaires blancs. Mrs. Martindale n'était pas d'accord avec cette faction. Il lui avait toujours été difficile d'élever la voix pour exprimer son opposition, mais elle le fit cette fois, quoique doucement. Elle dit que s'il n'y avait bien sûr rien de *mal* dans un uniforme, que si personne ne pouvait rien trouver de *mal* dans cette idée, cela semblait tout de même... eh bien, il ne semblait pas très juste de se servir de son travail comme d'une excuse pour... eh bien, pour porter de beaux habits, si on voulait bien l'excuser de s'exprimer de la sorte. Bien sûr, elles portaient leur coiffe au Quartier Général, et si quelqu'un voulait vous prendre en photo avec votre coiffe, il fallait l'accepter parce que c'était bon pour l'organisation et que ça la faisait connaître. Mais, s'il vous plaît, pas l'uniforme entier, dit Mrs. Martindale. Vraiment, s'il vous plaît, dit Mrs. Martindale.

Le Quartier Général était, selon une opinion majoritaire, le bureau le plus strict de toutes les organisations d'aide militaire de la ville. Ce n'était pas un endroit où vous veniez faire juste un peu de tricot. Le tricot, une fois que vous avez attrapé le coup, c'est un travail agréable, au fond, un travail capable de vous délasser des fatigues que la vie peut vous imposer. Quand vous tricotez, sauf quand vous arrivez aux endroits où il faut compter les mailles, vous avez l'esprit suffisamment disponible pour participer à une conversation, pour être réceptive à des nouvelles qu'on vous annonce et y accorder une généreuse attention. Mais au Quartier Général, on ne tricotait pas, on cousait. On confectionnait ces courtes chemises qui s'attachent dans le dos avec des tresses de coton et qui sont enfilées aux patients dans les hôpitaux. Chaque vêtement devait avoir deux manches, et tous les ourlets devaient être bien finis. Le tissu était rêche, d'une odeur déplaisante et rebelle à l'aiguille des novices. Mrs. Martindale en avait terminé trois et elle était presque arrivée à la moitié de la quatrième. Elle s'était dit qu'après la première, les suivantes seraient plus faciles et plus rapides à fabriquer. Mais ça n'avait pas été le cas.

Il y avait bien des machines à coudre au Quartier Général, mais la plupart des ouvrières ignoraient l'art de s'en servir. Mrs. Martindale, pour sa part, avait peur des machines. On racontait une horrible histoire, sans d'ailleurs savoir d'où elle venait : quelqu'un avait mis le pouce au mauvais endroit et l'aiguille se serait abaissée, transperçant tout, l'ongle et le reste. Et même, il y avait — on ne savait pas très bien comment dire ça —, il y avait *plus* de sacrifice, de dévouement, à coudre à la main. Mrs. Martindale s'attelait de tout son cœur à cette tâche toujours plus écrasante. On aurait souhaité qu'il y eût plus de travailleuses de sa trempe.

Car nombre d'entre elles avaient tout abandonné bien avant d'avoir terminé leur premier vêtement. Et beaucoup d'autres, qui avaient pris l'engagement d'être là tous les jours, ne venaient que de temps en temps. Il n'y avait qu'une poignée de femmes de la trempe de Mrs. Martindale.

Elles travaillaient toutes gratuitement, bien qu'il y ait eu quelques doutes au sujet de Mrs. Corning, qui dirigeait le Quartier Général. C'était elle qui contrôlait le travail, qui taillait les vêtements et expliquait aux travailleuses quelle pièce était à assembler avec quelle autre. (Le résultat n'était pas toujours celui qu'on escomptait. Une couturière novice avait travaillé jusqu'à l'étape ultime de la finition pour obtenir une chemise à une seule manche qui partait du milieu du devant. Il fut impossible de se retenir d'éclater de rire. Une mauvaise langue suggéra même de l'envoyer telle quelle, au cas où un éléphant devrait être alité. Mrs. Martindale fut la première à dire : « Ah, ne riez pas ! Elle a travaillé si dur là-dessus ! ».) Mrs. Corning était une femme maussade, haïe de toutes. Les hauts critères de qualité du Quartier Général étaient certes importants pour le moral des travailleuses, mais tout le monde s'accordait à reconnaître que Mrs. Corning n'avait tout de même aucun besoin de gronder d'une voix aussi stridente celles qui mouillaient le bout de leur fil entre leurs lèvres pour le passer dans le trou de l'aiguille.

— Alors là ! avait répondu l'une des plus intrépides parmi celles qui avaient été réprimandées. Si ces casaques ne voient rien de pire qu'un peu de salive propre...

L'intrépide n'était jamais revenue au Quartier Général, et d'aucunes pensaient qu'elle avait eu raison. Cet épisode amena de nouvelles adeptes à l'école de pensée qui soutenait que Mrs. Corning était *payée* pour faire ce qu'elle faisait.

Quand Mrs. Martindale s'arrêta dans la franche lumière et regarda l'Avenue, ce fut pour elle un moment de repos bien mérité. Elle sortait tout juste du Quartier Général. Elle n'y retournerait pas avant de nombreuses semaines, tout comme les autres travailleuses. Quelque part, un coucou avait sans doute chanté, car l'été approchait. Et comme tout le monde quittait la ville, il était raisonnable de fermer le Quartier Général jusqu'à l'automne. Sans éprouver le moindre sentiment de culpabilité, Mrs. Martindale était bien contente de prendre un peu de vacances après tous ces exercices de haute couture.

Eh bien, il s'avéra très vite qu'elle n'allait pas en prendre. Pendant que ces dames échangeaient gaiement des adieux en promettant de se retrouver à l'automne, Mrs. Corning, après s'être violemment éclairci la gorge pour réclamer le silence, avait fait un bref discours. Elle se tenait près d'une table recouverte d'une pile de pièces de chemises d'hôpital, qui n'étaient pas encore assemblées. C'était une femme disgracieuse, et bien qu'on pût supposer qu'elle voulait se montrer convaincante, elle ne réussit qu'à être désagréable. Il y avait un besoin désespéré, un besoin effrayant de vêtements d'hôpitaux, dit-elle. Il en fallait tout de suite des centaines et même des milliers. L'organisation avait télégraphié le matin même pour les réclamer, en suppliant. Le Quartier Général allait fermer jusqu'en septembre, ce qui voulait dire que tout travail allait cesser. Elles avaient certainement toutes mérité des vacances. Pourtant, face à ce terrible besoin, elle ne pouvait s'empêcher de leur demander... bref, elle aurait aimé que des volontaires emportent des chemises pour y travailler chez elles.

Il y eut un petit silence, puis un murmure de voix qui gagna en volume et en assurance dès que chacune s'aperçut qu'elle n'était pas la seule. La plupart des travailleuses, à ce qu'il semblait, auraient été volontaires, mais elles avaient le sentiment de devoir *absolument* consacrer tout leur temps à leurs enfants, qui les avaient *à peine vues* dans la mesure où elles étaient venues si régulièrement au Quartier Général. D'autres justement se contentèrent de dire qu'elles étaient tout simplement épuisées et qu'il n'y avait rien à ajouter. Il faut reconnaître que pendant quelques instants, Mrs. Martindale s'identifia à ce dernier groupe. Puis la honte l'inonda comme un afflux de sang, et prestement, mais tranquillement, avec sa tête gris-bleu bien haute, elle se dirigea vers Mrs. Corning.

— Mrs. Corning, j'aimerais en prendre douze, s'il vous plaît, dit-elle.

Mrs. Corning ne s'était encore jamais montrée aussi gentille. Elle avança la main et pressa celle de Mrs. Martindale.

— Merci, dit-elle, et sa voix stridente était adoucie.

Mais ensuite, il fallut qu'elle redevienne comme avant. Elle retira brusquement sa main de celle de Mrs. Martindale et, se tournant vers la table, commença à assembler les pièces.

— Et je vous en prie, Mrs. Martindale, ajouta-t-elle de sa voix stridente, soyez assez aimable pour ne pas oublier de faire des coutures bien droites. Les blessés peuvent être terriblement gênés par des coutures de travers, vous savez. Et si vous arrivez à faire des points réguliers, la chemise aura un aspect beaucoup plus professionnel et donnera une meilleure image de notre organisation. Et il faut faire vite, c'est terriblement important. Ils en ont un besoin horriblement urgent. Si vous pouviez vous débrouiller pour travailler un peu plus vite, ça nous rendrait bien service.

Alors là, réellement, si Mrs. Martindale n'avait pas proposé de prendre ces trucs-là, elle aurait...

Les douze chemises encore en pièces, plus celle qui était à moitié terminée, cela faisait un énorme paquet. Mrs. Martindale dut demander à son chauffeur de venir les prendre pour les amener à sa voiture. Pendant qu'elle l'attendait, plusieurs autres travailleuses s'avancèrent, plutôt lentement, en demandant à emporter de la couture chez elles. Mais elles ne s'engagèrent pas au-delà de quatre chemises.

Mrs. Martindale dit au revoir à Mrs. Corning, certes, mais elle ne lui dit pas qu'elle espérait avoir le plaisir de la revoir à l'automne. On fait ce qu'on peut, et on le fait parce qu'on y est obligé. Mais il ne faut pas dépasser ses propres limites.

Dehors, sur l'Avenue, Mrs. Martindale se sentait à nouveau elle-même. Elle détournait le regard du grand paquet que le chauffeur avait placé dans la voiture. Après tout, elle pouvait, sans rougir, se permettre une petite récréation. Elle n'avait pas besoin de rentrer chez elle et de se mettre tout de suite à coudre. Elle allait renvoyer le chauffeur à la maison avec le paquet et marcher dans l'air doux, sans penser aux chemises à terminer.

Mais les hommes en uniforme passaient dans l'Avenue, sous les drapeaux flottant au vent, et dans la lumière qui renvoyait crûment la réalité, elle pouvait voir leurs visages à l'ossature nette, à la peau ferme, et leurs yeux, des yeux confiants chez les soldats, des yeux désenchantés chez les marins. Ils étaient tous *si* jeunes, et ils faisaient tous de leur mieux, tout ce qu'ils pouvaient, avec difficulté, avec humilité, sans poser de questions et sans attendre d'honneurs. Mrs. Martindale porta la main à son cœur. Un jour, peut-être, un jour, certains d'entre eux se retrouveraient sur des lits d'hôpitaux...

Mrs. Martindale redressa ses délicates épaules et entra dans sa voiture.

— A la maison, s'il vous plaît, dit-elle à son chauffeur. Je suis assez pressée.

Arrivée chez elle, Mrs. Martindale fit défaire l'énorme paquet par sa domestique qui étala tout son contenu dans le petit salon du premier étage. Mrs. Martindale retira son manteau et passa sur sa tête, juste après la première grande vague de cheveux gris-bleu, la coiffe qu'elle portait habituellement au Quartier Général. Elle entra dans son petit salon, qu'elle avait récemment fait repeindre à la couleur de ses yeux et de ses cheveux. Il avait fallu procéder à beaucoup de mélanges et d'assortiments mais, chacun en convenait, c'était une réussite. Il y avait des touches, ou plutôt des taches, ici et là, de magenta car les couleurs vives et Mrs. Martindale se complétaient admirablement, l'une donnant aux autres un éclat plus doux. Elle regarda la haute et affreuse pile de chemises et pendant une seconde, son célèbre cœur se contracta. Mais il reprit sa taille habituelle lorsqu'elle sentit où se trouvait son devoir. Ça ne servait à rien de penser à ces douze sacrées nouvelles chemises. Pour l'instant, il fallait s'atteler à celle qu'elle avait à moitié terminée.

Elle s'assit sur du satin piqué gris-bleu et se mit à l'ouvrage. Elle en était à l'endroit le plus détestable du vêtement, l'arrondi du col. Tout se déplaçait, rien n'avait l'air régulier, une horrible odeur d'amidon s'élevait du grossier tissu, et les points qu'elle s'efforçait d'exécuter avec tant de grâce apparaissaient tous de taille différente et légèrement gris. Inlassablement, il fallait les défaire, supprimer les imperfections, enfiler à nouveau son aiguille sans mouiller le fil entre ses lèvres et, pour finir, apercevoir d'autres points fantasques et désordonnés. Elle se sentait presque mal de devoir s'escrimer sur ce travail dur et monotone.

Sa domestique entra en minaudant et lui annonça que Mrs. Wyman désirait lui parler au téléphone.

Mrs. Wyman voulait lui demander un service. Il y avait deux inconvénients attachés à la possession d'un cœur de la taille de celui de Mrs. Martindale : les gens lui téléphonaient constamment pour lui demander de leur rendre un service, et elle acceptait constamment de le faire. Elle reposa sa couture avec un soupir d'origine indéterminée, et se dirigea vers le téléphone.

Mrs. Wyman, elle aussi, avait un grand cœur, mais il n'était pas bien enveloppé. C'était une grande femme lourde, habillée de façon stupide, avec des joues pendantes et des paupières qui semblaient avoir été piquées par des abeilles. Elle parlait rapidement, sans aucune confiance, insérant des excuses avant d'en avoir besoin, c'était une femme assommante, invitée mais évitée.

— Oh, ma chère, je suis vraiment désolée de vous déranger, disait-elle maintenant à Mrs. Martindale. Je vous prie de me pardonner. Mais je voudrais vous demander de me rendre un immense service. Je vous prie de m'excuser. Voilà, je voudrais vous demander si par hasard, vous connaîtriez quelqu'un qui pourrait employer ma petite Mrs. Christie ?

— Votre Mrs. Christie ? demanda Mrs. Martindale. Je ne crois pas la... à moins que je ne me trompe ?

— Vous savez, dit Mrs. Wyman, je ne voudrais pas vous ennuyer pour un empire, avec tout ce que vous faites et tout. Mais si, vous connaissez ma petite Mrs. Christie. C'est elle qui a une fille qui a attrapé la polio. Elle doit subvenir à ses besoins, et je ne sais vraiment pas comment elle va s'en sortir. Je ne vous aurais pas dérangée pour un empire, et j'étais en train de chercher des petits travaux qu'elle

101

pourrait faire pour moi, mais la semaine prochaine, nous allons au ranch, et je ne sais vraiment pas ce qu'elle va devenir. Avec sa fille paralysée et tout ! Elles ne pourront tout simplement pas *survivre* !

Mrs. Martindale émit un doux petit gémissement.

— Comme c'est affreux ! dit-elle. C'est parfaitement affreux. Oh, je voudrais pouvoir... dites-moi, que puis-je faire ?

— Eh bien, si vous pouviez seulement penser à quelqu'un qui pourrait l'employer, dit Mrs. Wyman. Je ne vous aurais pas ennuyée, franchement, je ne l'aurais pas fait, si j'avais su vers qui me tourner. Et Mrs. Christie est vraiment une petite femme merveilleuse, elle peut faire n'importe quoi. Bien sûr, le problème, c'est qu'elle doit travailler chez elle, parce qu'elle veut s'occuper de sa fille malade... à vrai dire, on ne peut pas vraiment le lui reprocher. Mais elle pourrait emporter des choses à faire et les ramener. Et elle est si rapide, si parfaite. Je vous prie de m'excuser de vous ennuyer, mais si vous pouviez seulement penser à...

— Oh, il doit bien y avoir quelqu'un ! s'écria Mrs. Martindale. Je vais trouver. Je vais me torturer l'esprit jusqu'à ce que j'y arrive, sincèrement. Et je vous appellerai dès que j'aurai pensé à quelque chose.

Mrs. Martindale retourna s'asseoir sur son satin piqué gris-bleu. Elle reprit la chemise qui n'était pas terminée. Un rayon d'une lumière exceptionnellement éclatante rasa un vase d'orchidées et tomba sur les cheveux vaporeux rassemblés sous la coiffe gracieuse. Mais Mrs. Martindale ne se tourna pas vers lui. Ses yeux gris-bleu restèrent fixés sur la corvée qu'exécutaient ses doigts. Cette chemise, puis les douze suivantes. Ce besoin, ce besoin désespéré, effrayant, et le rôle terriblement important que le temps jouait là-dedans. Elle fit un point, un autre point, un autre point et encore un autre ; elle regarda la ligne tremblotante qu'ils formaient, retira le fil de l'aiguille, décousit les trois derniers points, renfila son aiguille et refit des points. Et tout en faisant cela, fidèle à sa promesse et à son cœur, elle continuait à se torturer l'esprit pour trouver une solution.

(Titre original : *Song of the Shirt, 1941*)

LOLITA

Mrs. Ewing était une petite femme qui se soumettait à une obligation qui incombe à tant de petites femmes, celle de compenser par la vivacité ce qui leur manque en centimètres. Ce n'était que petites tapes, petits coups de coude, petits clignements d'yeux, petits froncements de nez, petits déferlements de mots et de gestes, petites gerbes de rire. A chaque fois que Mrs. Ewing entrait quelque part, toute tranquillité paraissait déserter la pièce.

Quant à son âge, les gens en étaient réduits à essayer de le deviner, excepté ceux qui étaient allés en classe avec elle. Elle déclarait pour sa part qu'elle n'accordait aucune attention à ses anniversaires, qu'elle s'en moquait éperdument. Et il est vrai que lorsque l'on a amassé plusieurs dizaines de choses identiques, elles perdent cette rareté qui fait le bonheur des collectionneurs. En été, Mrs. Ewing portait de petites tenues de sport en coton, bien que le seul jeu auquel elle jouât fût le bridge, et des socquettes qui laissaient apparaître les veines le long de ses jambes. En hiver, elle privilégiait les robes de taffetas bruissant, à multiples volants, et les vestes en peau bon marché. Souvent, le soir, elle nouait un pâle ruban dans ses cheveux. En cas de chaleur écrasante ou de vent glacial, Mrs. Ewing courait chez son coiffeur ; ses boucles avaient été si fréquemment et si résolument éclaircies et frisées qu'on se disait qu'en les caressant, on aurait l'impression de plonger les doigts dans un gratin de pommes de terre. Elle décorait son petit visage carré d'une manière qui n'est pas inhabituelle chez les dames du Sud et du Sud-Ouest, recouvrant son nez et son menton d'une poudre rigoureusement blanche et appliquant des ronds rouges sur ses joues. Vue du fond d'une pièce longue aux lumières tamisées, Mrs. Ewing était une jolie femme.

Elle était veuve depuis longtemps. Même avant son veuvage, elle et Mr. Ewing avaient vécu séparés, et c'était elle qui s'était acquis la sympathie de la ville. Elle avait songé à divorcer car on sait bien que la pensée — plus que la présence d'ailleurs — d'une joyeuse divorcée donne aux hommes envie de piaffer et de faire le beau. Mais avant que ses plans ne se soient concrétisés, Mr. Ewing, qui n'avait jamais su refuser une dernière tournée, avait été tué dans un accident d'automobile. Mais, une veuve aussi, une douce petite veuve, est réputée pour enflammer le cœur des hommes et le faire battre à coups redoublés. Tout comme ses amies, Mrs. Ewing était sûre qu'elle se remarierait. Le temps fuyait et cela ne s'était pas produit.

Pourtant, Mrs. Ewing ne s'était jamais fièrement drapée dans sa solitude ni cloîtrée à l'ombre de son deuil. Elle continuait à s'agiter et à faire entendre sa petite voix dans toutes les réceptions de la ville, et pas une semaine ne se passait sans qu'elle ne donnât chez elle de gais petits dîners ou des soirées consacrées à de passionnantes parties de bridge. Elle était toujours égale à elle-même et d'humeur agréable avec tout le monde, bien qu'elle atteignît son apogée quand il y avait des hommes. Elle faisait la coquette avec les sérieux maris de ses amies, et avec les deux ou trois célibataires de la ville, des antiquités tremblotantes qui faisaient tomber des pilules dans leur main au moment des repas, elle se montrait pétillante, à la limite de la grivoiserie. Un étranger qui l'aurait observée n'aurait pas manqué de se dire que Mrs. Ewing n'était pas femme à perdre espoir facilement.

Mrs. Ewing avait une fille : Lolita. Bien entendu, les parents ont parfaitement le droit de donner à leur progéniture le nom qui leur plaît ; pourtant, il serait parfois préférable qu'ils puissent entrevoir l'avenir et avoir une idée de ce à quoi le bébé ressemblera plus tard. Lolita n'avait pas de couleur déterminée ; elle était mince, avec de nettes protubérances à l'extrémité de ses os, et ses cheveux, si fins qu'ils en paraissaient rares, étaient complètement raides. Il y avait eu un temps où Mrs. Ewing, probablement la proie de quelque fantasme de bambin bouclé, mouillait les cheveux de l'enfant avant qu'elle n'aille se coucher et les enroulait autour de bouts de chiffons. Mais quand on les libérait le matin, les cheveux retombaient, plus raides que jamais. Tout ce qui résulta de l'entreprise, ce fut une série de nuits blanches pour Lolita, qui essayait vainement de reposer sa tête sur les nœuds bien durs que formaient les chiffons. Tout cela fut donc abandonné et, par la suite, ses cheveux pendirent comme ils l'entendaient. Au cours de ses premiers jours d'école, les petits garçons la poursuivirent dans toute la cour de récréation, tirant sur ses baguettes de tambour en criant : « Oh, Lolita, donne-nous donc une boucle ! Ah, Lolita, donne-nous une de tes jolies boucles ! » Les petites filles, ses amies, formaient un cercle pour observer ce manège et disaient : « Oh, ils sont terribles ! » en mettant la main devant la bouche pour réprimer leurs gloussements.

La pétillante Mrs. Ewing restait la même quand elle était avec sa fille, mais ses amies, mères de jeunes beautés, essayaient de se mettre à sa place et leurs cœurs saignaient pour elle. Prévenantes à leur manière, elles lui citaient des cas de petites filles qui avaient eu une période ingrate et s'étaient soudain transformées en beautés éblouissantes ; les plus cultivées faisaient allusion à l'histoire du vilain petit canard. Mais Lolita sortit de l'enfance et arriva à sa majorité sans changer le moins du monde, si ce n'est qu'elle était plus grande.

Les amies de Mrs. Ewing n'avaient rien contre Lolita. Elles lui parlaient gentiment et quand elle n'était pas là, elles demandaient toujours de ses nouvelles à sa mère, tout en sachant qu'il n'y aurait rien de nouveau. Ce n'était pas tant Lolita qui les exaspérait que le Destin, qui avait infligé à Mrs. Ewing cette grande godiche pâlichonne, une fille qui, de surcroît, n'était pas spirituelle et ne trouvait jamais rien à dire pour se mettre en valeur. Car Lolita était si tranquille, si tranquille, qu'on ne remarquait sa présence qu'au moment où la lumière se reflétait enfin dans les verres de ses lunettes. On n'y pouvait rien, il n'y avait aucune anecdote susceptible de renverser la situation et d'apporter de l'espoir. Songeant à leurs enfants qui sautillaient et babillaient, elles soupiraient à nouveau sur le sort de Mrs. Ewing.

Le soir, il n'y avait jamais de prétendants amassés sur la balustrade de la véranda des Ewing ; jamais de jeunes voix masculines qui demandaient Lolita au téléphone. Au début, les autres jeunes filles l'invitèrent quelquefois à leurs réceptions, puis plus du tout. Ce n'était pas parce qu'elles ne l'aimaient pas ; c'était seulement qu'il était difficile de se souvenir d'elle depuis que l'école était finie pour elles toutes et qu'elles ne la voyaient plus quotidiennement. Mrs. Ewing lui demandait toujours d'assister aux petites soirées qu'elle donnait, même si Dieu sait que sa présence n'y ajoutait rien, et, intrépide, elle l'emmenait à toutes les manifestations publiques auxquelles assistaient les jeunes et les vieux de la ville : fêtes paroissiales, ventes de charité ou inaugurations municipales. Quand on l'amenait à de telles festivités, Lolita se trouvait un petit coin et restait là bien tranquillement. Sa mère l'appelait de l'autre bout de la grande salle des fêtes, d'une voix haute et claire, aux accents chantants, qui couvrait les bavardages :

— Eh bien, viens ici, petite empotée ! Lève-toi donc et essaie de parler avec les gens !

Lolita se contentait de sourire et restait à sa place, toujours aussi tranquille. Il n'y avait rien de morose dans sa tranquillité. Son visage, à condition qu'on se rappelât l'avoir vu, avait une expression assez engageante, et son sourire était en tête de liste parmi ses rares et maigres attraits. Encore de tels attributs n'ont-ils de valeur que lorsqu'on peut les découvrir très vite ; qui a le temps de partir à leur recherche ?

Il arrive souvent, lorsqu'une jeune fille peu

demandée et sa mère petite et gaie vivent ensemble, que la fille se charge des tâches ménagères pour retirer ce fardeau des rondes épaules de sa mère. Mais pas Lolita. Elle n'avait aucun talent domestique. La couture était pour elle un sombre mystère et si elle s'aventurait dans la cuisine pour essayer de préparer un plat très simple, le résultat était au mieux risible. Elle ne savait pas non plus mettre de l'ordre dans une pièce. Sous ses doigts les lampes tremblaient, les bibelots s'entrechoquaient, l'eau coulait des vases de fleurs. Mrs. Ewing ne réprimandait jamais sa fille pour sa maladresse ; elle en plaisantait. Les mains de Lolita tremblaient sous les railleries et il y avait encore davantage d'eau renversée et de bergères qui volaient en éclats.

Elle ne pouvait même pas réussir à faire les courses correctement, bien qu'elle fût armée d'une liste de ce qu'il fallait rapporter ce jour-là à la maison, ladite liste ayant été manuscrite de la plume de sa mère. Elle arrivait au marché au bon moment, quand il regorgeait de ménagères, et elle semblait alors incapable de se frayer un chemin parmi elles. Elle restait à l'écart, et des personnes arrivées bien après elle se faisaient servir avant qu'elle ne réussît à approcher de l'étal et à demander ce qu'elle voulait. Ainsi le déjeuner de Mrs. Ewing ne pouvait-il jamais être prêt à l'heure. La maison n'aurait pas tenu le coup sans la bonne que Mrs. Ewing avait depuis des années, Mardy, la super-cuisinière, l'acharnée du ménage. Les autres femmes redoutaient sans cesse de voir leurs domestiques partir ou prendre de mauvaises habitudes, mais Mrs. Ewing, elle, n'avait aucune crainte au sujet de Mardy. Elle se montrait aussi vigoureusement agréable avec la bonne qu'avec sa propre fille. Elles aimaient bien rire toutes les deux et elles avaient un sujet tout désigné : l'incompétence de Lolita.

Une fois le goût des expériences émoussé, Lolita fut finalement dispensée de tâches domestiques. Elle restait tranquille et muette ; le temps passait, et Mrs. Ewing continuait à briller comme une bulle de savon virevoltant dans les airs.

C'est alors que fleurit un certain printemps, non progressivement, mais en un jour qu'on devait pendant longtemps désigner comme « le printemps où John Marble est arrivé ». La ville n'avait encore jamais vu personne de semblable à John Marble. Il avait l'air de descendre tout droit du char du Soleil. Il était grand et beau, et il était incapable de gestes maladroits ou d'hésitations verbales. Les jeunes filles n'eurent plus du tout conscience qu'il existait d'autres jeunes gens sur place, car ils étaient loin d'arriver à la cheville de John Marble. Il était plus âgé qu'eux — il avait dépassé la trentaine — et il devait être riche car il avait loué la meilleure chambre de l'auberge *Wade Hampton* et il conduisait une voiture basse et étroite de marque étrangère, une véritable merveille de grâce et de puissance. De plus, la magie du provisoire jouait en sa faveur. Les jeunes gens du pays, eux, étaient là jour après jour, année après année. Mais John Marble, venu traiter des affaires immobilières pour son entreprise à propos de terrains qui se trouvaient en dehors de la ville, retournerait dans la grande ville éclaboussée de lumières, son travail terminé. Le temps pressait ; l'excitation était à son comble.

Pour ses activités professionnelles, John Marble

rencontra les hommes importants de la ville, pères de belles jeunes filles, et l'on se bousculait pour inviter le brillant étranger. Les jeunes filles revêtaient leur robe blanche la plus froufroutante et passaient des bouquets de roses dans leurs larges ceintures bleu pâle ; leurs boucles luisaient et s'agitaient comme des clochettes. Au crépuscule, elles chantaient de petites chansons pour John Marble, et l'une d'elles grattait une guitare. Les jeunes gens du pays en étaient réduits à aller au bowling ou au cinéma par petits groupes renfrognés. Bien que les soirées en l'honneur de John Marble aient dû s'espacer, car il expliquait qu'il devait décliner les invitations en raison des exigences de son travail, les jeunes filles continuaient à refuser impatiemment les rendez-vous que leur donnaient les jeunes gens du pays, et elles restaient à la maison uniquement dans l'espoir d'un coup de téléphone de John Marble. Elles trompaient leur attente en esquissant son profil sur le bloc posé près du téléphone. Parfois, elles jetaient leurs bonnes manières aux orties et l'appelaient, quand bien même il était déjà dix heures du soir. Lorsqu'il répondait, d'une voix douce et courtoise, il se montrait délicieusement navré de ne pouvoir être avec elles en raison de son travail. Puis vint le moment où il n'y eut plus de réponse à leurs appels. La standardiste de l'auberge leur signalait que Mr. Marble était sorti.

D'une certaine manière, les difficultés qu'il fallait surmonter pour approcher John Marble semblaient stimuler les jeunes filles. Elles rejetaient leurs boucles odorantes en arrière, elles laissaient librement fuser leurs rires, et quand elles passaient devant l'auberge *Wade Hampton*, elles dansaient plus qu'elles ne marchaient. Leurs aînés disaient que jamais, dans leurs souvenirs, les jeunes filles n'avaient été aussi belles et aussi spirituelles que ce printemps-là.

Et dans cette ville peuplée d'éclatantes fleurs prêtes à être cueillies, John Marble choisit Lolita Ewing.

Ce fut une cour curieusement dépourvue de petites fantaisies. John Marble arrivait le soir chez les Ewing sans avoir téléphoné au préalable, et Lolita et lui s'asseyaient sur la véranda pendant que Mrs. Ewing allait voir ses amies. Quand elle revenait, elle refermait la grille en faisant beaucoup de bruit, et en remontant le chemin pavé, elle émettait un sonore « Hum », comme si elle voulait prévenir les jeunes gens de son arrivée pour qu'ils aient le temps de s'arracher l'un à l'autre. Mais la balançoire ne grinçait pas, le plancher ne craquait jamais, aucun son ne trahissait un changement précipité de position. Le seul son que l'on entendait, c'était la voix de John Marble, qui coulait aisément. Quand Mrs. Ewing arrivait sur la véranda, John Marble était allongé sur la balançoire et Lolita était assise dans un fauteuil d'osier, à un mètre cinquante de lui, les mains dans son giron, et bien sûr, ne pipant mot. Mrs. Ewing avait des remords de conscience en sachant que John Marble avait passé une soirée à monologuer ; elle s'asseyait donc et renvoyait la balle de la conversation, l'empêchant de retomber, décrivant l'intrigue du film qu'elle avait vu ou la partie de bridge à laquelle elle avait pris part. Quand finalement elle devait s'interrompre, John Marble se levait et expliquait qu'une dure journée l'attendait et qu'il était obligé de prendre congé. Mrs. Ewing se tenait en haut du perron et quand il descendait l'allée, elle lui recommandait d'un air fripon de ne rien faire qu'elle ne ferait elle-même.

Quand Lolita et elle remontaient ensuite de la véranda obscure au couloir éclairé, Mrs. Ewing considérait sa fille d'un regard neuf. Ses yeux se plissaient, ses lèvres se pinçaient et sa bouche en tombait. Elle observait en silence la jeune fille, et toujours en silence, sans même lui souhaiter bonne nuit, elle montait dans sa chambre et claquait bruyamment sa porte.

Le rite des soirées se modifia. John Marble ne venait plus s'asseoir sur la véranda. Il arrivait dans sa belle voiture et emmenait Lolita dans la pénombre douce. Les pensées de Mrs. Ewing accompagnaient les jeunes gens. Ils devaient sortir de la ville, quitter la route et s'engager dans un vallon abrité d'arbres épais pour les protéger des passants, et, là, la voiture devait s'arrêter. Et que se passait-il alors ? Est-ce qu'ils faisaient... Est-ce qu'ils voulaient... Mais Mrs. Ewing était incapable d'aller plus loin. Elle se représentait Lolita et le cours de ses pensées était abruptement arrêté par un éclat de rire.

Tous les jours, maintenant, elle continuait à observer sa fille sous ses paupières mi-closes, et le pli tombant de sa lèvre inférieure devint chez elle une habitude, quoique peu élégante. Elle parlait rarement directement à Lolita, mais elle faisait toujours des plaisanteries. Quand elle avait besoin d'un plus large public, elle appelait Mardy.

— Dites, Mardy ! s'écriait-elle. Venez ici, voulez-vous ? Venez donc la voir, trônant, là, comme une reine. Voilà que cette petite demoiselle aux grands airs doit être en train de se dire qu'elle a harponné un prétendant !

Il n'y eut pas d'annonce de fiançailles. Ce n'était pas nécessaire, car la ville tout entière bruissait de rumeurs sur John Marble et Lolita Ewing. Il y avait deux écoles de pensée sur ce couple : l'une remerciait le ciel d'avoir permis à Lolita de trouver un mari, et l'autre déplorait le manque de cœur d'une fille qui était capable de partir en laissant sa mère toute seule. Mais les miracles étaient chose rare dans les annales de la ville et la première école était majoritaire. Aucun temps ne fut perdu en rites de fiançailles. Les affaires de John Marble étaient conclues et il devait repartir. Il restait juste assez d'heures pour les préparatifs du mariage.

Ce fut un grand mariage. John Marble avait commencé par suggérer, puis par énoncer clairement son plan : il souhaitait que Lolita et lui partent seuls, se marient, puis rejoignent tout de suite New York. Mais Mrs. Ewing n'en eut cure.

— Ah, que non! dit-elle. Personne ne va me retirer mon grand beau mariage !

Et personne ne le fit.

Dans sa robe de mariée, Lolita répondait à la description de sa mère : elle ne ressemblait à rien. Le tissu blanc luisant s'accordait mal avec sa peau décolorée et il n'y avait pas moyen d'épingler le voile de façon seyante sur ses cheveux. Tout en ruchés roses retenus par des bouquets de myosotis artificiels, Mrs. Ewing faisait à la fois soleil d'été et nouvelle lune, rameau qui commence à fleurir et pétales qui s'ouvrent, tout en petits souffles délibérés. Elle trottait parmi la foule dans sa maison décorée de guirlandes d'asparagus, et résonnait son rire partout. Elle tapotait le marié sur le bras et sur la joue, et elle s'écriait que pour un peu, elle se marierait elle-même. Quand vint le moment de jeter du riz sur le couple qui partait, elle fut positivement d'une folle insouciance. En fait, elle en jeta de façon tellement extravagante qu'une poignée bien compacte de petits grains pointus atteignit la mariée en pleine figure.

Mais quand la voiture s'éloigna, elle resta immobile, la suivant des yeux, et de sa bouche s'échappa un rire qui était bien différent de ses trilles habituels.

— Bon, dit-elle, nous verrons bien.

Puis elle redevint Mrs. Ewing, courant partout, gazouillant et insistant pour que ses invités reprennent un peu de punch.

Toutes les semaines, sans faute, Lolita écrivait à sa mère, lui parlant de son appartement, de l'achat des meubles, de leur disposition dans les pièces, et de ses expéditions chaque jour renouvelées dans les magasins. En conclusion de chaque lettre, elle informait Mrs. Ewing que John espérait qu'elle allait bien et lui envoyait ses affectueuses pensées. Les amies de Mrs. Ewing la questionnaient sur la nouvelle mariée et voulaient surtout savoir si elle était heureuse. Mrs. Ewing répondait que oui, elle disait qu'elle l'était.

— C'est ce que je lui dis à chaque fois que je lui écris, disait-elle. Je lui dis, c'est bien, ma chérie, continue à être heureuse tant que tu pourras.

En toute honnêteté, on ne peut pas dire qu'on

115

regrettait Lolita en ville, mais il y avait quelque chose qui manquait chez les Ewing, quelque chose qui manquait même en Mrs. Ewing. Ses amies ne pouvaient pas vraiment définir ce que c'était car elle continuait comme toujours à virevolter dans les volants de ses petites robes et à mettre des rubans sur sa petite tête, tandis que ses mouvements ne ralentissaient pas. Pourtant, elle n'avait plus tout à fait le même éclat. Les dîners et les parties de bridge se poursuivaient, mais ils n'étaient plus tout à fait ce qu'ils avaient été.

Ses amies devaient également se rendre compte qu'elle avait dû faire face à un coup dur; en effet, Mardy l'avait quittée. Et quittée, s'il vous plaît, dans l'intention saugrenue de se marier. Après toutes ces années, et après toute la bonté que Mrs. Ewing lui avait témoignée! Les amies secouaient la tête, mais le premier choc passé, Mrs. Ewing fut capable d'en plaisanter.

— Ça par exemple, disait-elle avec un rire en cascade, tout le monde s'en va pour se marier autour de moi. Je ne suis qu'une vieille entremetteuse.

Parmi toutes les nouvelles bonnes qu'elle engagea l'une après l'autre, il ne s'en trouva aucune qui fût digne de Mardy. Les gais petits dîners d'antan s'engluaient dans une cuisine grasse.

Mrs. Ewing fit plusieurs voyages pour aller voir sa fille et son gendre, leur apportant des petits haricots secs et des œufs de hareng en boîte, car les New-Yorkais ne savent pas vivre et dans le Nord, il n'est pas facile de se procurer de telles délices. Ses visites étaient très espacées; il s'écoula même un an entre deux d'entre elles, au moment où Lolita et John

Marble se rendirent en Europe, puis au Mexique. (« Comme des poulets sur le gril, disait Mrs. Ewing. Les gens devraient se contenter de rester tranquilles. »)

A chaque fois qu'elle revenait de New York, ses amies faisaient cercle autour d'elle et réclamaient des informations à grands cris. Naturellement, elles frémissaient d'impatience en espérant l'annonce d'une naissance. Mais il n'y en eut pas. Il ne fut jamais question de ce giron pâle et de ce corps semblable à une planche à pain.

— Oh, c'est aussi bien comme ça, disait tranquillement Mrs. Ewing avant d'abandonner le sujet.

John Marble et Lolita n'avaient pas changé, apprenaient les amies.

John Marble avait toujours le même charme dévastateur que lorsqu'il était arrivé en ville, et Lolita ne savait toujours pas se mettre en valeur. Bien que son dixième anniversaire de mariage approchât, elle flottait toujours lamentablement dans ses robes. Elle avait des armoires entières de vêtements coûteux — quand Mrs. Ewing donnait le prix de certains d'entre eux, ses amies retenaient leur souffle — mais quand elle mettait une nouvelle robe, on ne s'en apercevait pas. Ils avaient des amis, ils recevaient très bien et ils sortaient parfois. Eh bien oui, ils semblaient l'être ; ils semblaient vraiment être heureux.

— C'est exactement ce que je dis à Lolita, disait Mrs. Ewing. C'est ce que je lui dis quand je lui écris : « Continue à être heureuse tant que tu pourras. » Parce que... eh bien, vous comprenez. Un homme comme John Marble marié à une fille comme Lolita ! Mais elle sait qu'elle pourra toujours revenir à la maison. C'est son foyer. Elle pourra toujours revenir chez sa mère.

Car Mrs. Ewing n'était pas femme à perdre espoir facilement.

(Titre original : *Lolita*)

LA JOLIE PERMISSION

Son mari lui avait téléphoné de loin pour lui annoncer sa permission. Elle ne s'attendait pas à cet appel et elle n'avait rien trouvé à lui répondre. Elle perdit des secondes entières à lui expliquer combien elle était surprise de l'entendre, à l'informer qu'il pleuvait très fort à New York et lui demander s'il faisait horriblement chaud là où il était. Il l'avait arrêtée en disant, écoute, je ne peux pas rester longtemps au téléphone ; et ajouté rapidement que son bataillon devant rejoindre une autre base la semaine suivante, il aurait une permission de vingt-quatre heures en cours de route. Elle avait des difficultés pour l'entendre. Un chœur de jeunes gens probablement soûls couvrait sa voix, hurlant à l'unisson la syllabe : « Hé ! »

— Oh, ne raccroche pas encore, dit-elle. S'il te plaît. Parle-moi encore une minute, juste une minute...

— Chérie, il faut que j'y aille, fit-il. Les gars veulent tous passer leur petit coup de fil. Je te verrai dans une semaine, vers cinq heures. Salut !

Et puis elle avait entendu le déclic au moment où il avait raccroché. Elle remit lentement le combiné en place en regardant l'appareil d'un air accusateur. Comme si la frustration, le malaise qu'elle éprouvait, la séparation, tout ça était de sa faute. A cette chose qui lui avait fait entendre la voix qui venait de loin. Alors que pendant des mois, elle avait essayé de ne pas penser au grand espace vide qui la séparait de son mari, voilà que maintenant cette voix lointaine transmise par l'appareil lui prouvait qu'elle n'avait pensé à rien d'autre. Et de plus, son ton avait été cassant et affairé. Elle avait très bien entendu les voix jeunes, gaies et fougueuses derrière la sienne, des voix qu'il entendait tous les jours et qu'elle n'entendait pas, elle, les voix de ceux qui partageaient sa nouvelle vie. Quand elle l'avait supplié de lui parler une minute de plus, c'est pour eux qu'il s'était montré plein d'attentions, pas pour elle. Elle retira sa main du combiné, resta le bras tendu, les doigts raides et écartés, comme si elle venait de toucher quelque chose d'horrible.

Puis elle s'intima l'ordre de cesser de faire l'idiote. Quand on cherche à tout prix à être blessé et à se sentir misérable et inutile, on est sûr d'y arriver : un peu plus facilement à chaque fois, et bientôt si facilement qu'on ne se rend même plus compte qu'on l'a cherché. Les femmes arrivent parfois à devenir expertes en la matière. Elle ne devrait jamais rejoindre ces tristes rangs.

Et d'abord, pourquoi se sentait-elle déprimée ? S'il ne pouvait pas parler longtemps, il ne pouvait pas parler longtemps, voilà tout. Il avait quand même eu le temps de lui dire qu'il allait venir, de l'assurer qu'ils allaient bientôt être ensemble. Et voilà qu'elle en voulait à ce téléphone, ce gentil, ce fidèle téléphone, qui lui avait annoncé cette merveilleuse nouvelle. Elle allait le voir dans une semaine. Une semaine à peine. Tout le long de la colonne vertébrale et dans le ventre, elle commença à ressentir de petits frissons d'excitation, comme si de minuscules ressorts se détendaient pour former des spirales.

Il ne faudrait pas perdre une minute de cette permission. Elle repensa à l'absurde timidité qui s'était emparée d'elle lorsqu'il était venu l'autre fois. C'était la première fois qu'elle le voyait en uniforme. Il était là, dans leur petit appartement, et on aurait dit un étranger tout pimpant dans d'étranges vêtements pimpants. Jusqu'à ce qu'il parte à l'armée, ils n'avaient jamais passé une nuit séparés l'un de l'autre depuis leur mariage ; quand elle l'avait vu, elle avait baissé les yeux, tortillé son mouchoir, et elle avait été incapable d'émettre autre chose que des monosyllabes. Cette fois-ci, elle ne devrait pas gaspiller ainsi les minutes. Il ne faudrait pas qu'un tel manque d'assurance, qu'une telle gaucherie, ampute, ne serait-ce que d'un instant, leurs vingt-quatre heures de parfaite union. Oh ! Seigneur, seulement vingt-quatre heures...

Non. Voilà exactement ce qu'il ne fallait pas faire, voilà exactement ce qu'il ne fallait pas se dire. C'est comme ça qu'elle avait tout gâché la fois précédente. Dès l'instant où sa timidité avait cédé et où elle avait senti qu'elle le retrouvait, elle avait commencé le compte à rebours. La conscience désespérée de la fuite des heures l'emplissait tellement — plus que douze, plus que cinq, oh mon Dieu, plus qu'une — qu'elle n'avait plus eu de place pour la gaieté et le plaisir. Elle avait passé ces heures bénies à maudire la fuite du temps !

Pendant la dernière heure, elle avait fait une telle tête d'enterrement, son ton avait été si triste, ses paroles si lentes à venir que, lassé, devenant nerveux, il avait fini par lui parler sèchement et ils s'étaient disputés. Quand il avait dû partir pour attraper son train, il n'y avait pas eu d'adieux enlacés, pas de mots tendres à garder en souvenir. Il s'était dirigé vers la porte, l'avait ouverte et y appuyant son épaule tout en secouant sa casquette d'aviateur, il s'était mis à l'ajuster avec le plus grand soin, à trois centimètres de ses yeux et à trois centimètres de ses oreilles. Quant à elle, elle était restée au milieu de la salle de séjour, froide et muette, à l'observer.

Quand sa casquette avait été exactement à sa place, il l'avait regardée.

— Bon, avait-il dit avant de s'éclaircir la gorge. Je crois que je ferais mieux d'y aller.

— Oui, je crois, avait-elle dit.

Il avait alors consulté sa montre avec la plus grande attention.

— J'ai juste le temps d'y arriver, avait-il ajouté.

— Oui, je crois, avait-elle répété.

Elle s'était retournée, sans vraiment hausser les épaules, se contentant de suggérer le geste, et elle s'était approchée de la fenêtre, comme si elle avait voulu tranquillement regarder le temps qu'il faisait. Elle avait entendu la porte claquer puis l'ascenseur qui grinçait.

Quand elle avait su qu'il était parti, elle n'avait plus été aussi froide ni aussi calme. Elle avait couru à travers tout le petit appartement en se frappant la poitrine et en sanglotant.

Ensuite, elle avait eu deux mois pour réfléchir à ce

qui s'était passé, pour se rendre compte qu'elle avait été la responsable de cette affreuse petite débâcle. Elle en avait pleuré des nuits entières.

On ne ressasse pas des regrets. Elle avait pris une bonne leçon ; elle pouvait maintenant oublier comment elle l'avait apprise. Cette nouvelle permission serait celle dont il faudrait se souvenir, celle dont ils garderaient tous les deux le souvenir, toujours. Une nouvelle chance allait lui être offerte, elle allait à nouveau passer vingt-quatre heures avec lui. Après tout, ce n'est pas si court que ça vous savez ; surtout si vous ne vous contentez pas d'imaginer de toutes petites heures qui passent une à une comme les grains d'un sablier. Si vous pensez à un *long* jour entier et à une *longue* nuit entière, doux et resplendissants, il y a de quoi être presque *effrayé* par la chance que vous avez. Car combien y a-t-il de gens qui peuvent porter dans leur cœur, jusqu'à leur mort, le souvenir doux et lumineux d'un *long* jour entier et d'une *longue* nuit entière ?

Pour garder quelque chose, il faut en prendre soin. Plus encore, il faut connaître le genre de soins qui s'imposent. Il faut connaître les *règles* et les respecter. Elle en était capable. Elle l'avait fait tous ces mois-ci en rédigeant les lettres qu'elle lui envoyait. Il y avait eu des règles à apprendre et la première était la plus difficile : ne jamais lui dire ce qu'elle avait envie qu'il lui dise. Ne jamais lui dire à quel point elle était triste qu'il ne soit pas là, ne pas lui dire que ça ne s'arrange pas et que chaque nouveau jour sans lui fait plus mal que le précédent. Au contraire, lui décrire les événements gais qui se sont passés dans son entourage, lui raconter de petites anecdotes brillantes, pas nécessairement inventées, mais juste assez embellies pour qu'elles aient encore plus d'attrait. Ne pas lui rebattre les oreilles avec son cœur fidèle, sous prétexte qu'il est son mari, son homme, son amour. *Parce que tu n'écris à aucun des trois. Tu écris à un soldat.*

Elle connaissait ces règles. Elle aurait préféré mourir (et, pour elle, ce n'était pas une figure de style) plutôt que d'envoyer une lettre triste, une lettre de doléance ou de froide colère à son mari, ce soldat qui se trouvait si loin, s'épuisant à la tâche, se consacrant tout entier à cette grande cause. Si dans ses lettres, elle parvenait à se montrer telle qu'il voulait qu'elle fût, ce serait d'autant plus facile quand ils seraient ensemble. Écrire était difficile ; chaque mot devait être choisi avec circonspection. Quand ils se retrouveraient, quand ils se verraient, se toucheraient, ce serait plus naturel. Ils bavarderaient et riraient ensemble. Il y aurait de la tendresse et de l'exaltation. Ce serait comme s'ils n'avaient jamais été séparés. Ils ne l'avaient d'ailleurs peut-être pas été. Peut-être que cette étrange nouvelle vie, ces étranges kilomètres de vide et ces étranges voix gaies n'existaient pas pour deux personnes qui n'en faisaient en réalité qu'une seule.

Elle avait bien réfléchi. Elle connaissait maintenant les règles et elle savait ce qu'il ne fallait pas faire. Elle pouvait bien s'abandonner à l'extase en attendant son arrivée.

La semaine fut merveilleuse. Elle comptait à nouveau les jours, mais maintenant, c'était un délice de voir passer le temps. Après-après-demain, après-demain, demain. Elle restait éveillée dans l'obscurité, mais c'était une veille palpitante. Pendant la journée, elle avait la tête haute, elle était fière de son guerrier. Dans la rue, elle considérait avec une pitié amusée les femmes qui marchaient aux côtés d'hommes en civil.

Elle s'acheta une nouvelle robe ; noire, il aimait les robes noires ; simple, il aimait les robes simples ; et si chère qu'elle ne voulait surtout pas penser au prix. Elle l'avait achetée à crédit et elle se dit que dans quelques mois, elle déchirerait la facture sans même ouvrir l'enveloppe. Mais ce n'était pas le moment de penser aux mois à venir.

Le jour de la permission était un samedi. Elle éprouva une vive gratitude envers l'armée pour cette coïncidence, car à partir d'une heure de l'après-midi, elle était libre de son temps. Elle quitta son bureau et sans s'arrêter pour déjeuner, elle alla acheter du parfum, de l'eau de toilette et de l'huile pour le bain. Il lui restait un peu de tout cela dans des flacons posés sur sa coiffeuse ou dans sa salle de bains, mais en avoir de nouvelles et abondantes quantités lui donnait un sentiment de sécurité et l'impression d'être désirée. Elle acheta une chemise de nuit, une ravissante petite chose en voile semé de petits bouquets avec d'innocentes manches bouffantes, un col froufroutant et une ceinture bleue. Elle ne supporterait sans doute jamais le lavage, il faudrait donc la donner à nettoyer mais tant pis... Elle se dépêcha de rentrer chez elle pour y glisser un sachet de lavande.

Puis elle ressortit pour se procurer tout ce qui était nécessaire à la confection des cocktails et des whiskies sodas, et fut effrayée à l'idée du prix que tout cela coûtait. Elle parcourut douze pâtés de maisons pour acheter le genre de biscuits salés qu'il aimait grignoter en prenant un verre. Sur le chemin du retour, elle passa devant un fleuriste dans la vitrine duquel étaient exposés des pots de fuchsia. Elle ne fit aucun effort pour résister. Ils étaient trop charmants, avec leurs fragiles calices renversés, couleur de parchemin, et leurs gracieuses clochettes magenta. Elle en acheta six pots. Elle pourrait se passer de déjeuner la semaine suivante. Parfaitement.

Quand elle eut terminé de mettre de l'ordre dans la salle de séjour, la pièce avait l'air gaie et accueillante. Elle installa les pots de fuchsia sur le rebord de la fenêtre, elle tira une petite table au milieu du salon pour y poser verres et bouteilles, et elle tapota les coussins du divan sur lequel elle disposa des magazines aux couvertures illustrées en couleurs pour lui donner envie de s'y asseoir. Quelqu'un d'impatient de se retrouver dans cette pièce s'y sentirait délicieusement bien *accueilli*.

Avant de changer de robe, elle téléphona à la réception, au gardien qui s'occupait du standard téléphonique et de l'ascenseur.

— Excusez-moi, fit-elle quand il finit par répondre. Voilà, je voulais seulement vous dire que quand mon mari, le lieutenant McVicker, arrivera, vous pourrez le faire monter directement, s'il vous plaît.

Ce coup de fil était superflu. Fatigué, le gardien aurait laissé monter n'importe qui dans l'immeuble sans se donner la peine supplémentaire de téléphoner pour prévenir. Mais elle avait envie de prononcer ces mots. Elle voulait dire « mon mari » et elle voulait dire « lieutenant ».

Elle chantait lorsqu'elle entra dans la salle de bains pour s'habiller. Elle avait une petite voix douce et peu assurée qui rendait ridicule la vaillante petite chanson :

> *Plongeons dans l'immensité bleue du ciel,*
> *Grimpons très haut vers le soleil.*
> *Les voilà qui viennent se frotter à nous...*
> *Faisons parler le mitrailleur !*

Elle continua à chanter d'un air absorbé pendant qu'elle s'occupait de ses lèvres et de ses cils. Puis elle se tut et retint son souffle en enfilant sa nouvelle robe. Elle tombait vraiment bien. Ce n'était pas pour rien que ces petites robes noires toutes simples valaient si cher. Elle se regarda dans la glace avec un intérêt profond, comme si elle observait une personne qu'elle n'avait jamais vue, en cherchant à se souvenir des détails de sa tenue très chic.

A ce moment-là, la sonnette retentit. Elle retentit trois fois, trois coups brefs et sonores. Il était arrivé.

Elle haleta puis ses mains se mirent à voleter au-dessus de la coiffeuse. Elle saisit le vaporisateur et s'aspergea violemment la tête et les épaules de parfum, réussissant à en envoyer un minimum dans la bonne direction. Elle s'était déjà parfumée, mais elle avait besoin d'une minute de plus, d'un petit moment de plus. Car ça recommençait... cette répugnante timidité l'avait reprise. Elle ne pouvait pas se résoudre à aller ouvrir la porte. Elle restait là, tremblante, à faire gicler du parfum.

La sonnette se fit à nouveau entendre, trois coups brefs et sonores, puis une longue sonnerie insistante.

— Oh, tu ne peux donc pas *attendre* ? s'écria-t-elle.

Elle lança le vaporisateur sur la coiffeuse, jeta un

coup d'œil affolé autour d'elle, comme si elle cherchait un endroit où se cacher, puis elle s'efforça de se redresser et de réprimer le tremblement de son corps. On aurait dit que le bruit strident de la sonnette remplissait tout l'appartement et qu'il n'y avait même plus de place pour un peu d'air.

Elle se dirigea vers la porte. Avant de l'atteindre, elle s'arrêta, se cacha le visage dans les mains et supplia dans un murmure :

— Oh, mon Dieu, faites que tout se passe bien ! Mon Dieu, empêchez-moi de tout faire de travers ! Mon Dieu, s'il vous plaît, faites que ce soit réussi !

Et puis elle ouvrit la porte. La sonnette s'arrêta. Il était là, dans le petit hall brillamment éclairé. Toutes ces longues nuits tristes qu'elle avait passées toute seule, tous ces serments résolus et raisonnables qu'elle s'était faits ! Et maintenant, il était arrivé. Il était là.

— Mon Dieu ! dit-elle. Je ne pouvais pas me douter qu'il y avait quelqu'un derrière la porte. Tu fais autant de bruit qu'une petite souris.

— Dis-moi, il ne t'arrive donc jamais d'ouvrir ? dit-il.

— Est-ce qu'une femme a le droit de prendre le temps de mettre ses chaussures ? dit-elle.

Il entra et referma la porte derrière lui.

— Ah, ma chérie ! dit-il.

Il l'enlaça. Elle effleura les lèvres de son mari avec sa joue, posa le front sur son épaule puis s'arracha à lui.

— Eh bien ! dit-elle. Ça fait plaisir de vous voir, lieutenant. Comment va la guerre ?

— Et toi, comment vas-tu ? dit-il. Tu es superbe.

— Moi ? fit-elle. Et toi donc, regarde !

Il valait vraiment la peine qu'on le regarde. Son bel uniforme complétait harmonieusement son admirable corps. Il lui allait à la perfection, mais il ne semblait pas en avoir conscience. Il se tenait bien droit et se déplaçait avec grâce et assurance. Il avait le visage bronzé. Il était maigre, si maigre que l'os de la mâchoire se voyait nettement ; mais il n'avait pas les traits tirés. Ce visage était lisse, serein et confiant. C'était celui d'un officier américain et on ne pouvait pas en voir de plus beau.

— Eh bien ! dit-elle.

Elle se força à lever les yeux pour croiser son regard et elle s'aperçut soudain que les choses avaient cessé d'être difficiles.

— Bon, eh bien, on ne va pas rester là à se dire « eh bien ». Entre et assieds-toi. On a un long moment devant nous... Steve, ce n'est pas merveilleux ? Dis donc, tu n'as pas apporté de sac ?

— C'est-à-dire que, tu comprends... dit-il avant de s'interrompre et de jeter sa casquette sur la table au milieu des bouteilles et des verres. J'ai laissé mon sac à la gare. J'ai bien peur d'avoir une fichue nouvelle à t'annoncer, chérie.

Elle se retint de porter ses mains à sa poitrine.

— Tu... tu dois partir en Europe tout de suite ? dit-elle.

— Seigneur, non, dit-il. Non, non, non. J'ai dit que c'était une fichue nouvelle. Non. Ils ont changé les ordres, chérie. Ils ont supprimé toutes les permissions. On doit rejoindre directement notre nouvelle base. Il faut que j'attrape le train de dix-huit heures dix.

Elle s'assit sur le divan. Elle avait envie de pleurer. Pas en silence, avec des larmes de cristal coulant lentement sur ses joues, mais la bouche grande ouverte et le visage barbouillé. Elle avait envie de se jeter par terre, sur le ventre, de donner des coups de pied, de hurler, et de se laisser aller comme un sac si on tentait de la soulever.

— Je trouve ça horrible, dit-elle. Je trouve que c'est vraiment dégoûtant.

— Je sais, dit-il. Mais on n'y peut rien. C'est ça, l'armée, Mrs. Jones.

— Tu n'aurais pas pu leur dire quelque chose ? demanda-t-elle. Tu n'aurais pas pu leur dire que tu avais eu une seule permission en six mois ? Tu n'aurais pas pu leur dire que ta femme n'avait pas d'autre occasion de te revoir que cette pauvre petite permission de vingt-quatre heures ? Tu n'aurais pas pu leur expliquer ce que ça représentait pour elle ? Tu n'aurais pas pu ?

— Allons, Mimi, dit-il. On est en guerre.

— Excuse-moi, répondit-elle. Je m'en suis voulu dès que j'ai commencé à le dire. Je m'en suis voulu en le disant. Mais... oh, c'est si *dur* !

— Ce n'est facile pour personne, reprit-il. Tu ne peux pas t'imaginer à quel point les gars attendaient leur permission.

— Ah, je me fiche complètement des gars ! dit-elle.

— Ce n'est pas avec un tel état d'esprit qu'on gagnera, observa-t-il.

Il s'assit dans le plus grand fauteuil, étendit les jambes et les croisa.

— Tu ne t'intéresses qu'à tes amis pilotes, dit-elle.

— Écoute, Mimi, dit-il. On n'a pas le temps de s'amuser à ça. On n'a pas le temps de s'embarquer dans une dispute et de se dire des tas de choses qu'on ne pense pas réellement. Tout est... tout doit se passer trop vite. On n'a pas de temps à perdre à des choses comme ça.

— Oh, je sais, dit-elle. Oh, Steve, comme si je ne le savais pas !

Elle alla vers lui, s'assit sur le bras de son fauteuil et enfouit le visage dans l'épaule de son mari.

— Je préfère ça, dit-il. Je n'ai pas arrêté d'y penser.

Elle inclina la tête sur sa vareuse.

— Si tu savais l'impression que ça fait d'être assis dans un fauteuil convenable, fit-il.

Elle se redressa.

— Oh, dit-elle. Tu parlais du fauteuil. Je suis heureuse qu'il te convienne.

— Ils ont les pires fauteuils qui soient dans la salle des pilotes, dit-il. Il y a beaucoup de vieux fauteuils à bascule croulants — je te jure : des fauteuils à bascule que des patriotes au grand cœur ont donnés pour débarrasser leur grenier. S'ils n'ont pas de meilleur mobilier à la nouvelle base, il faudra que je fasse quelque chose, même si je dois acheter des trucs moi-même.

— C'est certainement ce que je ferais à ta place, dit-elle. Je me passerais de nourriture, de vêtements et de blanchissage pour que les copains aient du plaisir à s'asseoir. Je ne garderais même pas suffisamment d'argent pour pouvoir acheter des timbres et écrire à ma femme de temps en temps.

Elle se leva et arpenta la pièce.

— Mimi, qu'est-ce qu'il t'arrive ? dit-il. Est-ce que tu es... est-ce que tu es jalouse des pilotes ?

131

Elle compta mentalement jusqu'à huit. Puis elle se retourna et lui sourit.

— Eh bien, je crois que oui, dit-elle. Je crois que ça doit être ça. Et pas seulement des pilotes. De toute l'aviation. De toute l'armée des États-Unis.

— Tu es merveilleuse, dit-il.

— Tu comprends, dit-elle avec précaution, tu as une nouvelle vie... et moi, je n'ai qu'une moitié de l'ancienne. Ta vie est si éloignée de la mienne. Je ne vois pas comment elles pourront jamais se rejoindre.

— C'est stupide, voyons, dit-il.

— Non, attends, s'il te plaît, dit-elle. Je suis tendue et... et j'ai peur, je suppose. Alors je dis certaines choses et après coup, je me trancherais la gorge de les avoir dites. Mais tu sais ce que je ressens vraiment pour toi. Je suis si fière de toi que je ne peux pas trouver de mots pour l'exprimer. Je sais que tu fais la chose la plus importante du monde, peut-être la seule chose importante au monde. Seulement... oh, Steve, je voudrais tellement que tu n'y prennes pas autant de plaisir !

— Écoute, dit-il.

— Non, fit-elle. Il ne faut pas interrompre une dame. Ça n'est pas digne d'un officier, pas plus que d'être vu dans la rue croulant sous les paquets. Je suis simplement en train de t'expliquer un peu ce que je ressens. Je ne peux pas m'habituer à être complètement laissée de côté. Tu ne me demandes pas ce que je fais, tu ne veux pas savoir ce que j'ai dans la tête... tu ne m'as même pas demandé comment j'allais !

— Si ! dit-il. Je te l'ai demandé dès que je suis entré.

— C'était vraiment chic de ta part, dit-elle.

— Oh, pour l'amour du ciel ! dit-il. Je n'avais d'ailleurs même pas besoin de te le demander. Je n'avais qu'à te regarder. Tu es superbe. Je te l'ai dit.

Elle lui sourit.

— Oui, tu me l'as dit, c'est vrai. Et tu avais réellement l'air de le penser. Tu aimes vraiment ma robe ?

— Oh oui, dit-il. J'ai toujours aimé cette robe sur toi.

Elle eut le sentiment d'être transformée en bûche.

— Cette robe est *toute* neuve, énonça-t-elle d'une voix insultante tant elle était distincte. Je ne l'ai encore jamais portée de ma vie. Au cas où ça t'intéresse, je l'ai spécialement achetée pour cette occasion.

— Je suis navré, chérie, dit-il. Bien sûr, maintenant, je me rends compte qu'elle n'a rien à voir avec l'autre. Je la trouve fantastique. Le noir te va vraiment bien.

— En de pareils moments, je souhaiterais presque que ce soit pour une autre raison, dit-elle.

— Arrête, dit-il. Assieds-toi et parle-moi de toi. Qu'est-ce que tu as fait de beau ?

— Oh, rien, dit-elle.

— Et au bureau, comment ça se passe ? dit-il.

— C'est ennuyeux, dit-elle. Ennuyeux comme la pluie.

— Qui as-tu vu ? dit-il.

— Oh, personne, dit-elle.

— Alors, à quoi passes-tu ton temps ? dit-il.

— Le soir ? dit-elle. Oh, je m'assieds là, je tricote et je lis des romans policiers jusqu'au moment où je me rends compte que je les ai déjà lus.

— Je crois que ce n'est pas du tout ce que tu

133

devrais faire, dit-il. Je crois que c'est stupide de rester là toute seule à broyer du noir. Ça ne rend service à personne. Pourquoi est-ce que tu ne sors pas davantage ?

— Je déteste sortir avec des femmes, dit-elle.

— Eh bien, est-ce que tu y es obligée ? dit-il. Ralph est en ville, n'est-ce pas ? Ainsi que John, Bill et Gerald. Pourquoi est-ce que tu ne sors pas avec eux ? Tu es bien bête de ne pas le faire.

— Il ne m'était pas venu à l'esprit que c'était bête de rester fidèle à son époux, dit-elle.

— Est-ce que tu ne vas pas un peu loin ? dit-il. Il est parfaitement possible de dîner avec un homme sans pour autant aller jusqu'à l'adultère. Et n'emploie pas de mots comme époux. Tu es horrible quand tu te mets à parler avec distinction.

— Je sais, dit-elle. Ça ne m'a jamais réussi. Non. C'est toi qui es horrible, Steve. C'est vrai. J'essaie de te dévoiler un peu mes sentiments, de t'expliquer ce que je ressens quand tu n'es pas là, de te dire que je ne veux être avec personne si je ne peux pas être avec toi. Et tout ce que tu trouves à dire, c'est que ça ne rend service à personne. Ça me fera vraiment plaisir de repenser à ça une fois que tu seras reparti. Tu ne sais pas ce que c'est que d'être toute seule ici. Tu ne sais vraiment pas.

— Si, je sais, dit-il. Je sais, Mimi.

Il tendit la main pour attraper une cigarette sur la petite table qui se trouvait à côté de lui et le magazine illustré posé à côté du coffret à cigarettes attira son regard.

— Dis donc, c'est celui de cette semaine ? Je ne l'ai pas encore vu.

Il feuilleta les premières pages.

— Vas-y, lis si tu en as envie, dit-elle. Ne te gêne surtout pas pour moi.

— Je n'ai pas envie de lire, dit-il en reposant le magazine. Tu comprends, je ne sais pas quoi répondre quand tu commences à me dire que tu dévoiles tes sentiments et tout ça. Je sais. Je sais que tu dois passer par une fichue période. Mais est-ce que tu n'as pas tendance à un peu trop t'apitoyer sur ton sort ?

— Si je ne le fais pas, qui d'autre le fera ? dit-elle.

— Pourquoi est-ce que tu voudrais que quelqu'un s'apitoie sur ton sort ? dit-il. Tu te sentirais très bien si seulement tu cessais de rester là toute seule. Ça me ferait plaisir de penser que tu t'amuses pendant que je ne suis pas là.

Elle s'approcha de lui et l'embrassa sur le front.

— Lieutenant, dit-elle, vous êtes bien plus magnanime que moi. Ou alors, c'est qu'il y a quelque chose là-dessous.

— Oh, tais-toi donc, dit-il.

Il l'attira à lui et referma ses bras sur elle. Elle crut fondre à son contact et elle resta là, sans bouger.

Puis elle sentit qu'il retirait le bras gauche et qu'il écartait sa tête, qui jusqu'ici était contre la sienne. Elle leva les yeux vers lui. Il allongeait le cou pour s'efforcer de voir, par-dessus l'épaule de sa femme, la montre qu'il avait au poignet.

— Alors ça ! dit-elle.

Elle plaqua ses deux mains contre la poitrine de son mari et s'écarta violemment de lui.

— Ça passe si vite, dit-il doucement, les yeux fixés sur sa montre. Nous... nous n'avons qu'un tout petit moment, chérie.

Elle fondit à nouveau.

— Oh, Steve, murmura-t-elle. Oh, mon chéri.
— Je veux absolument prendre un bain, dit-il. Lève-toi, tu veux, chérie ?

Elle se leva immédiatement.

— Tu vas prendre un bain ? dit-elle.
— Oui, dit-il. Ça ne t'embête pas, hein ?
— Mais pas du tout, dit-elle. Je suis sûre que ça te fera le plus grand bien. Je me dis toujours que c'est l'un des moyens de tuer le temps les plus agréables qui soient.
— Tu sais comment on se sent après un long voyage en train, dit-il.
— Mais comment donc ! dit-elle.

Il se leva et alla dans la chambre.

— Je vais me dépêcher, lui cria-t-il.
— Pourquoi ? dit-elle.

Puis elle eut un moment pour réfléchir à sa propre attitude. Elle le suivit dans la chambre, attendrie, ayant pris de nouvelles résolutions. Il avait posé soigneusement sa vareuse et sa cravate sur le dos d'une chaise et il déboutonnait sa chemise. Il la retira au moment où elle entra. Elle regarda le beau triangle que formait son dos bronzé. Elle ferait n'importe quoi pour lui, absolument n'importe quoi.

— Je... je vais faire couler ton bain, dit-elle.

Elle alla dans la salle de bains, ouvrit les robinets de la baignoire, prépara les serviettes et le tapis de sol. Quand elle revint dans la chambre, il sortait de la salle de séjour, entièrement nu. A la main, il avait le magazine illustré sur lequel il avait jeté un coup d'œil tout à l'heure. Elle s'immobilisa.

— Oh, dit-elle. Tu as l'intention de lire dans ton bain ?

— Si tu savais avec quelle impatience j'attendais

ce moment ! dit-il. Seigneur, un bon bain chaud dans une baignoire ! On n'a que des douches et quand on en prend une, il y a une centaine de types qui font la queue et te crient de te dépêcher de sortir de là.

— Je suppose qu'ils ne peuvent pas supporter d'être séparés de toi, dit-elle.

Il lui sourit.

— Je te retrouve dans deux minutes, dit-il.

Il pénétra dans la salle de bains et ferma la porte. Elle entendit les lents remous de l'eau au moment où il entrait dans la baignoire.

Elle resta sur place, sans bouger. La pièce était gaie, avec ce parfum trop présent, trop insistant, qu'elle avait vaporisé. Son regard tomba sur la commode où se trouvait posée, enveloppée d'une douce odeur, la chemise de nuit avec les petits bouquets et le col froufroutant. Elle se dirigea vers la salle de bains, recula le pied droit et l'envoya si violemment contre le bas de la porte que le chambranle en trembla.

— Qu'est-ce qu'il y a, chérie ? demanda-t-il. Tu veux quelque chose ?

— Oh, rien, dit-elle. Absolument rien. J'ai tout ce qu'une femme peut désirer, tu ne trouves pas ?

— Comment ? lui cria-t-il. Je ne t'entends pas, chérie.

— Rien, hurla-t-elle.

Elle alla dans la salle de séjour et resta plantée là, haletante, les ongles enfoncés dans les paumes de ses mains, à contempler les fleurs de fuchsia, avec leurs calices couleur de vieux parchemin sale et leurs clochettes magenta vulgaires.

Sa respiration était calme et ses mains détendues lorsqu'il revint dans la salle de séjour. Il avait remis son pantalon et sa chemise et le nœud de sa cravate était admirable. Il tenait sa ceinture à la main. Elle se tourna vers lui. Il y avait beaucoup de choses qu'elle aurait voulu lui dire mais en le voyant, elle ne pouvait rien faire d'autre que lui sourire. Son cœur se liquéfiait dans sa poitrine.

Le front de son mari était plissé.

— Dis donc, chérie, est-ce que tu as de quoi astiquer les cuivres? dit-il.

— A vrai dire, non, dit-elle. Nous n'avons pas de cuivres.

— Bon, et tu n'as pas de vernis à ongles... de l'incolore? Beaucoup de copains s'en servent.

— Je suis sûre qu'ils doivent être adorables avec ça, dit-elle. Non, je n'ai que du vernis rose. Au nom du ciel, à quoi est-ce que ça pourrait bien te servir?

— Non, dit-il d'un air préoccupé. Du rouge à ongles, ça n'ira pas du tout. Mince, je suppose que tu n'as pas de peau de chamois, hein? Ou de Miror?

— Si j'avais une toute petite idée de ce dont tu parles, je pourrais te tenir plus agréablement compagnie, dit-elle.

Il lui montra sa ceinture.

— Je voudrais astiquer la boucle, dit-il.

— Oh... Seigneur... oh... doux... doux Jésus, dit-elle. Nous n'avons plus que dix minutes à passer ensemble et tu veux astiquer la boucle de ta ceinture.

— Je n'aimerais pas me présenter devant un nouveau commandant avec une boucle qui ne brille pas, dit-il.

— Elle brillait bien assez pour te présenter devant ta femme, n'est-ce pas? dit-elle.

— Oh, arrête un peu, dit-il. Tu ne veux pas comprendre, hein ?

— Ce n'est pas que je ne veux pas comprendre, dit-elle. C'est que j'ai du mal à me souvenir. Ça fait bien longtemps que je ne me suis pas retrouvée avec un boy-scout.

Il la regarda.

— Tu essaies de faire de l'esprit, en plus ? dit-il en balayant la pièce du regard. Il doit bien y avoir un chiffon quelque part... oh, ça pourra faire l'affaire.

Il attrapa une jolie petite serviette à thé sur la table aux bouteilles et aux verres restés intacts et il s'assit, la ceinture étirée sur les genoux, puis il se mit à frotter la boucle.

Après l'avoir observé un instant elle se précipita vers lui et lui saisit le bras.

— Je t'en prie, dit-elle. Je t'en prie, je ne pensais pas ce que je disais, Steve.

— S'il te plaît, laisse-moi faire ça, tu veux ? dit-il.

Il dégagea son bras et continua à frotter.

— Tu me dis que je ne veux pas comprendre ! s'écria-t-elle. Mais toi, tu ne veux comprendre personne sauf ces dingues de pilotes.

— Ils ne sont pas fous du tout ! dit-il. Ce sont de chics petits gars. Ils vont faire des combattants formidables.

Il continua à frotter sa boucle.

— Mais, je sais ! dit-elle. Tu sais bien que je le sais. Quand je dis des choses contre eux, je ne les pense pas. Comment oserais-je les penser ? Ils risquent leur vie, leur vue, leur santé mentale, ils donnent tout ce qu'ils ont pour...

— Ne commence pas ce genre de discours, tu veux ? dit-il.

Il frottait toujours sa boucle.

— Je ne commence aucun discours ! dit-elle. Je suis en train d'essayer de te dire quelque chose. Juste parce que tu portes ce bel uniforme, tu crois que tu ne devrais jamais rien entendre de sérieux, de triste, de pitoyable ou de désagréable. Tu me rends malade, voilà ce que tu arrives à faire ! Je sais, je sais... je n'essaie pas de te retirer quoi que ce soit, je me rends compte de ce que tu fais, je t'ai dit ce que j'en pensais. Pour l'amour du ciel, ne va pas t'imaginer que je suis assez méchante pour te reprocher le bonheur ou l'enthousiasme que tu peux éprouver. Je sais que c'est dur pour toi. Mais tu ne te sens jamais seul, toi, c'est tout ce que je voulais dire. Il y a là-bas une camaraderie qu'aucune... qu'aucune femme ne pourrait te donner. Je suppose que c'est peut-être la notion d'urgence, la conscience de vivre un moment exceptionnel, le fait de... de savoir que vous y allez tous ensemble qui rend la camaraderie des hommes si solide, si prompte, en temps de guerre. Mais tu ne veux pas essayer de comprendre ce que je ressens ? Tu ne veux pas comprendre que tout ça, c'est parce que je me sens désorientée, écartelée et... effrayée, je suppose ? Tu ne veux pas comprendre que c'est pour ça que je fais ce que je fais, même si je m'en veux ? Je t'en prie, tu ne veux pas essayer de comprendre ? Chéri, je t'en prie ?

Il reposa la petite serviette.

— Je ne peux pas m'embringuer là-dedans, Mimi, dit-il, et toi non plus.

Il regarda sa montre.

— Oh, il est l'heure de partir.

Elle était debout, se dressant de toute sa hauteur, avec raideur.

— Je n'en doute pas, dit-elle.
— Je ferais mieux de mettre ma vareuse, dit-il.
— En effet, dit-elle.

Il se leva, glissa sa ceinture dans les passants de son pantalon et entra dans la chambre. Elle alla à la fenêtre et jeta un coup d'œil dehors, comme si elle regardait négligemment quel temps il faisait.

Elle l'entendit revenir dans la salle de séjour mais elle ne se retourna pas. Elle entendit ses pas s'arrêter, elle comprit qu'il était là.

— Mimi, dit-il.

Elle se retourna, les épaules rejetées en arrière, la tête haute, dans une attitude froide, royale. Puis elle vit ses yeux. Ils n'étaient plus brillants, gais et confiants mais d'un bleu brumeux et ils avaient l'air tourmentés ; ils la regardaient en semblant la supplier.

— Écoute, Mimi, dit-il, tu crois que c'est ce que je veux ? Tu crois que je veux être séparé de toi ? Tu crois que c'est ce que j'avais envisagé de faire pendant les années... eh bien, pendant les années où on devrait être ensemble.

Il s'interrompit. Puis il reprit, mais avec difficulté :

— Je ne peux pas en parler. Je ne peux même pas y penser... parce que sinon, je ne pourrais pas faire mon boulot. Mais ce n'est pas parce que je n'en parle pas que ça veut dire que je tiens à faire ce que je fais. Je veux être avec toi, Mimi. C'est là qu'est ma place. Tu le sais, chérie. Tu le sais, hein ?

Il lui ouvrit les bras. Elle s'y précipita. Cette fois, elle ne lui effleura pas les lèvres de sa joue.

Après son départ, elle resta un instant à côté des pots de fuchsia, touchant délicatement, tendrement, les ravissants calices couleur de parchemin et les exquises clochettes magenta.

Le téléphone sonna. Elle alla répondre. C'était une de ses amies qui lui demandait des nouvelles de Steve, voulant savoir quelle mine il avait, comment il se sentait, et insistant pour qu'il vienne lui dire bonjour au téléphone.

— Il est parti, dit-elle. Toutes leurs permissions ont été annulées. Il n'est même pas resté une heure.

Son amie se confondit en exclamations de compassion. C'était une honte, c'était tout simplement affreux, c'était absolument terrible.

— Non, ne dis pas ça, dit-elle. Je sais que ça n'a pas duré bien longtemps. Mais, si tu savais, comme c'était bien !

(Titre original : *The Lovely Leave*)

LA GLOIRE EN PLEIN JOUR

M. Murdock était loin de s'enthousiasmer pour le théâtre et les acteurs, ce qui était vraiment dommage car ils comptaient tellement pour la petite Mrs. Murdock. Elle avait toujours éprouvé des transports de dévot pour ces élus brillants, libres et passionnés qui servaient le théâtre. Et elle les avait toujours adorés en silence, noyée dans la masse, au pied des grands autels publics. Il est vrai qu'un jour, quand elle était toute petite, l'amour l'avait poussée à écrire à Miss Maude Adams une lettre qui commençait par « Mon très cher Peter », et qu'elle avait reçu de Miss Adams un minuscule dé à coudre portant l'inscription : « Avec une bise de Peter Pan. » (Quelle journée mémorable !) Et une fois, alors que sa mère l'avait emmenée faire des courses pendant les vacances, quelqu'un avait ouvert la portière d'une limousine et une merveille de zibeline, de violettes et de boucles rousses qu'on croyait entendre tintinnabuler était passée devant elle, à même pas *ça* d'elle ; ensuite, elle fut donc persuadée de ne s'être trouvée qu'à trente centimètres de Miss Billie Burke. Mais elle était maintenant mariée depuis trois ans et ses expériences personnelles avec le monde des projecteurs et de la gloire en étaient restées là.

C'est alors qu'on apprit que Miss Noyes, qui venait d'entrer dans le club de bridge de la petite Mrs. Murdock, connaissait une actrice. Elle connaissait vraiment une actrice ; tout comme vous et moi nous pourrions connaître des collectionneuses de recettes de cuisine, des membres de clubs de jardinage et des passionnées de travaux d'aiguille.

Le nom de l'actrice était Lily Wynton, et ce nom était célèbre. C'était une femme grande, lente et argentée ; elle incarnait souvent le rôle d'une duchesse ou d'une digne lady. Les critiques parlaient fréquemment de « cette grande dame de la scène » en faisant référence à elle. Pendant des années, Mrs. Murdock avait assisté à des matinées où l'on donnait les succès de Lily Wynton. Elle n'aurait pas davantage pensé avoir un jour l'occasion de se retrouver en face de Lily Wynton qu'elle n'aurait pensé... eh bien, pouvoir voler !

Cependant, il n'était pas tellement étonnant que Miss Noyes pût se sentir à l'aise parmi les célébrités. Miss Noyes était pleine de profondeur et de mystère, et elle pouvait parler avec une cigarette à la bouche. Elle était toujours en train de faire quelque chose de difficile, comme de dessiner le modèle de ses pyjamas, de lire Proust ou de modeler des bustes avec de la plastiline. Elle excellait au bridge. Elle aimait bien la petite Mrs. Murdock. Elle l'appelait « petite puce ».

— Et si vous veniez prendre le thé demain, petite puce ? Lily Wynton va faire un petit saut, dit-elle, à une réunion du club de bridge devenue, en conséquence, mémorable. Ça vous ferait peut-être plaisir de la rencontrer.

Ces mots lui étaient venus si facilement que, visiblement, elle ne se rendait pas compte de leur poids. Lily Wynton venait prendre le thé. Ça ferait peut-être plaisir à Mrs. Murdock de la rencontrer. La petite Mrs. Murdock retourna chez elle à pied, dans l'obscurité naissante, tandis que les étoiles chantaient dans le ciel au-dessus de sa tête.

Mr. Murdock était déjà rentré quand elle arriva chez elle. Un seul coup d'œil, et on voyait bien que pour lui, il n'y avait pas eu d'étoiles chantantes dans les cieux ce soir-là. Il était assis, le journal ouvert à la page financière, et l'amertume s'était glissée dans son âme. Ce n'était pas le moment pour Mrs. Murdock de s'écrier avec bonheur qu'elle serait prochainement reçue chez Miss Noyes. Du moins, pas le moment si on s'attendait à des exclamations de félicitations. Mr. Murdock n'aimait pas Miss Noyes. Quand on insistait pour savoir pourquoi, il répliquait qu'il ne l'aimait pas, point final. A l'occasion, il ajoutait, d'une manière catégorique qui aurait pu susciter une certaine admiration, que toutes ces femmes le rendaient malade. Généralement, quand elle lui racontait les activités si peu extravagantes du club de bridge, Mrs. Murdock prenait soin de ne pas mentionner le nom de Miss Noyes. Elle avait découvert que cette omission rendait la soirée beaucoup plus agréable. Mais maintenant, elle était submergée par une vague étincelante de surexcitation, à tel point qu'elle avait à peine embrassé son mari avant de se lancer dans son histoire.

— Oh, Jim, s'écria-t-elle. Oh, tu te rends

145

compte ! Hallie Noyes m'a invitée à prendre le thé demain pour faire la connaissance de Lily Wynton !

— Qui est Lily Wynton ? dit-il.

— Jim ! fit-elle. Vraiment, Jim ! Qui est Lily Wynton ! Je suppose que tu vas bientôt me demander qui est Greta Garbo !

— C'est une actrice ou quelque chose comme ça ? dit-il.

Les épaules de Mrs. Murdock s'affaissèrent.

— Oui, Jim, dit-elle. Oui. Lily Wynton est actrice.

Elle ramassa son sac et se dirigea lentement vers la porte. Mais elle n'avait pas fait trois pas qu'elle était à nouveau submergée par la vague étincelante. Elle se retourna vers son mari, les yeux brillants.

— Franchement, dit-elle, je n'avais jamais rien entendu de plus drôle. On venait de finir la dernière partie... oh, j'ai oublié de te dire, j'ai gagné trois dollars, tu ne trouves pas que c'est bien ?... et Hallie Noyes m'a dit : « Venez donc prendre le thé demain. Lily Wynton va faire un petit saut. » Elle a dit ça comme ça. Comme s'il s'agissait de n'importe qui.

— Faire un petit saut ? dit-il. Qu'est-ce qu'il ne faut pas entendre !

— Franchement, je ne sais pas ce que j'ai répondu quand elle m'a demandé ça, dit Mrs. Murdock. Je suppose que j'ai dit que j'en serais ravie... je crois que c'est ce que j'ai dû faire. Mais j'étais vraiment tellement... Eh bien, tu sais ce que j'ai toujours éprouvé pour Lily Wynton. Tu te rends compte, quand j'étais petite, je collectionnais ses photos. Et je l'ai vue dans, oh, dans tout ce qu'elle a joué, je crois, et j'ai lu chaque mot qu'on a publié sur elle, ses interviews et tout. Vraiment, je t'assure, quand je me dis que je vais la *rencontrer*... Oh, je vais sûrement mourir. Qu'est-ce que je vais bien pouvoir lui dire ?

— Tu pourrais lui demander si elle n'aimerait pas faire un grand saut, pour changer, dit Mr. Murdock.

— Bon, d'accord, Jim, dit Mrs. Murdock. Si c'est ce que tu veux.

Elle se dirigea d'un air las vers la porte, et cette fois, elle ne se retourna pas avant d'y arriver. Il n'y avait plus d'éclat dans ses yeux.

— Ce... ce n'est pas vraiment très gentil de gâcher le plaisir de quelqu'un, dit-elle. Je me faisais une telle joie d'y aller. Tu ne sais pas ce que ça représente pour moi de rencontrer Lily Wynton. De rencontrer l'une d'elles, de voir à quoi elles ressemblent, d'écouter ce qu'elles disent, et peut-être d'arriver à les connaître. Les gens comme elle sont pour moi... ils sont différents. Ils ne sont pas comme les autres. Ils ne sont pas comme moi. Qui est-ce que je vois, d'habitude ? Qu'est-ce que j'entends ? Toute ma vie, j'ai voulu savoir... j'ai presque prié pour qu'un jour, je puisse rencontrer... Bon. Très bien, Jim.

Elle sortit et monta dans sa chambre.

Mr. Murdock resta seul avec son journal et son amertume. Mais il parla tout haut :

— Faire un petit saut ! Faire un petit saut, je vous demande un peu !

Ce ne fut pas en silence, mais dans une extrême tranquillité que les Murdock dînèrent. Il y avait quelque chose de gêné dans le calme de Mr. Murdock ; mais celui de la petite Mrs. Murdock était doux et habité par les rêves. Elle avait oublié les paroles excédées de son mari, elle avait dépassé le stade de la surexcitation et de la déception. Avec volupté, elle flottait sur de naïves visions des jours à venir. Elle entendait sa propre voix dans des conversations futures...

J'ai vu Lily Wynton chez Hallie, l'autre jour, et elle me disait tout sur sa nouvelle pièce... non, je suis vraiment navrée, mais c'est un secret, je lui ai promis que je n'en révélerais le titre à personne... Lily Wynton a fait un petit saut pour prendre le thé hier, et au cours de la conversation, elle m'a raconté des choses passionnantes sur la vie qu'elle mène ; elle m'a dit qu'elle n'aurait jamais songé à les raconter à qui que ce soit d'autre... Eh bien, je serais ravie de venir, mais j'ai promis à Lily Wynton de déjeuner avec elle... J'ai reçu une longue, très longue lettre de Lily Wynton... Lily Wynton m'a appelée ce matin... A chaque fois que je n'ai pas le moral, je vais bavarder un moment avec Lily Wynton, et après, ça va mieux... Lily Wynton m'a dit... Lily Wynton et moi... Je lui ai dit : « Lily... »

Le lendemain matin, Mr. Murdock était parti à son bureau avant que Mrs. Murdock ne se soit levée. Ceci s'était déjà produit, mais rarement. Mrs. Murdock se sentit un peu drôle. Puis elle se dit que c'était probablement mieux ainsi. Ensuite, elle n'y pensa plus et se consacra au choix d'une tenue qui convînt à l'événement de l'après-midi. Au fond d'elle-même, elle sentait que sa petite garde-robe ne comprenait aucun vêtement adapté à la circonstance, dans la mesure où, bien entendu, une telle occasion ne s'était jamais présentée. Elle opta finalement pour une robe de serge bleu marine avec un ruché de mousseline blanche au col et aux poignets. C'était vraiment son genre, ça, elle devait le reconnaître. C'était bien le seul avantage de la robe ; quant à elle, il n'y avait rien d'autre à dire pour sa défense. De la serge bleue et des petits ruchés blancs... c'était tout elle.

Le côté convenable de la robe la démoralisa. C'était une robe insignifiante, portée par quelqu'un d'insignifiant. Elle rougit et eut une bouffée de chaleur en se rappelant les rêves qu'elle avait tissés la veille, les folles visions d'intimité, d'égalité avec Lily Wynton. Un accès de timidité la fit presque défaillir et elle envisagea de téléphoner à Miss Noyes pour lui dire qu'elle avait un rhume et qu'elle ne viendrait pas. Elle se calma quand elle étudia un plan de conduite pour le thé. Elle n'essaierait pas de dire quoi que ce soit ; si elle se taisait, elle ne pourrait rien dire de stupide. Elle écouterait, observerait, vénérerait, puis reviendrait à la maison fortifiée, grandie, meilleure, de cette heure dont elle se souviendrait toute sa vie avec fierté.

La décoration de la salle de séjour de Miss Noyes était contemporaine. Il y avait beaucoup de lignes obliques et d'angles aigus, de zigzags d'aluminium et de surfaces horizontales en miroirs. Les teintes dominantes étaient sable et acier. Aucun siège n'était à plus de trente centimètres du sol, aucune table n'était en bois. C'était un lieu, comme d'autres, plus prestigieux, où il était agréable de passer un moment, mais où on n'avait pas envie de s'éterniser.

La petite Mrs. Murdock arriva la première. Elle en était contente ; non, il aurait peut-être mieux valu arriver après Lily Wynton ; non, c'était peut-être mieux ainsi. La femme de chambre lui indiqua la salle de séjour et Miss Noyes l'accueillit avec sa voix froide et ses paroles chaleureuses, une combinaison qui était sa spécialité. Elle portait un pantalon de velours noir, une large ceinture rouge et un chemisier de soie blanche, col ouvert. Une cigarette pendait à sa lèvre inférieure et ses yeux, comme d'habitude, se plissaient à cause de la proximité de la fumée.

— Entrez, entrez, petite puce, dit-elle. Dieu bénisse votre petit cœur. Enlevez votre petit manteau. Seigneur, vous avez facilement l'air d'avoir onze ans dans cette robe. Allez, asseyez-vous là, à côté de moi. On va vous donner une goutte de thé dans une seconde.

Mrs. Murdock s'assit dans le vaste divan dangereusement bas, et parce qu'elle n'avait jamais su s'étendre au milieu de coussins, elle se tint toute droite. Il y avait de la place pour six personnes de sa taille entre elle et son hôtesse. Miss Noyes était étendue, une cheville posée sur un genou, et elle la regardait.

— Je suis dans un triste état, annonça Miss Noyes. J'ai fait du modelage comme une folle pendant toute la nuit. Je suis vidée. On aurait dit que j'étais ensorcelée.

— Oh, et qu'est-ce que vous avez modelé? s'écria Mrs. Murdock.

— Ève, dit Miss Noyes. Je fais toujours des Ève. Qu'y a-t-il d'autre à faire? Il faut que vous veniez un jour poser pour moi, petite puce. Vous devez faire un beau modèle. Oui oui, vous devez faire un très beau modèle, ma petite puce.

— C'est-à-dire que je... dit Mrs. Murdock, puis

elle s'interrompit. En tout cas, merci beaucoup, ajouta-t-elle.

— Je me demande où est passée Lily, dit Miss Noyes. Elle m'a dit qu'elle arriverait tôt... à vrai dire, c'est ce qu'elle dit toujours. Vous allez l'adorer, petite puce. Elle est vraiment exceptionnelle. C'est vraiment quelqu'un. Mais elle a eu une vie d'enfer. Bon Dieu, ce qu'elle a pu endurer !

— Ah bon, qu'est-ce qu'il lui est arrivé ? demanda Mrs. Murdock.

— Les hommes, répondit Miss Noyes. Les hommes. Elle n'a jamais eu un bonhomme qui ne soit pas un salaud, dit-elle en fixant le bout de sa ballerine vernie. Une bande de salauds, tous autant qu'ils sont. Ils l'ont tous abandonnée pour la première petite roulure venue.

— Mais... commença Mrs. Murdock.

Non, elle n'avait sûrement pas bien compris. Comment était-ce donc possible ? Lily Wynton était une grande actrice. Une grande actrice, ça voulait dire du romanesque. Le romanesque, ça voulait dire des grands-ducs, des têtes couronnées, des diplomates aux tempes argentées, et des fils de bonne famille minces, bronzés et aventureux. Ça voulait dire des perles, des émeraudes, du chinchilla et des rubis rouges comme le sang qu'on versait pour eux. Ça voulait dire un jeune homme au visage grave assis dans l'effrayante nuit indienne, sous le morne bruissement du panca, en train d'écrire une lettre à une dame qu'il n'avait vue qu'une seule fois ; lui dévoilant son pauvre cœur avant de saisir son revolver d'ordonnance posé à côté de lui sur la table. Ça voulait dire un poète aux boucles blondes, flottant à plat ventre sur l'océan, avec dans sa poche son dernier grand sonnet dédié à la dame d'ivoire. Ça voulait dire de braves et beaux hommes, vivant et mourant pour la pâle fiancée de l'Art, cette dame dont les yeux et le cœur étaient adoucis par la seule compassion qu'elle éprouvait pour eux.

Une bande de salauds ! Qui couraient après des petites roulures ? Immédiatement, Mrs. Murdock se les représenta comme autant de fourmis.

— Mais... dit la petite Mrs. Murdock.

— Elle leur a donné tout son argent, dit Miss Noyes. Elle a toujours fait ça. Ou si elle ne le leur a pas donné, ils l'ont pris. Ils lui ont pris jusqu'au dernier sou et ensuite, ils lui ont craché à la figure. Heureusement que je suis en train de lui faire entrer un peu de bon sens dans la tête maintenant. Oh, on sonne... ça doit être Lily. Non, restez assise, petite puce. Ne bougez pas d'ici.

Miss Noyes se leva et s'avança vers l'arche qui séparait la salle de séjour de l'entrée. En passant devant Mrs. Murdock, elle se baissa soudain, prit dans sa main le menton rond de son invitée et rapidement, légèrement, elle déposa un baiser sur ses lèvres.

— Ne le dites pas à Lily, murmura-t-elle dans un souffle.

Mrs. Murdock ne comprit pas. Qu'est-ce qu'il ne fallait pas qu'elle dise à Lily ? Est-ce qu'Hallie Noyes pensait qu'elle pourrait aller raconter à Lily Wynton ces étranges confidences sur la vie de l'actrice ? Ou bien voulait-elle dire... Mais elle n'avait plus le temps de se poser de questions. Lily Wynton se tenait sous l'arche. Elle était là, une main posée sur la moulure de l'encadrement, le corps penché, réplique exacte de son entrée au troisième acte de sa dernière pièce, et elle resta ainsi trente secondes.

On ne pouvait pas manquer de la reconnaître, se disait Mrs. Murdock. Oui, on la reconnaîtrait entre mille. Ou du moins, on s'exclamerait : « Cette femme me fait penser à Lily Wynton. » Car en fait, elle était un peu différente en plein jour. Sa silhouette avait l'air plus lourde, plus épaisse, et son visage... il y en avait tant que l'excédent de chairs s'affaissait, au-dessous de la mâchoire volontaire et élégante. Quant à ses yeux, ces fameux yeux sombres et limpides, ils étaient sombres, certes, et sûrement limpides, mais ils se trouvaient au milieu de petites étendues de chair plissée et ils semblaient ne pas être très bien fixés tant ils roulaient facilement. Le blanc, visible autour des iris, était strié de minuscules vaisseaux écarlates.

Je suppose que les projecteurs fatiguent terriblement les yeux, pensa la petite Mrs. Murdock.

Comme il se devait, Lily Wynton portait du noir, satin et zibeline, et de longs gants blancs étaient luxueusement plissés autour de ses poignets. Mais il y avait de délicates traces de saleté dans les replis de ses gants, et dans le bas luisant de sa robe apparaissaient de petites zones irrégulières plus ternes ; des fragments d'aliments ou des gouttes de boisson, ou peut-être les deux, avaient dû glisser à un moment ou à un autre et trouver là un bref refuge. Quant à son chapeau... oh, son chapeau. C'était le chapeau de Lily Wynton, ça n'aurait pu être celui de personne d'autre, personne d'autre ne l'aurait osé. Il était noir, penché, et une douce plume s'en échappait, retombant près de sa joue et bouclant au niveau de sa gorge. Dessous, ses cheveux avaient les diverses nuances du cuivre qui n'a pas été entretenu. Mais, son chapeau ! son chapeau !

— Chérie ! s'écria Miss Noyes.

— Mon ange, dit Lily Wynton. Ma douce.

C'était bien sa voix, cette voix profonde, douce, brûlante. « On dirait du velours pourpre », avait écrit quelqu'un. Le cœur de Mrs. Murdock se mit à battre de façon visible.

Lily Wynton se jeta sur la gorge profonde de son hôtesse pour y murmurer des douceurs. Par-dessus l'épaule de Miss Noyes, elle aperçut la petite Mrs. Murdock.

— Qui est-ce ? dit-elle en se dégageant.

— C'est ma petite puce, dit Miss Noyes. Mrs. Murdock.

— Quel petit visage intelligent, dit Lily Wynton. Un petit visage très intelligent. Qu'est-ce qu'elle fait, ma douce Hallie ? Je suis sûre qu'elle écrit, n'est-ce pas ? Oui, je le sens. Elle aligne de beaux, de très beaux mots. Ce n'est pas vrai, mon enfant ?

— Oh, non, vraiment, je... dit Mrs. Murdock.

— Il faudra que vous m'écriviez une pièce, dit Lily Wynton. Une belle, une très belle pièce. Et je la jouerai partout dans le monde, jusqu'à ce que je sois vieille, très vieille. Et puis je mourrai. Mais on ne m'oubliera jamais à cause de toutes les années pendant lesquelles j'aurai joué dans votre belle, très belle pièce.

Elle s'avança dans la salle de séjour. Sa démarche était légèrement hésitante. Apparemment elle manquait d'équilibre, et en s'enfonçant dans un fauteuil, elle commença à s'affaisser cinq centimètres trop à droite, mais elle rectifia sa trajectoire à temps et elle atterrit saine et sauve.

— Écrire, écrire, dit-elle en souriant tristement à Mrs. Murdock. Une si petite chose et un si grand talent. Oh, quel privilège. Mais aussi quelle angoisse, quelle agonie.

— Mais, voyez-vous, je... dit la petite Mrs. Murdock.

— La petite puce n'écrit pas, Lily, dit Miss Noyes qui se jeta sur le divan. C'est une pièce de musée. Elle est une épouse dévouée.

— Une épouse! dit Lily Wynton. Une épouse. C'est votre premier mariage, mon enfant?

— Oh oui, dit Mrs. Murdock.

— Comme c'est charmant, dit Lily Wynton. Comme c'est charmant, charmant, charmant. Dites-moi, mon enfant, vous l'aimez beaucoup, beaucoup?

— Eh bien, je... dit la petite Mrs. Murdock en rougissant. Ça fait des siècles que je suis mariée.

— Vous l'aimez, dit Lily Wynton. Vous l'aimez. Et est-ce que c'est bon de coucher avec lui?

— Oh... dit la petite Mrs. Murdock qui rougit jusqu'à en avoir mal.

— Le *premier* mariage, dit Lily Wynton. Ah, la jeunesse, la jeunesse. Oui, quand j'avais votre âge, je me mariais aussi. Oh, chérissez votre amour, mon enfant, gardez-le précieusement, vivez-le. Riez et dansez d'amour pour votre mari. Jusqu'à ce que vous découvriez ce qu'il est en réalité.

Une soudaine affliction s'empara d'elle. Ses épaules se soulevèrent, ses joues se gonflèrent, ses yeux cherchèrent à s'échapper de leurs cavités. Pendant un instant, elle resta assise ainsi, puis lentement, tout retrouva sa place. Elle s'enfonça dans son fauteuil en se tapotant doucement la poitrine. Elle secoua tristement la tête et il y avait un émerveillement peiné dans le regard qu'elle fixait sur Mrs. Murdock.

— Les gaz, dit Lily Wynton de sa voix célèbre. Les gaz. Personne ne sait ce que j'ai pu souffrir à cause de ça.

— Oh, je suis vraiment navrée, dit Mrs. Murdock. Y a-t-il quoi que ce soit que...

— Rien, dit Lily Wynton. Il n'y a rien. Rien qu'on puisse y faire. Je suis allée partout.

— Une goutte de thé, peut-être ? dit Miss Noyes. Ça pourrait te faire du bien.

Elle tourna la tête vers l'arche et éleva la voix :

— Mary ! Qu'est-ce que vous trafiquez avec le thé ?

— Vous ne savez pas, vous ne savez pas ce que c'est que de souffrir de l'estomac, dit Lily Wynton, ses yeux affligés posés sur Mrs. Murdock. Vous ne pourrez jamais le savoir, jamais, à moins de souffrir vous-même de l'estomac. C'est ce qui m'arrive depuis des années. Des années, des années et des années.

— Je suis tellement navrée, dit Mrs. Murdock.

— Personne ne connaît cette angoisse, dit Lily Wynton. Cette agonie.

La femme de chambre apparut, portant un plateau triangulaire sur lequel était posé un service à thé gigantesque de rutilante porcelaine blanche, chaque pièce étant hexagonale. Elle le déposa sur une table, à portée du bras long de Miss Noyes, et se retira, comme elle était venue, timidement.

— Ma douce Hallie, ma douce, dit Lily Wynton. Du thé... j'adore ça. Je révère ça. Mais mon affliction le transforme en fiel. En fiel. Pendant des heures, je ne connaîtrai pas de repos. Donne-moi plutôt un petit peu, un tout petit peu de ton merveilleux, merveilleux brandy.

— Tu crois vraiment que tu devrais, ma chérie ? dit Miss Noyes. Tu sais...

— Mon ange, dit Lily Wynton, c'est le seul remède contre l'acidité gastrique.

— Bon, dit Miss Noyes. Mais n'oublie pas que tu as un spectacle ce soir.

Elle haussa à nouveau la voix en direction de l'arche.

— Mary ! Apportez le brandy, beaucoup d'eau gazeuse, de glace et tout le reste.

— Oh non, ma petite sainte, dit Lily Wynton. Non, non, douce Hallie. L'eau gazeuse et la glace sont de violents poisons pour moi. Tu veux glacer mon pauvre estomac affaibli ? Tu veux tuer la pauvre, pauvre Lily ?

— Mary ! rugit Miss Noyes. Apportez simplement le brandy et un verre.

Elle se tourna vers la petite Mrs. Murdock.

— Comment voulez-vous boire votre thé, petite puce ? Avec du lait ? Du citron ?

— Du lait, s'il vous plaît, si ça ne vous dérange pas, dit Mrs. Murdock. Et deux morceaux de sucre, s'il vous plaît, si ça ne vous dérange pas.

— Ah, la jeunesse, la jeunesse, dit Lily Wynton. La jeunesse et l'amour.

La femme de chambre revint avec un plateau octogonal sur lequel étaient posés une carafe de brandy et un verre lourd, large et trapu. Un accès de manque de confiance en elle lui fit détourner la tête.

— Vous voulez bien me remplir mon verre, ma chère enfant ? dit Lily Wynton. Merci. Et laissez cette jolie, très jolie carafe ici, sur cette ravissante petite table. Merci. Vous êtes si bonne pour moi.

La femme de chambre disparut, frémissante. Lily Wynton s'enfonça dans son fauteuil, tenant dans sa main gantée le large verre trapu coloré en brun jusqu'en haut. La petite Mrs. Murdock baissa les yeux sur sa tasse de thé qu'elle porta avec précaution à ses lèvres, elle avala une gorgée puis reposa sa tasse sur sa soucoupe. Quand elle leva les yeux, Lily Wynton était enfoncée dans son fauteuil et tenait dans sa main gantée un large verre trapu incolore.

— Ma vie est un gâchis, dit lentement Lily Wynton. Un fichu gâchis. Elle l'a toujours été et le sera toujours. Jusqu'à ce que je sois une très, très vieille dame. Ah, petit visage intelligent, vous les écrivains, vous ne savez pas ce que lutter veut dire.

— Mais réellement, je ne suis pas... dit Mrs. Murdock.

— Écrire, dit Lily Wynton. Écrire. Aligner joliment des mots les uns derrière les autres. Quel privilège. Quelle paix bénie, ô combien bénie. La tranquillité, le repos. Mais vous pensez que ces infâmes salauds iraient retirer cette pièce de l'affiche puisqu'elle ne rapporte que des clopinettes? Oh, que non. J'ai beau être fatiguée, j'ai beau être malade, il faut que je me traîne là-bas. Oh, mon enfant, mon enfant, gardez votre précieux don. Remerciez le Ciel de l'avoir. C'est la chose la plus importante qui soit. C'est la seule. Écrire.

— Chérie, je t'ai dit que la petite puce n'écrivait pas, dit Miss Noyes. Si tu étais un peu raisonnable? Elle est une épouse.

— Ah, oui, elle me l'a dit. Elle m'a dit qu'elle vivait un parfait amour, un amour passionné, dit Lily

Wynton. Un amour de jeunesse. C'est la plus belle chose au monde.

Elle attrapa la carafe et à nouveau, le verre trapu fut brun jusqu'en haut.

— A quelle heure est-ce que tu as commencé aujourd'hui, ma chérie ?

— Oh, ne me gronde pas, mon doux amour, dit Lily Wynton. Lily n'a pas été vilaine. L'a pas zété vilaine du tout. Je me suis levée tard, très tard. Et j'ai eu beau mourir de soif, j'ai eu beau me dessécher, je n'ai pas bu avant mon petit déjeuner. Je me suis dit, je le fais pour Hallie.

Elle porta le verre à ses lèvres, le pencha, et le reposa, incolore.

— Seigneur, Lily, surveille-toi, dit Miss Noyes. Il faut que tu montes sur scène ce soir, ma fille.

— Le monde entier est une scène, dit Lily Wynton. Et tous les hommes, toutes les femmes ne sont que des acteurs. Ils font leur entrée et leur sortie, et chacun joue plusieurs rôles, son personnage étant représenté à sept âges différents. Tout d'abord, il y a le bébé, vagissant et dégueulant...

— Comment marche la pièce ? demanda Miss Noyes.

— Oh, ça vasouille, dit Lily Wynton. Ça vasouille complètement. Mais qu'est-ce qui ne vasouille pas dans ce terrible, terrible monde ? Dis-le-moi.

Elle tendit la main vers la carafe.

— Lily, écoute, dit Miss Noyes. Arrête ça, tu m'entends ?

— S'il te plaît, ma douce Hallie, dit Lily Wynton. S'il te plaît, s'il te plaît, pour la pauvre, pauvre Lily.

— Tu veux que j'en arrive à ce que j'ai dû faire la

dernière fois? dit Miss Noyes. Tu veux que je te frappe devant la petite puce, là?

Lily Wynton se redressa.

— Tu ne te rends pas compte de ce qu'est l'acidité, dit-elle, glaciale.

Elle remplit le verre et regarda au travers, comme s'il s'agissait d'un lorgnon. Brusquement, son attitude changea, elle leva les yeux et sourit à la petite Mrs. Murdock.

— Vous devez me la laisser lire, dit-elle. Il ne faut pas être si modeste.

— Lire?... dit la petite Mrs. Murdock.

— Votre pièce, dit Lily Wynton. Votre jolie, très jolie pièce. N'allez pas croire que je suis trop occupée. J'ai toujours le temps. J'ai du temps pour tout. Oh, mon Dieu, il faut que j'aille chez le dentiste demain. Oh, ce que j'ai pu endurer avec mes dents. Regardez!

Elle reposa son verre, introduisit un index ganté dans sa bouche qu'elle déforma en l'étirant sur le côté.

— Egadez, insista-t-elle, egadez!

Mrs. Murdock tendit timidement le cou et aperçut un reflet d'or luisant.

— Oh, je suis vraiment navrée, dit-elle.

— Ché che qu'il m'a fait la denié fois, dit Lily Wynton.

Elle ressortit son index et sa bouche reprit sa forme initiale.

— C'est ce qu'il m'a fait la dernière fois, répéta-t-elle. Quelle angoisse. Quelle agonie. Est-ce que vous souffrez des dents, petit visage intelligent?

— Eh bien, j'ai peur d'avoir eu une chance inouïe, dit Mrs. Murdock. Je...

— Vous ne pouvez pas savoir, dit Lily Wynton. Personne ne sait ce que c'est. Vous autres écrivains... vous ne savez pas.

Elle attrapa son verre, soupira au-dessus de son contenu, puis le vida.

— Bon, dit Miss Noyes. Alors, vas-y, évanouis-toi, chérie. Tu as le temps de dormir un peu avant le théâtre.

— De dormir, dit Lily Wynton. De dormir, et peut-être même de rêver. Quel privilège. Oh, Hallie, ma douce, douce Hallie, la pauvre Lily se sent si horriblement mal. Frotte-moi la tête, mon ange. Aide-moi.

— Je vais chercher de l'eau de Cologne, dit Miss Noyes.

Elle quitta la pièce et tapota le genou de Mrs. Murdock en passant devant elle. Lily Wynton s'étendit sur son fauteuil et ferma ses célèbres yeux.

— Dormir, dit-elle. Dormir, peut-être même rêver.

— J'ai bien peur... commença la petite Mrs. Murdock. J'ai bien peur de devoir vraiment rentrer à la maison. J'ai bien peur de ne pas m'être rendu compte qu'il était affreusement tard.

— Oui, partez, mon enfant, dit Lily Wynton, sans ouvrir les yeux. Allez le rejoindre. Allez le rejoindre, vivez avec lui, aimez-le. Restez toujours avec lui. Mais quand il commencera à les amener à la maison... partez.

— J'ai bien peur... j'ai bien peur de ne pas bien comprendre, dit Mrs. Murdock.

— Quand il commencera à amener ses fredaines à la maison, dit Lily Wynton. Ce sera le moment de retrouver un peu de fierté. Vous devrez partir. C'est ce que j'ai toujours fait. Mais il était toujours trop tard. Ils avaient pris tout mon argent. C'est tout ce qui les intéresse, que vous les épousiez ou non. Ils disent que c'est l'amour, mais ce n'est pas vrai. L'amour, il n'y a que ça qui compte. Chérissez votre amour, mon enfant. Retournez auprès de lui. Allez au lit avec lui. Il n'y a que ça qui compte. Et votre belle, très belle pièce de théâtre.

— Oh, mon Dieu, dit la petite Mrs. Murdock. Je... j'ai bien peur qu'il soit vraiment terriblement tard.

On n'entendait plus qu'une respiration rythmée s'élever du fauteuil sur lequel était étendue Lily Wynton. Le flot de la voix pourpre s'était arrêté.

La petite Mrs. Murdock s'avança à pas feutrés vers la chaise sur laquelle elle avait déposé son manteau. Soigneusement, elle lissa ses ruchés de mousseline blanche pour qu'ils ne se froissent pas sous le manteau. Elle ressentit de la tendresse pour sa robe ; elle voulait la protéger. De la serge bleue et des petits ruchés... c'était tout elle.

Quand elle arriva devant la porte d'entrée, elle s'arrêta un instant et ses manières eurent raison d'elle. Bravement, elle s'écria dans la direction de la chambre de Miss Noyes :

— Au revoir, Miss Noyes. Il faut vraiment que je me sauve. Je ne m'étais pas rendu compe qu'il était si tard. J'ai passé un très bon moment... merci mille fois.

— Oh, au revoir, petite puce, cria Miss Noyes. Désolée que Lily se soit mise à faire dodo. Ne faites pas attention... c'est vraiment quelqu'un. Je vous appellerai, petite puce. Je tiens à vous voir. Bon, où est cette fichue eau de Cologne ?

— Merci mille fois, dit Mrs. Murdock et elle sortit de l'appartement.

La petite Mrs. Murdock se dirigea vers sa maison à travers l'obscurité qui tombait. Elle avait l'esprit occupé, mais pas par des souvenirs de Lily Wynton. Elle pensait à Jim, Jim, qui était parti au bureau avant qu'elle se lève, ce matin, Jim, qu'elle n'avait pas embrassé avant son départ. Jim chéri. Il n'y en avait pas deux comme lui. Il était bizarre, Jim, raide, maussade et silencieux ; mais seulement parce qu'il savait tant de choses. Seulement parce qu'il savait qu'il est stupide d'aller chercher très loin le côté prestigieux, élégant et romantique de la vie. Quand tout cela avait toujours été à la maison, se dit-elle. C'était comme l'Oiseau Bleu, pensa la petite Mrs. Murdock.

Jim chéri. Mrs. Murdock se détourna de son chemin et entra dans un immense magasin où l'on vendait les produits alimentaires les plus délicats et les plus sophistiqués pour d'énormes sommes. Jim aimait le caviar rouge. Mrs. Murdock acheta un pot de ces œufs luisants et gluants. Ils prendraient un cocktail, ce soir, même sans invités, et le caviar rouge constituerait une surprise, ce serait une sorte de petite fête, secrète, pour célébrer le bonheur qu'elle éprouvait en renonçant à la gloire de ce monde. Elle acheta également un gros fromage d'importation. Il donnerait au dîner la touche nécessaire. Mrs. Murdock ne s'était pas tellement préoccupée du dîner ce matin. « Oh, ce que vous voudrez, Signe », avait-elle dit à la bonne. Elle ne voulait pas y penser. Elle rentra chez elle avec ses paquets.

Mr. Murdock était déjà là quand elle arriva. Il était assis, le journal ouvert à la page financière. La petite Mrs. Murdock courut vers lui, les yeux brillants. Il est vraiment dommage que des yeux brillants ne soient que des yeux brillants et que vous ne puissiez pas dire, en les regardant, ce qui les a rendus comme ça. Vous ne savez pas si ce qui a provoqué cette surexcitation, c'est vous ou autre chose. La veille, Mrs. Murdock s'était précipitée vers son mari les yeux brillants.

— Oh, bonjour, lui dit-il avant de baisser les yeux sur son journal et de ne plus les relever. Qu'est-ce que tu as fait ? Un petit saut chez Hank Noyes ?

La petite Mrs. Murdock s'immobilisa sur place.

— Jim, tu sais parfaitement que le prénom d'Hallie Noyes est Hallie.

— Pour moi, c'est Hank, dit-il. Hank, ou Bill. Est-ce que machin-chouette s'est montrée ? Je veux dire, a fait un petit saut, excuse-moi.

— A qui fais-tu allusion ? dit Mrs. Murdock d'un ton digne.

— Machin-chouette, dit Mr. Murdock. La vedette de cinéma.

— Si tu veux parler de Lily Wynton, ce n'est pas une vedette de cinéma, dit Mrs. Murdock. C'est une grande actrice.

— Eh bien, a-t-elle fait son petit saut ? dit-il.

Les épaules de Mrs. Murdock s'affaissèrent.

— Oui, dit-elle. Oui, elle était là, Jim.

— Je suppose que maintenant, tu vas monter sur les planches.

— Ah, Jim, dit Mrs. Murdock. Ah, Jim, je t'en prie. Je ne regrette pas du tout d'être allée chez Hallie Noyes aujourd'hui. C'était... c'était vraiment une expérience de rencontrer Lily Wynton. Quelque chose que je me rappellerai toute ma vie.

— Qu'est-ce qu'elle a fait ? dit Mr. Murdock. Les pieds au mur ?

— Elle n'a rien fait de tel ! dit Mrs. Murdock. Elle a récité du Shakespeare, si tu tiens à le savoir.

— Oh, mon Dieu, dit Mr. Murdock. Ça a dû être extraordinaire.

— Très bien, Jim, dit Mrs. Murdock. Si c'est ce que tu veux.

D'un air las, elle sortit de la pièce et alla au bout du couloir. Elle s'arrêta devant la porte de l'office, elle l'ouvrit et s'adressa à la gentille petite bonne :

— Oh, Signe. Oh, bonsoir, Signe. Vous voulez bien ranger ces choses-là quelque part ? Je les ai achetées en chemin. Je me disais qu'on pourrait les essayer un jour.

D'un air las, la petite Mrs. Murdock alla au bout du couloir et entra dans sa chambre.

(Titre original : *Glory in Daytime*)

LE CŒUR QUI FOND

Aucun regard, qu'il fût celui d'un être humain, d'un fauve en cage ou d'un animal domestique chéri, ne s'était posé sur Mrs. Lanier sans lui trouver un air nostalgique. Elle se vouait à la nostalgie comme d'autres artistes, de moindre importance, se vouent à l'écriture, à la peinture ou au marbre. Mrs. Lanier n'était pas une artiste mineure ; elle comptait parmi les plus grandes. Sans doute l'éternel modèle du véritable artiste est-il l'acteur de Dickens qui se noircit des pieds à la tête pour jouer Othello. On peut donc supposer sans risque de se tromper que Mrs. Lanier était nostalgique jusque dans sa salle de bains, et s'endormait doucement, encore enveloppée de nostalgie, dans la nuit sombre et secrète.

Si rien n'arrivait jamais au portrait qu'avait fait d'elle Sir James Weir, elle resterait nostalgique pour l'éternité. Il l'avait représentée en pied, tout en jaune, des boucles de sa chevelure délicatement amoncelées sur le sommet de sa tête, à ses pieds graciles et arqués comme d'élégantes bananes, en passant par l'étoffe luisante de sa robe du soir. Mrs. Lanier portait généralement du blanc le soir, mais le blanc est une teinte diabolique pour un peintre et un artiste pouvait-il consacrer les six semaines qu'il passait aux États-Unis à l'exécution d'une seule commande ? La nostalgie était bel et bien là, immortelle, dans les yeux assombris d'un triste espoir, dans la bouche suppliante, dans la petite tête inclinée sur le long cou ravissant, semblant porter obédience au triple rang de perles Lanier. Il est vrai que lorsque le portrait fut exposé, un critique exprima son étonnement par écrit, se demandant pour quelle raison une femme qui possédait de telles perles devrait être nostalgique ; mais c'était sans doute parce qu'il avait vendu pour quelques pennies son âme grise au propriétaire d'une galerie concurrente. Car on ne pouvait certainement pas attaquer Sir James sur les perles. Chacune était bien distincte, traitée aussi individuellement que le visage des petits soldats d'une scène de bataille peinte par Meissonier.

Pendant un temps, compte tenu de l'obligation de ressembler à son portrait qui s'impose à tout modèle, Mrs. Lanier s'habilla en jaune le soir. Elle portait des robes de velours qui avaient l'aspect de la crème fraîche de ferme, des robes de satin qui avaient le lustre de boutons-d'or, des robes de voile qui s'enroulaient autour d'elle comme une fumée dorée. Elle les portait et elle s'étonnait timidement de se voir comparer à une jonquille, un papillon au soleil et ainsi de suite. Mais elle savait le pourquoi de ces choses.

— Je ne me sens pas moi-même, soupira-t-elle enfin.

Et elle revint à ses draperies de lis. Picasso avait eu sa période bleue, Mrs. Lanier sa période jaune.

Tous deux avaient su à quel moment y mettre un terme.

L'après-midi, Mrs. Lanier portait du noir, fluide et parfumé, avec les magnifiques perles qui ruisselaient sur sa poitrine. Quelle tenue elle revêtait le matin, seule Gwennie, la femme de chambre qui lui apportait le plateau du petit déjeuner, pouvait le savoir ; mais elle devait, bien sûr, être exquise. Mr. Lanier — car il y avait assurément un Mr. Lanier ; on l'avait même déjà vu — passait furtivement devant sa porte en partant pour son bureau, et les domestiques marchaient à pas feutrés et parlaient à voix basse pour que la cruauté de la lumière de chaque nouveau jour soit le plus longtemps possible épargnée à Mrs. Lanier. C'est seulement avec l'arrivée des heures plus douces, plus clémentes, de l'après-midi, qu'elle pouvait se résoudre à affronter la douleur récurrente de vivre.

Il y avait presque chaque jour des tâches à accomplir, et Mrs. Lanier s'y préparait courageusement. Elle devait partir dans sa voiture de ville pour choisir de nouvelles toilettes et faire retoucher, à ses parfaites mesures, celles qu'elle avait commandées précédemment. Des vêtements comme les siens ne relevaient pas du hasard ; comme la grande poésie, ils réclamaient du travail. Mais elle redoutait le moment de quitter le refuge que constituait sa maison, car partout ailleurs, le laid et le triste assaillaient ses yeux et son cœur. Souvent, elle se tenait, pleine d'hésitation, devant le grand miroir baroque du couloir, avant de réussir à relever la tête et à avancer enfin, bravement.

Il n'y a aucune sécurité pour les tendres, aussi droit soit leur chemin, aussi innocente leur destination. Parfois, même en présence du couturier, du fourreur, de la lingère ou de la modiste de Mrs. Lanier, il y avait une procession de jeunes femmes maigres et de petits hommes minables qui tenaient des écriteaux dans leurs mains froides et montaient et descendaient la rue d'un pas lent et mesuré. Leur visage était violacé et rugueux à cause du vent, et vide à cause de la monotonie de leur besogne. Ils avaient l'air si petits, si pauvres, si épuisés, que de pitié, les mains de Mrs. Lanier se portaient à son cou. Ses yeux s'illuminaient de compassion et ses douces lèvres s'écartaient comme si elle allait murmurer un encouragement en fendant la file des loqueteux pour entrer dans le magasin.

Souvent, il y avait sur son chemin des vendeurs de stylos : une demi-créature posée sur une sorte de planche à roulettes, qui se propulsait en avant avec les mains, ou un aveugle qui se traînait derrière la canne qu'il agitait. Mrs. Lanier devait s'arrêter, vacillante, les yeux clos, une main sur la gorge, pour soutenir sa jolie tête éprouvée. Puis on pouvait la voir faire un effort sur elle-même, on pouvait voir cet effort faire frémir tout son corps tandis qu'elle ouvrait les yeux et offrait à ces misérables, aveugles ou voyants, un sourire d'une telle tendresse, d'une telle compréhension douloureuse, qu'on avait l'impression que l'air était imprégné d'une exquise et triste odeur de jacinthe. Parfois, si l'homme n'était pas trop horrible, elle allait même jusqu'à prendre une piécette dans son sac et, la tenant d'une main aussi légère que si elle l'avait cueillie sur une branche argentée, elle tendait son bras gracile et la déposait dans la timbale. S'il était jeune et inexpérimenté, il lui offrait des crayons pour la remercier de l'argent qu'elle lui avait donné ; mais Mrs. Lanier ne voulait rien en échange. Avec la délicatesse la plus noble, elle s'enfuyait, le laissant avec son stock intact de petites marchandises, lui qui ne travaillait pas pour assurer sa subsistance comme des millions d'autres, mais qui avait été distingué, mis à part, marqué au sceau de la charité.

Ainsi en allait-il lorsque Mrs. Lanier sortait. Partout où elle passait, les loqueteux, les miséreux, les désespérés avaient droit à un regard qui se passait de paroles.

— Courage, disait-il. Et vous... oh, souhaitez-moi du courage également !

Fréquemment, lorsqu'elle rentrait chez elle, Mrs. Lanier était aussi languissante qu'un freesia. Gwennie, sa femme de chambre, devait alors l'implorer de s'allonger, de prendre des forces pour pouvoir revêtir une robe plus légère et descendre dans son salon, ses yeux voilés de mélancolie, mais ses seins exquis pointant bien haut.

Son salon était son refuge. Là, son cœur pouvait guérir de tous les coups que lui portait le monde, et derechef intact, pleurer sur ses propres malheurs. C'était une pièce hors du monde, un endroit fait de tissus tendres et de fleurs pâles, dans lequel n'entrait pas un journal ou un livre qui aurait pu rapporter ou décrire des événements poignants. Au-dessous du grand écran composé par sa fenêtre, la rivière s'étirait et les chalands majestueux passaient, chargés d'étranges marchandises aux riches couleurs de tapisserie ; il n'y avait aucune raison de se rallier à ceux qui croyaient devoir vous expliquer qu'il s'agissait d'ordures. Une île au nom joyeux se trouvait en face, et on y distinguait aisément, en alignement serré, une rangée de bâtiments aussi naïfs qu'une peinture de Rousseau. Parfois, on pouvait même apercevoir sur l'île les silhouettes alertes des infirmières et des internes, folâtrant dans les allées. Il devait y avoir des silhouettes considérablement moins alertes derrière les fenêtres à barreaux des bâtiments, mais il ne fallait pas y songer en présence de Mrs. Lanier. Tous ceux qui venaient dans son salon ne venaient que pour une seule raison, pour empêcher son cœur d'être blessé.

Là, dans son salon, dans le bleu divin d'une fin de journée, Mrs. Lanier s'asseyait sur du taffetas opalescent et la nostalgie l'envahissait. Et c'est là, dans son salon, que des jeunes gens qui essayaient de l'aider à supporter sa vie, venaient lui rendre hommage.

Il y avait un rite qui présidait aux visites de ces jeunes gens. Ils arrivaient par groupes de trois, quatre ou six pendant un certain temps ; et il y en avait bientôt un qui restait un peu plus longtemps, une fois les autres partis, et qui ensuite arrivait un peu plus tôt que les autres. Puis venait l'époque où Mrs. Lanier cessait d'être chez elle pour les autres jeunes gens et où ce jeune homme restait seul avec elle dans le bleu divin d'une fin de journée. Et puis un jour, Mrs. Lanier n'était plus chez elle pour ce jeune homme et Gwennie devait lui dire et lui redire au téléphone que Mrs. Lanier était sortie, que Mrs. Lanier était malade, que Mrs. Lanier ne pouvait pas être dérangée. Les groupes de jeunes gens revenaient ; ce jeune homme ne se trouvait pas parmi eux. Mais il y avait là un nouveau jeune homme qui restait alors un peu plus longtemps et arrivait un peu plus tôt, et qui terminait sa trajectoire en suppliant Gwennie au téléphone.

Gwennie — sa mère, devenue veuve, était morte après lui avoir donné le nom de Gwendola, comme si elle avait compris qu'aucun autre rêve ne pourrait se réaliser — était petite, trapue et passait inaperçue. Elle avait été élevée dans une ferme, au nord de New York, par un oncle et une tante aussi durs que le sol avec lequel ils luttaient pour survivre. Après leur mort, elle n'avait plus eu aucun parent nulle part. Elle était venue à New York parce qu'elle avait entendu dire qu'on pouvait y trouver du travail ; elle était arrivée à l'époque où la cuisinière de Mrs. Lanier avait besoin d'une aide. C'était donc sous son propre toit que Mrs. Lanier avait trouvé son trésor.

Les doigts robustes de petite fermière de Gwennie pouvaient faire des points de couture invisibles, utiliser un fer à repasser comme s'il s'agissait d'une baguette magique, donner la sensation d'une brise d'été lorsqu'ils habillaient Mrs. Lanier ou s'occupaient de ses cheveux. Elle était affairée tant que durait le jour, c'est-à-dire de l'aube à la tombée de la nuit. Elle n'était jamais fatiguée, elle ne se plaignait jamais, toujours pleine d'entrain sans pour autant se croire obligée de le dire. Il n'y avait rien dans sa présence ou dans son physique qui pût émouvoir, et partant, provoquer une gêne quelconque.

Mrs. Lanier disait souvent qu'elle ne savait pas ce qu'elle ferait sans sa petite Gwennie. Si sa petite Gwennie la quittait, disait-elle, elle ne pourrait tout simplement *pas* faire face à la situation. Elle avait l'air si abandonnée et si fragile, ajoutait-elle, qu'on redoutait l'éventualité de sa mort ou d'un mariage. Pourtant, il n'y avait pas de cause d'inquiétude immédiate, car Gwennie était aussi forte qu'un cheval et n'avait pas de prétendant. Elle ne s'était jamais fait d'amis et cela ne semblait pas lui manquer. Sa vie était consacrée à Mrs. Lanier ; comme tous ceux qui jouissaient du privilège de l'approcher, Gwennie s'efforçait de faire son possible pour arracher Mrs. Lanier à la souffrance.

Chacun pouvait l'aider à écarter les stigmates de la tristesse du monde, mais le chagrin personnel de Mrs. Lanier était une affaire beaucoup plus délicate. Il y avait un désir si profond, si secret au fond de son cœur, qu'il fallait souvent plusieurs jours avant qu'elle ne pût en parler, au crépuscule, à un nouveau jeune homme.

— Si seulement j'avais un bébé, soupirait-elle, un tout petit bébé, je crois que je pourrais presque être heureuse.

Elle repliait alors ses bras délicats et doucement, lentement, elle les balançait comme s'ils berçaient ce petit, tout petit, si cher à ses rêves. Se voir refuser le rôle de madone la portait au comble de la mélancolie. Quant au jeune homme, il pouvait vivre ou mourir pour elle, c'était au choix.

Mrs. Lanier ne disait jamais pour quelle raison son souhait n'était pas exaucé ; la connaissant, le jeune homme savait qu'elle était trop douce pour blâmer, trop fière pour parler. Mais si près d'elle, dans la lumière pâle, il *comprenait,* et son sang bouillonnait avec fureur en songeant que des balourds comme Mr. Lanier étaient encore en vie. Il implorait Mrs. Lanier, tout d'abord avec des murmures hésitants, puis avec des flots de paroles ardentes, de le laisser l'arracher à l'enfer de sa vie et d'essayer de la rendre *presque* heureuse. C'est à ce moment-là que Mrs. Lanier décidait de ne plus pouvoir le recevoir lorsque le jeune homme la demandait.

Gwennie n'entrait pas au salon quand il ne s'y trouvait qu'un seul jeune homme ; mais quand les groupes refaisaient leur apparition, elle venait servir, discrètement, tirant un rideau ici ou allant chercher un autre verre là. Tous les domestiques des Lanier étaient discrets, ils se déplaçaient sans bruit et comme il se doit, ils n'avaient pas de traits distinctifs. Quand il devait y avoir des changements dans le personnel, Gwennie et la responsable s'en occupaient sans en parler à Mrs. Lanier, de crainte qu'elle n'eût l'impression d'être abandonnée ou ne fût attristée par de sombres récits. Les nouveaux serviteurs ressemblaient toujours aux anciens, dans la mesure où on ne les remarquait pas non plus. Jusqu'à l'arrivée de Kane, le nouveau chauffeur.

Le vieux chauffeur avait été remplacé parce qu'il était un vieux chauffeur depuis trop longtemps. Cela pèse cruellement sur un cœur tendre quand un visage familier se ride et se dessèche, quand des épaules familières semblent s'affaisser tous les jours davantage, quand une nuque familière se creuse entre les tendons. Le vieux chauffeur voyait, entendait et agissait tout comme avant ; mais c'était trop dur pour Mrs. Lanier de voir ce qui lui arrivait. D'une voix peinée, elle avait dit à Gwennie qu'elle ne supportait plus sa vue. Le vieux chauffeur était donc parti, et Kane était arrivé.

Kane était jeune et il n'y avait rien de déprimant dans ses épaules droites et dans sa nuque ferme et pleine, pour quelqu'un qui était assis derrière elles dans la voiture de ville. Dans son uniforme bien ajusté, son corps formant un triangle parfait, il ouvrait la portière à Mrs. Lanier et inclinait la tête quand elle passait. Mais quand il n'était pas au travail, il levait bien haut la tête, la penchait crânement sur le côté, et un petit sourire flottait sur ses lèvres rouges.

Souvent, quand il faisait froid et que Kane l'attendait dans la voiture, Mrs. Lanier, pleine d'humanité, demandait à Gwennie de lui dire de venir patienter à l'office. Gwennie lui apportait du café et le regardait. Par deux fois, elle n'entendit pas la sonnette électrique émaillée de Mrs. Lanier.

Gwennie commença à prendre ses soirées de repos : jusque-là, elle n'en avait pas tenu compte et restait pour s'occuper de Mrs. Lanier. Et puis un soir, Mrs. Lanier était rentrée dans sa chambre très tard, après une sortie au théâtre et une longue conversation à voix basse dans le salon. Et Gwennie ne l'avait pas attendue pour retirer la robe blanche, ranger les perles et brosser les cheveux brillants qui bouclaient comme des pétales de forsythia. En fait, Gwennie n'était pas encore rentrée de son jour de congé. Mrs. Lanier avait dû réveiller une des bonnes qui servaient à table, et elle n'avait pas obtenu d'elle une aide très satisfaisante.

Gwennie avait pleuré, le lendemain matin, en voyant l'expression pathétique qui se lisait dans les yeux de Mrs. Lanier ; mais les larmes étaient un spectacle trop éprouvant pour Mrs. Lanier et la jeune fille avait cessé d'en verser. Mrs. Lanier lui avait délicatement tapoté le bras et il n'avait plus été question de cette histoire, si ce n'est que les yeux de Mrs. Lanier étaient plus sombres et plus grands à cause de cette nouvelle blessure.

Kane au contraire était devenu un vrai réconfort pour Mrs. Lanier. Après le désolant spectacle de la rue, il était agréable de voir Kane se tenir bien droit près de la voiture, jeune et robuste, sans le moindre problème dans sa vie. Mrs. Lanier en vint à lui sourire d'un air presque reconnaissant, quoique mélancolique, comme si elle cherchait à connaître son secret, lui qui n'était jamais triste.

Et puis, un jour, Kane ne se présenta pas à l'heure habituelle. La voiture, qui aurait dû être prête pour emmener Mrs. Lanier chez son couturier, était restée au garage, et Kane ne s'était pas montré de toute la journée. Mrs. Lanier demanda à Gwennie de téléphoner immédiatement à l'endroit où il logeait pour savoir ce que cela signifiait. La jeune fille lui répondit en pleurant, oui, en *pleurant,* qu'elle n'avait pas cessé d'appeler, qu'il n'était pas là et que personne ne savait où il se trouvait. Ses larmes avaient manifestement pour cause la détresse provoquée par la désorganisation de la journée de Mrs. Lanier ; ou alors c'était l'effet d'un épouvantable rhume qu'elle semblait avoir attrapé, car ses yeux étaient lourds et rouges, et son visage pâle et bouffi.

On ne revit plus Kane. Il s'était fait payer ses gages la veille de sa disparition et on n'entendit plus parler de lui. Il ne fit rien dire du tout et ne se montra plus jamais. Au début, Mrs. Lanier eut du mal à se convaincre qu'une telle trahison pouvait exister. Son cœur, aussi tendre et doux qu'une *crème renversée*[1] parfaitement réussie, tremblait dans sa

---

1. En français dans le texte. *(N.d.T.)*

poitrine, et dans ses yeux on lisait la lueur lointaine de la souffrance.

— Oh, comment a-t-il pu me faire ça? demanda-t-elle, pitoyable, à Gwennie. Comment a-t-il pu me faire ça à moi, qui suis si malheureuse.

Il n'y eut aucune discussion sur la désertion de Kane; c'était là un sujet trop pénible. Si par mégarde, un visiteur demandait ce qu'était devenu son beau chauffeur, Mrs. Lanier posait une main sur ses paupières closes et tressaillait lentement. Le visiteur était tenté de se suicider pour avoir ainsi inconsciemment ajouté à ses peines, et il s'efforçait, avec le plus grand dévouement, de la consoler.

Le rhume de Gwennie dura incroyablement longtemps. Les semaines passaient et pourtant, tous les matins, elle avait les yeux rouges et le visage livide et bouffi. Mrs. Lanier était souvent obligée de détourner le regard quand elle lui apportait le plateau du petit déjeuner.

Elle s'occupait de Mrs. Lanier avec plus de soin que jamais; elle ne prenait plus ses jours de congé et restait là pour continuer à la servir. Elle avait toujours été calme, elle devint carrément silencieuse, et ce fut un apaisement supplémentaire. Elle travaillait sans cesse et semblait bien s'en porter car en dehors des effets de son curieux rhume, elle s'arrondissait et paraissait en parfaite santé.

— Regardez comme ma petite Gwennie engraisse! disait Mrs. Lanier en plaisantant tendrement tandis que la jeune fille servait le groupe de fidèles réunis au salon. Vous ne trouvez pas ça mignon?

Les semaines passèrent et la composition du groupe de jeunes gens changea à nouveau. Puis vint le jour où Mrs. Lanier ne fut plus chez elle pour le groupe ; où un nouveau jeune homme devait arriver et rester seul avec elle, pour la première fois, dans le salon. Mrs. Lanier était assise devant son miroir et, d'une main légère, elle se mettait une touche de parfum sur la gorge pendant que Gwennie rassemblait les boucles dorées.

Le visage ravissant que Mrs. Lanier vit dans la glace attira son attention et elle posa le parfum pour se rapprocher de lui. Elle pencha un peu la tête sur le côté et l'observa soigneusement ; elle vit les yeux mélancoliques devenir encore plus mélancoliques, les lèvres se retrousser en un sourire suppliant. Elle replia les bras sur sa jolie poitrine et, lentement, berça l'enfant de ses rêves. Elle regarda le doux balancement de ses bras, réfléchi par le miroir, et elle ralentit encore son mouvement.

— Si seulement j'avais un petit bébé, soupira-t-elle.

Elle secoua la tête. Délicatement, elle s'éclaircit la gorge, soupira à nouveau sur une note légèrement plus grave.

— Si seulement j'avais un petit, tout petit bébé, je crois que je pourrais presque être heureuse.

Il y eut un bruit derrière elle et elle se retourna, stupéfaite. Gwennie avait fait tomber la brosse par terre, et elle vacillait, le visage caché dans les mains.

— Gwennie ! fit Mrs. Lanier. Gwennie !

La jeune fille retira les mains de sa figure, et elle parut se trouver sous un projecteur vert.

— Je suis désolée, haleta-t-elle. Désolée. Je vous prie de m'excuser. Je... oh, j'ai envie de rendre !

Elle se précipita si violemment hors de la pièce que le parquet en trembla.

Toujours assise, Mrs. Lanier suivit Gwennie du regard, les mains sur son cœur blessé. Lentement, elle se retourna vers son miroir, et ce qu'elle y vit capta son attention ; un artiste reconnaît un chef-d'œuvre. Elle avait atteint la perfection de sa carrière, elle était parvenue au sublime dans la mélancolie ; c'était ce regard d'étonnement peiné qui en était la cause. Soigneusement, elle le garda sur son visage en s'éloignant du miroir et, ses jolies mains protégeant toujours son cœur, elle descendit à la rencontre du nouveau jeune homme.

(Titre original : *The Custard Heart*)

JE NE VIS QUE PAR TES VISITES

Le jeune garçon entra dans la chambre d'hôtel et, immédiatement, elle eut l'air encore plus petite.

— Hé, c'est cool, ici, dit-il.

Il ne s'agissait pas là d'un commentaire sur la température. « Cool », pour des raisons que seuls certains services du Ciel connaissaient peut-être, était alors un terme qui avait cours chez beaucoup de jeunes pour exprimer leur approbation.

L'atmosphère de la pièce était en effet agréable, après la grosse pluie grise de la rue. Il y faisait chaud et il y avait beaucoup de lumière. Les ampoules électriques puissantes auxquelles tenait sa mère n'étaient pas affaiblies par les fins abat-jour plissés qu'elle avait posés sur les lampes de l'hôtel, et partout il y avait des objets luisants : des glaces sur les murs ; un miroir carré derrière le loquet en glace de la porte ouvrant sur la chambre ; des coffrets à cigarettes faits de minuscules éclats de verre brillant et des boîtes d'allumettes glissées dans de petits écrins en miroir disposés un peu partout ; et, sur des consoles, sur le bureau et sur la table, des photographies de lui à deux ans et demi, à cinq, sept et neuf ans, dans de larges cadres également en miroir. A chaque fois que sa mère s'installait dans un nouveau lieu — et elle déménageait souvent — ces photographies étaient les premières choses qu'elle sortait de ses bagages. Le jeune garçon les détestait. Ce n'était qu'après son quinzième anniversaire que la taille de son corps avait rattrapé celle de sa tête ; cette tête faisait une tache énorme et pâle sur ces vieilles photographies. Un jour, il avait demandé à sa mère de ranger ces photos, de préférence dans un coin sombre fermant à clé. Mais il avait eu la malchance de lui demander cela à un moment où elle avait eu une de ses brusques et longues crises de larmes. Donc, les photographies étaient toujours là, exposées dans leurs cadres rutilants.

Le couvercle argenté du gros shaker de cristal étincelait également, mais le peu de liquide qui restait à l'intérieur était pâle et terne. Il n'y avait pas de reflet non plus dans le verre que tenait sa mère. Il était obscurci par les doigts qu'elle refermait sur lui et à l'intérieur, il y avait des traînées huileuses, restes de ce qu'il avait contenu.

Sa mère referma la porte par laquelle il était entré et le suivit dans la pièce. Elle le regarda, la tête penchée sur le côté.

— Eh bien, tu ne m'embrasses pas ? dit-elle d'une voix enjôleuse et charmante, d'un ton de toute petite fille. Tu ne m'embrasses pas, mon superbe géant ?

— Si, bien sûr, dit-il.

Il se baissa vers elle, mais elle s'écarta brusquement. Un net changement s'opéra en elle. Elle se redressa de toute sa hauteur, rejeta les épaules en arrière et leva la tête. Sa lèvre supérieure découvrit ses dents et son regard devint froid sous les paupières mi-closes. Son attitude était celle de quelqu'un qui refuse le bandeau blanc du peloton d'exécution.

— Évidemment, dit-elle d'une voix grave et glaciale qui donnait sa pleine signification à chacun de ses mots, si tu ne veux pas m'embrasser, reconnaissons que tu n'es pas obligé de le faire. Je ne voulais pas outrepasser mes droits. Je m'excuse. *Je vous demande pardon*[1]. Je ne voulais pas te forcer à le faire. Je ne t'ai jamais forcé à faire quoi que ce soit. Personne ne peut dire le contraire.

— Oh, *écoute,* maman, dit-il.

Il s'approcha d'elle, se baissa à nouveau et cette fois, il l'embrassa sur la joue. Sa mère ne changea pas d'expression, si ce n'est qu'elle releva un peu plus ses paupières offensées et que ses sourcils s'arquèrent en donnant l'impression d'entraîner les paupières dans leur mouvement.

— Merci, dit-elle. C'est bien aimable à toi. J'apprécie l'amabilité. J'en fais grand cas. *Mille grazie*[2].

— Écoute, maman, dit-il.

A l'école, pendant la semaine qui venait de s'écouler, et encore davantage en faisant le voyage en train pour venir, il avait espéré (si fort que c'était presque devenu une prière) que sa mère ne serait pas « comme ça » — seule façon pour lui de résumer son attitude. Cette prière n'avait pas été exaucée. Il l'avait compris en entendant ses divers tons de voix, en voyant la tête d'abord penchée, puis fièrement redressée, les paupières d'abord baissées et méprisantes, puis relevées et outragées, en remarquant les petits mots d'abord susurrés, puis la formulation

---

1. En français dans le texte. *(N.d.T.)*
2. En italien dans le texte. *(N.d.E.)*

élégante et la diction parfaite. Il avait compris. Il resta immobile et dit :

— Écoute, maman.

— Tu voudras peut-être t'accorder le privilège de faire la connaissance d'une de mes amies, dit-elle. C'est une amie fidèle. Je suis fière de pouvoir le dire.

Il y avait quelqu'un d'autre dans la pièce. Il trouvait incroyable de ne pas l'avoir vue plus tôt car elle était énorme. Il avait sans doute été ébloui, en arrivant du couloir de l'hôtel faiblement éclairé ; il avait peut-être consacré toute son attention à sa mère. En tout cas, l'amie fidèle était là, sur le sofa recouvert de coton cloqué d'une couleur verdâtre particulière aux sièges d'hôtel. Elle était assise à un bout du canapé, et on avait l'impression que l'autre extrémité allait se soulever dans les airs.

— Je ne peux pas te donner grand-chose, dit sa mère, cependant, la vie me permet encore de te donner quelque chose que tu te rappelleras toujours. Grâce à moi, tu vas rencontrer un *être humain*.

Oui, oh oui. Les voix, les attitudes, les paupières, c'étaient là des signes notables. Mais quand sa mère commençait à faire la distinction entre les gens et les êtres humains, alors il n'y avait plus de doute.

Il avança de quelques pas derrière sa mère, essayant de ne pas marcher sur la traîne de sa robe d'intérieur en velours qui battait les talons de ses mules dorées. Le brouillard semblait surgir de son imperméable et ses chaussures crissèrent. Il fit un écart pour éviter la petite table installée devant le canapé, calcula trop juste et vint buter dessus.

— Mrs. Marah, puis-je vous présenter mon fils ? dit sa mère.

— Seigneur, c'est un beau gaillard, pas vrai ? dit l'amie fidèle.

Elle n'était pas particulièrement bien placée pour parler de la taille des autres. Si elle s'était levée, elle aurait eu les épaules au même niveau que lui, et elle devait peser au moins trente kilos de plus que lui. Elle était enveloppée dans d'énormes quantités de tissu façon tweed, curieusement ornées de sequins noirs formant de petites grappes de raisin. Autour de ses poignets massifs, elle portait des bracelets et des gourmettes en argent terni, dont certaines étaient pourvues d'amulettes d'ivoire décoloré qui faisaient penser à des dents pourries. Enveloppant sa tête et son cou, il y avait une sorte de résille de voile mauve, semée de boules noires vaporeuses. La résille ne semblait pas la gêner. Des bouffées de fumée s'en échappaient sporadiquement et bien que le voile fût raide partout ailleurs, il était d'une texture marécageuse près de la bouche, là où la boisson l'avait traversé.

Sa mère prit son ton de petite fille.

— N'est-il pas merveilleux ? dit-elle. C'est mon bébé. C'est Crissy.

— Il s'appelle comment ? dit l'amie fidèle.

— Mais Christopher, bien sûr, dit sa mère.

Christopher, bien sûr. S'il était né plus tôt, il se serait appelé Peter ; encore plus tôt, Michael ; il n'était pas tellement en retard pour Jonathan. Dans les petites classes de son école, il y avait de nombreux Nicholas, plusieurs Robin, et ici et là, un Jeremy surgissait. Mais ceux de sa classe s'appelaient Christopher pour la plupart.

— Christopher, dit l'amie fidèle. Bon, ce n'est pas trop mauvais. Bien sûr la ligne descendante du

« p » ne va pas manquer de lui causer des ennuis et je n'aime pas vraiment la combinaison d'un « r » et d'un « i ». Mais ce n'est pas trop mauvais. Pas trop. Quel jour tombe ton anniversaire ? demanda-t-elle au jeune garçon.

— Le 15 août, dit-il.

Sa mère abandonna son ton de petite fille.

— La chaleur, la cruelle chaleur d'août, dit-elle. Et les points de suture. Oh, mon Dieu, ces points de suture !

— Alors, il est Lion, dit l'amie fidèle. Il est affreusement grand pour un Lion. Il faudra faire bien attention, jeune homme, entre le 22 octobre et le 13 novembre. Reste à l'écart de tout ce qui marche à l'électricité.

— Entendu, dit le garçon. Merci, ajouta-t-il.

— Fais-moi voir ta main, dit l'amie fidèle.

Le garçon lui tendit sa main.

— Ah, dit-elle en scrutant sa paume. Hon hon. Ah. Bon... ça, on ne peut pas l'éviter. Bon, tu seras en assez bonne santé si tu surveilles ta poitrine. Il y a une longue maladie entre vingt et trente ans, et un grave accident vers quarante-cinq ans, mais c'est à peu près tout. Tu vas connaître une malheureuse histoire d'amour, mais tu la surmonteras. Tu vas te marier et... je n'arrive pas à voir si c'est deux ou trois enfants que tu vas avoir. Probablement deux et un mort-né, ou quelque chose comme ça. Je ne vois pas beaucoup d'argent, à aucun moment. Bon, eh bien, surveille bien ta poitrine.

Elle lui rendit sa main.

— Merci, dit-il.

La voix de petite fille fit une réapparition chez sa mère.

— Est-ce qu'il ne va pas être célèbre ? demanda-t-elle.

L'amie fidèle haussa les épaules.

— Ce n'est pas dans sa main, dit-elle.

— J'ai toujours pensé qu'il allait écrire, dit sa mère. Quand il était si petit qu'on pouvait à peine le voir, il écrivait de petits poèmes. Crissy, comment c'était, celui du petit lapin qui gambadait ?

— Oh, maman ! dit-il. Je ne m'en souviens pas.

— Mais si, mais si ! dit-elle. C'est seulement que tu fais le modeste. C'était un petit lapin qui gambadait toute la journée. Bien sûr, que tu t'en souviens. Mais, bon, il semble que tu n'écrives plus de poèmes, du moins ce n'est pas à moi que tu viens les montrer. Et tes lettres... on dirait des télégrammes. Et encore, quand tu te donnes la peine d'écrire. Oh, Marah, pourquoi faut-il qu'ils grandissent ? Et maintenant, voilà qu'il va se marier et avoir tous ces enfants.

— En tout cas, au moins deux, dit l'amie fidèle. Pour le troisième, ça ne me dit rien qui vaille.

— Je suppose que je ne le verrai plus, à ce moment-là, dit sa mère. Je ne serai qu'une vieille femme solitaire, malade et tremblante, sans personne pour s'occuper de moi.

Elle attrapa le verre vide de l'amie fidèle sur la table, le remplit, ainsi que le sien, avec le contenu du shaker, puis reposa celui de l'amie. Elle s'assit à côté du sofa.

— Eh bien, assieds-toi, Crissy, dit-elle. Pourquoi n'enlèves-tu pas ton imperméable ?

— Je ne crois pas que je devrais, maman, dit-il. Tu comprends...

— Il veut garder son manteau humide sur le dos, dit l'amie fidèle. Il aime l'odeur de chien mouillé.

— Ben, tu vois, je ne peux rester qu'une minute, dit le garçon. Tu comprends, le train était en retard et tout, et j'ai promis à papa d'arriver tôt.

— Oh ? dit sa mère.

La voix de petite fille s'enfuit brusquement. Les paupières entrèrent en action.

— C'est parce que le train est arrivé en retard, dit-il. S'il avait été à l'heure, j'aurais pu rester un moment. Mais il a fallu qu'il soit en retard et ce soir, ils veulent manger très très tôt.

— Je vois, dit sa mère. Je vois. Je m'étais dit que tu dînerais avec moi. Avec ta mère. Toi qui es son fils unique. Mais non, ce n'est pas ce qui va se passer. Je n'ai qu'un œuf, mais c'est avec le plus grand plaisir que je l'aurais partagé avec toi. J'en aurais été si heureuse. Mais tu es sage, bien sûr. Tu dois d'abord penser à ton propre confort. Va emplir ton estomac en compagnie de ton père, va. Va manger du bœuf bien gras chez lui.

— Maman, enfin ! dit-il. Il faut qu'on mange tôt parce qu'il faut qu'on se couche tôt. Il faut qu'on se lève à l'aube parce qu'on part à la campagne en voiture. Tu sais bien, je te l'ai écrit.

— En voiture ? dit-elle. Ton père en a une nouvelle, je suppose.

— C'est toujours le même tas de ferraille, dit-il. Elle doit avoir presque huit ans.

— Vraiment ? dit-elle. Bien sûr, moi, les bus dans lesquels je suis obligée de monter sont tous de cette année.

— Oh, écoute, maman, dit-il.

— Est-ce que ton père va bien ? demanda-t-elle.

— Très bien, dit-il.

— D'ailleurs, pourquoi n'irait-il pas bien ? dit-elle. Qu'est-ce qui pourrait bien lui transpercer le cœur ? Et comment va Mrs. Tennant ? Je suppose que c'est comme ça qu'elle se fait appeler.

— Ne recommençons pas, tu veux bien, maman ? dit-il. Elle *est* Mrs. Tennant. Tu le sais bien. Papa et elle sont mariés depuis six ans.

— Pour moi, il n'y a qu'une femme qui doit avoir le droit de porter le nom d'un homme : celle dont il a engendré le fils, dit-elle. Mais ce n'est que mon humble opinion. Qui est-ce que ça intéresse ?

— Tu t'entends bien avec ta belle-mère ? demanda l'amie fidèle.

Comme toujours, il fallut un moment au jeune garçon avant de faire la relation. Ce terme ne semblait rien avoir en commun avec Whitey, avec son gai petit visage de ouistiti et avec ses cheveux filasse virevoltants.

Un rire s'échappa des lèvres dures de sa mère, semblable à une pelletée de glace.

— Ces femmes-là sont rusées, dit-elle. Elles savent s'y prendre.

— C'est ce qui arrive quand on naît au moment où la lune est en croissant, dit l'amie fidèle. C'est quelque chose qu'il ne faut pas négliger.

Sa mère se retourna vers le garçon.

— Je vais faire quelque chose que je n'ai encore jamais fait, tu le reconnaîtras si tu es honnête, dit-elle. Je vais te demander une faveur. Je vais te demander d'enlever ton imperméable et de t'asseoir, pour que pendant quelques malheureuses petites minutes, je n'aie pas l'impression que tu vas me quitter. Tu veux bien me laisser à cette illusion ? Ne le fais pas par affection, par gratitude ou par considération. Fais-le simplement par pitié.

— Oui, assieds-toi, pour l'amour du Ciel, dit l'amie fidèle. Tu rends tout le monde nerveux.

— Bon, d'accord, dit le garçon.

Il retira son imperméable, le mit sur son bras et s'assit sur une petite chaise à dossier droit.

— J'ai jamais vu un gamin aussi grand, dit l'amie fidèle.

— Merci, dit sa mère. Si tu crois que je te demande trop, je plaide coupable. *Mea culpa.* Bon, maintenant qu'on est bien installés, parlons, tu veux bien ? Je te vois si peu... je te connais si peu. Raconte-moi des choses. Dis-moi ce qu'a Mrs. Tennant pour que tu la considères tellement supérieure à moi. Est-ce qu'elle est plus belle que moi ?

— Maman, je t'en prie, dit-il. Tu sais bien que Whitey n'est pas belle. Elle est seulement amusante à regarder. Agréablement amusante.

— Agréablement amusante, dit-elle. Oh, j'ai bien peur de ne pas faire le poids. Bon, le physique n'est pas tout, je suppose. Dis-moi, tu la considères comme un être humain ?

— Maman, je n'en sais rien, dit-il. Je ne suis pas doué pour ce genre de discussion.

— Bon, passons, dit-elle. Oublions ça. Est-ce que la maison de campagne de ton père est agréable en cette saison ?

— Ce n'est pas une maison de campagne, dit-il. Tu sais... c'est seulement une sorte de grande cabane. Il n'y a même pas de chauffage. Juste des cheminées.

— Quelle ironie, dit-elle. Quelle ironie amère et cruelle. Moi qui aime tant les feux de cheminée ; moi qui pourrais rester toute la journée à regarder les flammes dorées et pourpres, à faire des rêves heureux. Et je n'ai même pas de fausse bûche. Bon. Et qui est-ce qui va aller dans cette cabane pour partager la vue de ces beaux feux rougeoyants ?

— Juste papa, Whitey et moi, dit-il. Oh, et l'autre Whitey, bien sûr.

Sa mère regarda l'amie fidèle.

— Est-ce qu'il fait noir, tout à coup, ici ? dit-elle. Ou bien est-ce que c'est seulement que je vais m'évanouir ?

Elle reporta son regard sur le garçon.

— L'autre Whitey ? dit-elle.

— C'est un petit chien, dit-il. Il n'est pas d'une race particulière. C'est un joli petit chien. Whitey l'a vu dans la rue quand il allait neiger, il l'a suivie à la maison, alors ils l'ont gardé. Et à chaque fois que papa... à chaque fois que n'importe qui appelait Whitey, le chien venait lui aussi. Alors papa a dit que si le chien pensait que c'était son nom, eh bien, ce serait son nom. Voilà, c'est pour ça.

— J'ai bien peur que ton père ne vieillisse pas très dignement, dit sa mère. Ça me donne la nausée de voir quelqu'un s'amuser à faire des boutades à quarante-cinq ans passés.

— C'est un petit chien terriblement gentil, dit-il.

— La direction n'accepte pas les chiens ici, dit-elle. Je suppose qu'on va venir me le reprocher. Marah... ce verre. Il est aussi faible que les battements de mon cœur.

— Pourquoi ne nous en préparerait-il pas un autre ? dit l'amie fidèle.

— Je regrette, dit le garçon. Je ne sais pas préparer les cocktails.

— Qu'est-ce qu'on vous apprend, alors, dans ton école chic ? dit l'amie fidèle.

Sa mère pencha la tête vers le garçon.

— Crissy, tu veux être un grand et brave garçon ? dit-elle. Prends ce seau à glace et va chercher des beaux glaçons bien frais dans la cuisine.

Il prit le seau à glace, alla dans la minuscule cuisine et sortit le bac à glace du minuscule réfrigérateur. En le remettant en place, il eut du mal à refermer la porte du réfrigérateur tant il était plein. Il y avait une boîte d'œufs, un paquet de beurre, un amoncellement de croissants français tout luisants, trois artichauts, deux avocats, une assiette de tomates, un bol de petits pois écossés, un pamplemousse, une boîte de jus de légumes, un bocal de caviar rouge, du fromage crémeux à tartiner, un assortiment de salami et autres saucissons italiens coupés en tranches et un petit poulet anglo-américain, rôti et bien dodu.

Quand il revint, sa mère s'affairait avec bouteilles et shaker. Il posa le seau à glace sur la table.

— Écoute, maman, dit-il, franchement, il faut que j'y...

Sa mère le regarda et sa lèvre trembla.

— Juste deux minutes, murmura-t-elle. S'il te plaît, oh, s'il te plaît.

Il alla se rasseoir.

Elle prépara les cocktails, en tendit un à l'amie fidèle et garda l'autre. Elle s'enfonça dans son fauteuil ; sa tête s'affaissa et son corps parut aussi dépourvu de squelette qu'un écheveau de fil.

— Tu ne veux pas boire quelque chose ? lui demanda l'amie fidèle.

— Non, merci, dit le garçon.

— Ça pourrait te faire du bien, dit l'amie fidèle. Ça pourrait stopper ta croissance. Combien de temps est-ce que tu vas rester dans cette campagne ?

— Oh, seulement jusqu'à demain soir, dit-il. Il faut que je sois de retour à l'école dimanche soir.

Sa mère se raidit et se redressa. La froideur qu'elle avait précédemment manifestée paraissait chaleur tropicale comparée à ce qui émanait maintenant d'elle.

— Dois-je comprendre que tu ne vas pas revenir me voir ? dit-elle. Est-ce que j'ai bien compris ?

— Je ne peux pas, maman, dit-il. Je n'aurai pas le temps. Il faudra qu'on revienne de là-bas et que j'attrape mon train.

— Je comprends parfaitement, dit-elle. Je m'étais dit, avec mon caractère affectueux, que je te reverrais avant que tu ne repartes pour l'école. Je m'étais dit, bien sûr, que si tu devais courir comme un fou aujourd'hui, je te reverrais pour compenser. Ah, les déceptions... je croyais que j'avais déjà eu mon lot, que la vie ne pourrait plus m'en infliger de nouvelles. Mais ça... ça ! Quand je pense que tu ne veux pas prendre un peu du temps que tu consacres à ta famille, qui peut déjà tant profiter de toi, pour me le donner, à moi, ta mère. Comme ils doivent être contents que tu ne veuilles pas me voir. Comme ils doivent en rire ensemble. Quel triomphe. Ils doivent être pliés en deux.

— Maman, ne dis pas de choses pareilles, dit-il. Tu ne devrais pas, même si tu es...

— Je t'en prie ! dit-elle. Le sujet est clos. Je ne dirai rien de plus sur ton père, le pauvre homme, si faible, ni sur cette femme au nom de chien. Mais toi... toi. Tu n'as donc pas de cœur, pas de tripes, pas d'instincts affectifs ? Non. Tu n'en as pas. Je dois me rendre à l'évidence. Et voilà que là, en présence de mon amie, je dois dire quelque chose que je n'aurais jamais, jamais pensé dire. Mon fils n'est pas un *être humain* !

L'amie fidèle secoua sa résille et soupira. Le garçon resta immobile sur sa chaise.

— Ton père, dit sa mère. Est-ce qu'il voit encore ses vieux amis ? *Nos* vieux amis ?

— Ben, je ne sais pas, maman, dit-il. Oui, je crois qu'ils voient beaucoup de monde. Il y a presque toujours quelqu'un avec eux. Mais ils sont seuls une grande partie du temps. Ils préfèrent ça.

— Comme ils ont de la chance, dit-elle. Ils aiment être seuls. Contents d'eux, heureux, sans avoir besoin... Oui. Et les vieux amis. Mais moi, ils ne me voient pas. Ils vivent à deux, ils ont une vie, ils savent ce qu'ils vont faire dans six mois. Pourquoi devraient-ils me voir ? Pourquoi devraient-ils se souvenir, faire preuve de gentillesse ?

— Ce sont probablement des Poissons, pour la plupart, dit l'amie fidèle.

— Bon, tu dois partir, dit la mère du garçon. Il est tard. Tard... est-ce que je pense à l'heure, moi, quand mon fils est avec moi ? Mais tu m'as dit. Je sais. Je comprends et je baisse donc la tête. Va, Christopher, va.

— Je regrette beaucoup, maman, dit le garçon. Mais je t'ai dit ce qui se passait.

Il se leva et enfila son imperméable.

— Seigneur, il est de plus en plus grand, dit l'amie fidèle.

Cette fois, les paupières de la mère, baissées, étaient dirigées vers son amie.

— J'ai toujours admiré les hommes de grande taille, dit-elle avant de se retourner vers le jeune garçon. Tu dois partir, dit-elle. C'est écrit. Mais emporte du bonheur avec toi. Emporte un souvenir agréable du petit moment que nous avons passé ensemble. Regarde... je vais te prouver que je ne suis pas vindicative. Je vais te prouver que je ne souhaite que du bien à ceux qui ne m'ont fait que du mal. Je vais te donner un cadeau pour l'un d'eux.

Elle se leva, se déplaça dans la pièce, remua des coffrets et des tables sans résultat. Puis elle alla à son bureau, agita des papiers et des encriers et revint avec une petite boîte carrée sur le couvercle de laquelle il y avait un petit caniche en plâtre, assis sur ses pattes de derrière, les petites pattes avant repliées, l'air affectueux, suppliant.

— C'est un souvenir de temps plus heureux, dit-elle. Mais je n'ai nul besoin de choses qui me les rappellent. Apporte cet objet cher et heureux à l'un de ceux que tu aimes. Regarde ! Regarde ce que c'est !

Elle toucha un ressort derrière la boîte et *la Marseillaise* se fit entendre, hésitante.

— C'est ma petite boîte à musique, dit-elle. Le clair de lune, le bateau si brillant, l'océan si calme et si accueillant.

— Hé, dis donc, c'est sympa, maman, dit-il. Merci beaucoup. Whitey va adorer ça. Elle adore les trucs comme ça.

— Les trucs comme ça ? dit-elle. Il n'y a rien qui ressemble à ce qu'on donne du fond du cœur.

Elle s'interrompit et sembla réfléchir.

— Whitey va adorer ça ? dit-elle. Est-ce que tu es en train de me dire que tu as l'intention de le donner à cette soi-disant Mrs. Tennant ?

Elle effleura la boîte. La petite musique s'arrêta.

— J'ai cru que tu avais dit... commença le garçon.

Elle secoua lentement la tête.

— C'est étrange, dit-elle. C'est extraordinaire que mon fils sente aussi peu les choses. Ce cadeau, pris dans mes pauvres réserves, n'est pas pour elle. Il est pour le petit chien. Le petit chien que je n'ai pas le droit d'avoir.

— Ben, merci, maman, dit-il. Merci.

— Eh bien, va, dit-elle. Je ne te retiendrai pas. Emporte avec toi tous mes souhaits de bonheur, de bonheur parmi ceux que tu aimes. Et quand tu pourras, quand ils te relâcheront un petit moment... reviens vers moi. Je t'attendrai. J'allumerai une lampe pour toi. Mon fils, mon seul enfant, il n'y a que le désert pour moi entre tes visites. Je ne vis que par tes visites, Chris... je ne vis que par tes visites.

(Titre original : *I live on your visits*)

LA FOUDRE NARGUÉE

Miss Mary Nicholl était pauvre et laide, afflictions qui ne lui laissaient le choix, lorsqu'elle se trouvait en présence d'une femme plus gâtée, qu'entre deux attitudes : elle se tortillait d'humilité ou bien elle clamait son envie. La femme gâtée, son amie Mrs. Hazelton, ne détestait pas que Miss Nicholl lui rende visite à l'occasion. L'humilité est un décent hommage rendu à celui que le destin favorise, et susciter l'envie satisfait l'ego. Toutefois les visites devaient rester espacées. Avec les années, Miss Nicholl ne devenait ni moins désargentée ni plus agréable à regarder, et il est extrêmement ennuyeux de continuer à éprouver de l'affection pour quelqu'un dont le sort ne change jamais.

Miss Nicholl était la secrétaire d'une femme sévère et méritante. Sept heures par jour, elle restait assise dans une petite pièce dont les murs étaient tapissés de classeurs, et là, à douze heures trente précises, on posait sur son bureau, à côté de sa machine à écrire, un plateau sur lequel se trouvaient des produits du magasin diététique favori de la femme sévère et méritante. Le travail était régulier, les déjeuners préservaient Miss Nicholl de la constipation, cependant, il faut bien admettre que son quotidien manquait d'éclat et de relief. C'était donc pour elle un événement quand, une fois son travail terminé et sa machine à écrire recouverte de sa housse, elle pouvait aller voir Mrs. Hazelton, arpenter les halls étincelants, s'asseoir dans le long salon bleu, caresser le verre à cocktail délicat qu'elle tenait à la main et réchauffer son cœur dans un liquide glacé.

Et son plaisir ne défaillait pas lorsqu'elle prenait congé ; non, en fait, il renaissait, comme fortifié. Elle retournait dans la chambre qu'elle louait, appelait Miss Christie, qui habitait sur le même palier, et elle lui racontait son excursion dans le grand monde. Miss Nicholl avait l'œil vif et la mémoire magnétique ; elle était capable de décrire chaque courbe du mobilier, chaque pouce de tissu, chaque bibelot, chaque décoration florale. Elle commentait en détail la toilette de Mrs. Hazelton et appelait presque chaque perle par son nom. Miss Christie était employée dans une bibliothèque de prêt où l'on vendait également des cadeaux et qui regorgeait de philodendrons en pots. Dans sa vie, personne ne ressemblait à Mrs. Hazelton. Elle était suspendue à chaque mot du récit. Tout comme Miss Nicholl.

La fortune avait déversé une véritable corne d'abondance sur Alicia Hazelton. Elle était belle et modelée selon les normes d'une autre époque, celle où il n'y avait pas simplement de jolies femmes, mais aussi de grandes beautés. Elle aurait parfaitement eu sa place dans une calèche, une minuscule ombrelle articulée à la main, elle aurait même pu descendre l'avenue en fiacre, juchée sur la banquette du cocher, à côté de l'homme en haut-de-forme gris qui tient les rênes. Elle était grande, souple, blanche et dorée. Bien qu'elle fût très satisfaite de ses épaules et de sa poitrine imposante, c'était surtout de ses chevilles et de ses pieds exquis qu'elle était le plus fière. Mrs. Hazelton connaissait trop son style pour s'essayer à porter des robes courtes, et elle n'aurait jamais croisé haut les jambes, mais à chaque fois qu'elle s'asseyait, elle remontait ses jupes pour laisser voir ses chevilles, légèrement croisées. Et elle était riche. Elle n'était pas seulement fortunée ni à l'aise financièrement, non, pour utiliser l'expression populaire, Mrs. Hazelton était pleine aux as. Elle avait connu trois maris et trois divorces. Miss Nicholl, dont les expériences sensuelles n'étaient même pas allées jusqu'à une pression furtive sur sa main, croyait toujours apercevoir, derrière le fauteuil de Mrs. Hazelton, l'invisible trio de ces adorateurs éconduits.

Si l'on avait posé la question à Mrs. Hazelton, elle aurait répondu qu'elle connaissait Miss Nicholl depuis, oh, Seigneur, des siècles et des siècles, depuis si longtemps qu'elle ne savait plus comment elle avait fait sa connaissance. Miss Nicholl aurait pu le lui rappeler. Un jour, la dame sévère et méritante avait envoyé Miss Nicholl proposer des billets de tombola à Mrs. Hazelton pour une vente de charité, avec l'ordre de voir la dame en personne et d'encaisser immédiatement l'argent. Le cœur réchauffé par cet exercice altruiste qui consiste à signer un chèque, Mrs. Hazelton avait invité Miss Nicholl à s'asseoir, lui avait offert un cocktail et, lorsqu'elle avait pris congé, lui avait proposé de passer la voir quand elle voulait.

Miss Christie n'avait pas eu droit au récit de ces circonstances particulières. Aucun mot précis n'avait jamais été prononcé, mais Miss Christie en était arrivée à croire fermement que Miss Nicholl et Mrs. Hazelton avaient grandi ensemble, et auraient même fait leurs débuts ensemble dans la haute société sans la mort du père de Miss Nicholl, cette âme trop innocente pour se méfier de l'ignoble individu qui s'occupait de ses finances ; par voie de conséquence, Miss Nicholl avait dû se mettre à travailler, et bien sûr, son chemin s'était considérablement écarté de celui de Mrs. Hazelton. Mais elles étaient toujours restées en contact. Miss Christie pensait que c'était tout simplement charmant.

Miss Nicholl avait eu beau conserver avec ferveur le souvenir de l'invitation de Mrs. Hazelton à leur première rencontre, elle n'en abusait pas. Elle téléphonait toujours pour demander s'il lui serait possible de venir passer un petit moment le lendemain ou le surlendemain, en rentrant de son travail. Si on lui répondait que Mrs. Hazelton serait sortie, occupée ou malade, elle laissait s'écouler plusieurs semaines avant de rappeler. Il y avait souvent de longues étendues désertiques entre ses visites.

C'est après un tel intervalle que Miss Nicholl téléphona un jour et entendit Mrs. Hazelton répondre elle-même et lui dire chaleureusement de passer dans l'après-midi. Après avoir raccroché, Miss Nicholl passa par trois sortes d'humeurs différentes. La première confinait au pur ravissement, la suivante à l'exaspération lorsqu'elle se rendit compte qu'elle portait son chemisier depuis la veille, et la troisième ne fut rien d'autre qu'une tumultueuse

199

frustration en se rappelant que Miss Christie avait dû se rendre dans le New Jersey, au chevet de quelqu'un qu'elle appelait tata Didi, et qu'elle resterait là-bas au moins jusqu'au lendemain.

Miss Nicholl pouvait du moins faire confiance à sa mémoire, qui n'avait encore jamais été prise en défaut ; dès que Miss Christie serait de retour, une fois tata Didi rétablie, Miss Nicholl serait en mesure de lui relater son rendez-vous avec Mrs. Hazelton. Ainsi donc, le ravissement reprit le dessus pour s'installer définitivement. Il était tout à fait solidement ancré en elle quand elle arriva chez Mrs. Hazelton et fredonna à la femme de chambre qui lui ouvrit la porte :

— Eh bien, Dellis, ça fait un bon moment qu'on ne s'est pas vues, toutes les deux, n'est-ce pas ?

Il est réconfortant de s'adresser familièrement aux domestiques. Cela montre à quel point vous êtes accepté dans la maison.

Miss Nicholl avait téléphoné à un moment qui ne pouvait pas mieux tomber pour elle. Depuis quatre jours, Mrs. Hazelton n'était pas sortie de ses quatre murs. Depuis quatre jours, elle n'avait entendu aucune autre voix que celle de ses serviteurs et de sa petite fille, qui était restée à la maison à cause d'un rhume. Pis encore, elle avait à peine prononcé un mot elle-même. Les domestiques étaient trop habiles pour avoir besoin qu'on leur donne des ordres, et il y a une limite au nombre de fois où l'on peut demander à une enfant si elle a de la fièvre. La visite de Miss Nicholl prit dès lors une allure de bénédiction. L'admiration de cette Miss Nicholl était compacte et douce, et Mrs. Hazelton aimait le miel. En outre, Miss Nicholl avait environ un an de plus que Mrs. Hazelton, et elle en paraissait bien dix de plus. Ce seul fait est une source de réconfort un jour de désespoir.

Cependant, tout en attendant son invitée, le plaisir que Mrs. Hazelton escomptait n'était pas tout à fait sans mélange. Penser à Miss Nicholl lui procurait toujours un vilain petit sentiment de culpabilité. Elle se disait qu'elle aurait pu en faire davantage pour cette pauvre fille. Mais que faire de plus ? Il était impensable de fourrer un billet plié de vingt dollars dans sa main sèche ; les gens comme elle étaient susceptibles d'une manière impossible lorsqu'ils croyaient qu'on leur faisait la charité. On pouvait la faire venir chez soi, lui offrir un verre, lui laisser admirer ses jolies fleurs, peut-être lui donner une babiole dont on ne voulait plus, car un don, contrairement à de l'argent, ne blessait pas. Oui, elle devrait peut-être la laisser venir plus souvent, et se souvenir de garder le nom de Mary Nicholl sur la liste des personnes auxquelles elle faisait un cadeau à Noël. De tels projets étaient apaisants jusqu'à un certain degré, mais la culpabilité revenait quand même insidieusement, et avec elle, bien sûr, l'irritation envers celle qui la provoquait. En attendant Miss Nicholl, Mrs. Hazelton tapa du pied.

Mais quand Miss Nicholl entra dans le salon, elle fut accueillie d'une manière charmante. Les deux femmes s'embrassèrent — Mrs. Hazelton avait une odeur d'après-midi d'été au paradis — et s'assirent l'une en face de l'autre, souriantes. Ce n'était pas difficile de sourire quand on regardait Mrs. Hazelton. Avec les plis de sa robe d'intérieur en toile rassemblés près du corps et son petit terrier du Yorkshire roulé en boule à ses pieds, à côté des mules pointues à hauts talons faites sur mesure à Rome, on aurait dit une toile d'une admirable composition. Bonne Bouche, la chienne, qui avait été baptisée ainsi avant que Mrs. Hazelton ne l'achète, portait sur la tête, à la manière des élégantes de sa tribu, un nœud de satin qui retenait ses mèches argentées. Bonne Bouche était tout ce que Mrs. Hazelton demandait à un animal familier. Elle était minuscule, ne faisait pas de bruit, et avait un réel talent pour dormir. Mrs. Hazelton l'aimait sincèrement.

Le spectacle que Mrs. Hazelton avait en face d'elle était moins plaisant. Devant ses yeux, il y avait Miss Nicholl, assise comme à son habitude, sans qu'une seule partie de son dos n'entre en contact avec le dossier de son fauteuil.

— C'est terrible que nous n'arrivions jamais à nous voir, dit Mrs. Hazelton. Oh, cette ville, cette ville ! On court tellement qu'on n'a pas le temps de voir une vieille amie. Cela fait si longtemps que nous ne nous sommes pas vues que je pensais honnêtement que vous pouviez avoir changé, je vous le jure. Mais non. Vous ne changez jamais, quelle chance vous avez !

A l'exception des quatre derniers mots, Mrs. Hazelton n'aurait pas pu dire plus vrai. Miss Nicholl n'avait pas changé d'aspect depuis qu'elle avait quitté l'école. Il est bien possible qu'en regardant son visage d'enfant certains l'aient trouvé dès cette époque assez peu engageant. Ses traits étaient littéralement taillés à coups de serpe et de longues rides couraient aux commissures de ses lèvres et sur son front grenu. Elle était mise avec un soin impitoyable. Sa ceinture était si serrée qu'en la regardant, on pouvait à peine respirer soi-même, les vagues raides de ses cheveux étaient plaquées sur son crâne par un filet, sa jupe lui battait vigoureusement les mollets. Pour fermer le col de sa blouse de façon impeccable, elle portait une pensée d'émail bleu lavande avec un minuscule diamant formant une goutte de rosée peu convaincante sur un pétale. Mrs. Hazelton ne l'avait jamais vue sans cette broche. Personne d'autre non plus, d'ailleurs.

— Oh, je suis toujours la même, mal fagotée, comme d'habitude, dit Miss Nicholl. Mais vous... eh bien, vous êtes plus jolie que jamais.

— Vous pensez vraiment que je n'ai pas l'air trop horrible ? dit Mrs. Hazelton.

— Je n'ai jamais rien entendu de pareil, dit Miss Nicholl. Vous êtes tout simplement superbe, voilà ce que vous êtes.

— Oh, allons, allons ! dit Mrs. Hazelton.

La femme de chambre entra, portant un plateau sur lequel se trouvaient posés deux verres à cocktail et un shaker en cristal. Elle déposa le plateau sur une table, emplit les deux verres, en donna un à Miss Nicholl — qui s'écria : « Oh, Dellie, comme c'est gentil ! » — et l'autre à la maîtresse de maison. Ces dames se mirent à siroter leur cocktail. Aussi discrètement qu'elle était arrivée, Dellie les laissa à nouveau toutes les deux seules.

— Oh... délicieux ! dit Miss Nicholl. Quel régal ! Je n'ai pas bu de cocktail depuis... eh bien, ce doit être depuis la dernière fois que je suis venue ici. Parfois, j'en meurs tout simplement d'envie... au moment où il commence à faire nuit. Bon, voilà un des avantages de la pauvreté... je ne finirai pas alcoolique. Quand on ne peut pas se payer de cocktails, il faut bien s'en accommoder, un point c'est tout. Oh, notez que je ne me plains pas. Je serais mal placée pour me plaindre, n'est-ce pas, alors que je peux être là avec vous. Vous voilà donc, exactement telle que je vous imagine quand je pense à vous. Non, attendez une minute ! Est-ce qu'il n'y a pas quelque chose de différent ? Je n'arrive pas à savoir vraiment ce que c'est. Ah, surtout ne me le dites pas. Oh, je sais ! Est-ce que vous ne portiez pas deux longs rangs de perles ?

C'était exact ; aujourd'hui, Mrs. Hazelton ne portait qu'un seul sautoir et trois ras de cou. Quelque temps auparavant elle avait eu l'occasion de se regarder dans la glace à un moment où la lumière était crue. En frissonnant, elle avait vu des signes d'un certain affaissement sous le menton, qui, s'ils n'étaient pas encore réalité, n'en constituaient pas moins un sérieux avertissement. Elle avait donc apporté un rang de perles chez son bijoutier et il le lui avait coupé en trois colliers dont elle s'entourait la gorge, gardant ainsi son secret.

— J'ai fait transformer le deuxième, fit-elle. C'est plus élégant ainsi. Beaucoup de femmes portent leurs perles de cette façon.

— Naturellement, une fois que vous avez lancé la mode ! dit Miss Nicholl. Oui, c'est plus élégant, je suppose. Mais pour être d'une franchise brutale, je dois dire que je les préférais avant.

— Ah oui ? dit Mrs. Hazelton.

— J'ai toujours l'impression que les perles font plus d'effet en collier long, dit Miss Nicholl. Vous savez... on dirait qu'elles coulent. Je suppose que c'est parce que je les aime tant... parce que, vous savez, les perles et moi, c'est quelque chose. Réellement, il y a des fois où je me dis que si je me décidais à être malhonnête, ce serait pour des perles.

— Heureusement que je n'ai jamais dû en arriver là, dit Mrs. Hazelton.

Miss Nicholl se mit à rire. Mrs. Hazelton se joignit à elle, courtoisement, au bout d'un petit moment.

— Il suffit de vous regarder pour se rendre compte que vous en avez toujours eu, dit Miss Nicholl.

— Certes, ces choses-là sont affaire de chance, dit Mrs. Hazelton.

— Il y a des gens qui semblent avoir toutes les chances, dit Miss Nicholl avant de boire plus qu'une petite gorgée de son cocktail. Eh bien, racontez-moi tout. Comment va votre petite fille ?

— Elle va bien, dit Mrs. Hazelton. Oh, non, d'ailleurs, elle ne va pas bien. Elle a attrapé un rhume.

— Pauvre petit bout de chou! dit Miss Nicholl. Elle doit être bien grande, maintenant ? Ça fait si longtemps que je ne l'ai pas vue.

La pause que marqua Miss Nicholl laissa clairement entendre que ce n'était pas de sa faute s'il s'était écoulé tant de temps.

— Oui, elle est devenue gigantesque, dit Mrs. Hazelton. Songez qu'elle a onze ans.

— C'est un âge tellement fascinant! dit Miss Nicholl. Vous devez passer de sacrés bons moments toutes les deux.

— Oui, Ewie est très amusante, dit Mrs. Hazelton.

— Vous l'appelez encore Ewie ? demanda Miss Nicholl.

— Tout le monde l'appelle comme ça.

— C'est mignon, bien sûr, dit Miss Nicholl. Mais ça paraît un peu dommage. Stephanie est un nom tellement adorable.

— Pas quand on se souvient que son père s'appelait Stephen, dit Mrs. Hazelton.

— Est-ce qu'il vous arrive de lui parler de son père ? demanda Miss Nicholl.

— Ma chère, cette petite n'a que onze ans, dit Mrs. Hazelton.

— Et maintenant, dites-moi ce que vous avez fait pendant que j'avais le dos tourné, dit Miss Nicholl. Telle que je vous vois vous pouvez très bien vous être remariée.

— Non merci, dit Mrs. Hazelton. Plus de mariage pour moi, merci bien. Vous connaissez le proverbe : chat échaudé craint l'eau froide.

Elle se carra dans son fauteuil, comme confortée à l'idée que cet adage s'appliquait à son cas.

— Oh, vous êtes sage ! dit Miss Nicholl. Sage et belle... vous avez tout pour vous. A quoi vous servirait un mari ? En tout cas, moi, je n'ai pas un instant regretté de ne pas avoir essayé le mariage. Les gens me disent : « Mais vous ne vous sentez jamais seule ? » Ils ne méritent même pas qu'on les écoute. Je me contente de leur répondre : « Si une femme ne trouve pas quelque chose à faire pour ne pas se sentir seule, elle n'a qu'à s'en prendre à elle-même. »

— C'est tout à fait ce que je me dis aussi, dit Mrs. Hazelton.

Mais ce n'était pas vrai. Elle ne savait plus quoi penser à ce sujet depuis peu. Il y avait longtemps qu'elle était revenue de sa visite dans le Nevada [1] et, depuis, elle n'avait rien accompli d'exceptionnel qui puisse faire de l'effet sur ses amis... Lors de ses précédents retours, les invitations s'étaient abattues sur elle comme des flocons de neige ; maintenant, elles s'écoulaient lentement et péniblement, goutte à goutte. Oh, bien sûr, on la demandait encore, mais pas de façon pressante. Et en fait, une ou deux fois, on l'avait priée de venir dîner en concluant par ces mots qui font l'effet de pelletées de terre jetées sur un cercueil : « Il n'y aura que nous, tu sais... tu ne nous en voudras pas de ne pas avoir fait venir un homme pour toi, j'espère, ma chérie ? » Dieu du ciel, est-ce qu'elle, Alicia Hazelton, était en train de devenir une laissée-pour-compte ?

— Vous n'aurez jamais à vous inquiéter de la solitude, dit Miss Nicholl. Avec toute la ville qui vous réclame !

— Oh... ça, dit Mrs. Hazelton avant de regarder brusquement Miss Nicholl avec intensité. Dites-moi, Mary, que faites-vous, le soir ?

— Eh bien, je ne sais pas, dit Miss Nicholl. Différentes choses...

Elle s'interrompit avec un cri aigu et perçant ; la fille de Mrs. Hazelton était entrée dans la pièce.

— La voilà ! cria Miss Nicholl à tue-tête. Elle était là ! Voilà le petit trésor à sa maman !

Ewie était une jolie enfant, grande et svelte, la peau aussi blanche que les fleurs de cerisier, avec des

---

[1]. Le divorce s'obtient très facilement à Reno, dans le Nevada. *(N.d.T.)*

cheveux blond-roux, bouclés, coupés court sur sa belle tête, et de longs cils raides blond-roux.

— Tu te souviens de Miss Nicholl, Ewie, dit Mrs. Hazelton. Dis-lui bonjour.

Ewie s'avança vers Miss Nicholl, toucha la main de Miss Nicholl et lança son pied en avant pour faire une petite révérence dont la maladresse aurait été irrésistible chez un enfant plus jeune.

— Elle est vraiment belle... c'est le portrait de sa maman ! dit Miss Nicholl. Eh bien, je ne vais pas avoir droit à une bise, Ewie ? Je suis une vieille amie, tu sais !

— J'ai un rhume de cerveau, dit Ewie.

Elle s'éloigna de Miss Nicholl et se précipita sur la chienne. Elle la prit dans ses bras et couvrit de baisers son museau minuscule.

— Ah, Bouchie-wouchie, dit-elle. Ah, mon petit ange.

— Ewie ! dit Mrs. Hazelton. Arrête d'embrasser ce chien. Avec ton rhume !

Ewie reposa Bonne Bouche, qui se remit immédiatement à somnoler. Puis elle s'assit sur le canapé et commença à fredonner un air indéfini de sa composition.

— Ne t'affale donc pas comme ça ! dit Mrs. Hazelton. Regarde Miss Nicholl. Tu vois comme elle est assise bien droite.

Ewie regarda Miss Nicholl puis regarda ailleurs.

— Je suis navrée que tu aies un rhume, dit Miss Nicholl. C'est vraiment dommage.

— Oh, ça va beaucoup mieux, dit Mrs. Hazelton.

— Ce sera pire ce soir, dit Ewie. Dellie dit que ce qui est dangereux avec les rhumes de cerveau, c'est qu'ils empirent toujours le soir. Ça remonte dans les sinus ou quelque chose comme ça. Elle dit que, des fois, c'est si grave qu'il faut avoir une terrible opération.

— Tu n'auras besoin de rien de tel, dit Mrs. Hazelton.

— Je pourrais, dit Ewie.

Elle recommença à fredonner.

— Oh, quelle jolie pièce ! dit Miss Nicholl. Et ces fleurs ! Vous avez toujours des fleurs blanches, n'est-ce pas, belle dame ?

— Oui, toujours, dit Mrs. Hazelton.

Elle en avait toujours depuis qu'elle avait lu qu'une personne célèbre de la haute société ne voulait que des fleurs blanches dans sa maison.

— Elles sont exactement à votre image, dit Miss Nicholl.

Elle regarda avec plus d'attention un déploiement de branches qui faisait penser à une grande fontaine blanche, commença à les compter, se sentit alors gagnée par le vertige et finit par y renoncer.

— Elles sont en fin de parcours, dit Mrs. Hazelton. Le fleuriste passera demain. Il les remplace tous les trois jours.

— Tous les trois jours ! Petite extravagante ! s'écria Miss Nicholl. Oh, pourquoi ne puis-je m'occuper de vos fleurs ? Moi qui ai la main verte.

Les cils d'Ewie s'écartèrent. Elle regarda fixement Miss Nicholl.

— Ah bon ? souffla-t-elle. C'est la main que vous m'avez tendue ? Je n'ai pas vu. Montrez-la-moi.

— Mais non, ma chérie, dit Miss Nicholl. Elle n'est pas vraiment verte. C'est seulement une manière de dire qu'on s'y entend avec les fleurs.

— Oh, zut alors ! dit Ewie.

Elle se remit à chantonner.

— Mon trésor, tu ne pourrais pas cesser de chanter ainsi ? dit Mrs. Hazelton. Ressers donc à boire à Miss Nicholl.

Ewie se leva, servit Miss Nicholl (« Oh, merci, merci, petit amour ! ») et la regarda siroter son cocktail.

— Vous aimez ce truc-là ? lui demanda-t-elle. J'ai l'impression que ça a un goût de médicament.

— Eh bien, c'est une sorte de médicament, tu sais, dit Miss Nicholl. Mais un bon. Il fait beaucoup de bien aux pauvres gens malades.

Ewie se rapprocha.

— Vous êtes malade ? demanda-t-elle. Qu'est-ce que vous avez ?

— Je ne suis pas malade, mon trésor, dit Miss Nicholl. Je disais ça comme ça. C'est seulement une figure de style. Tu as étudié les figures de style à l'école ?

— C'est pour l'année prochaine, dit Ewie. Avec Miss Fosdeck. Je la déteste. Pour quel genre de malade est-ce que c'est bon ?

— Oh, Ewie, pour l'amour du Ciel ! dit Mrs. Hazelton.

— Je ne voulais pas parler de gens vraiment malades, dit Miss Nicholl. Je voulais dire les gens qui sont... eh bien, les gens qui se font du mauvais sang.

— Vous savez pas ? dit Ewie. Dellie connaissait un bébé et il était né trop tôt, et il était tout violet. Il devait avoir plein de mauvais sang. Il était violet partout.

— Mais je suis sûre que Dellie t'a dit que maintenant, tout allait bien, n'est-ce pas ? dit Miss Nicholl.

— Il est mort, dit Ewie. Dellie dit que ces cas sont désespérés. Ils sont condamnés avant d'être nés.

Cette formule lui plut et elle se mit à ricaner.

— Oh, Dellie par-ci, Dellie par-là! dit Mrs. Hazelton. Un beau jour, si tu ne fais pas attention, tu vas finir par ne pas savoir faire autre chose que répéter ce qu'elle dit. Pourquoi est-ce que tu ne t'assieds pas bien gentiment?

Ewie alla s'asseoir bien gentiment, si ce n'est qu'elle reprit sa chanson, y ajoutant cette fois des paroles, « condamnés avant d'être nés, oh, oh, condamnés avant d'être nés », jusqu'à ce que la voix de sa mère la réduise au silence.

— Ewie, ça suffit! hurla Mrs. Hazelton.

— Vous ne m'avez toujours pas raconté ce que vous avez fait, s'empressa de dire Miss Nicholl à Mrs. Hazelton. Mais je devine... je vous connais, belle dame. Réception sur réception, jour après jour et nuit après nuit. N'ai-je pas raison?

— Non, ma chère, dit Mrs. Hazelton. J'ai juré d'y mettre bon ordre. La journée, d'accord, les déjeuners, les vernissages, les cocktails et tout cela, oui, mais oh, ces fiestas qui n'en finissent plus tous les soirs!

— Oh, tu n'es pas sortie le soir depuis une éternité, dit Ewie.

— Naturellement, quand mon unique enfant est malade, je ne vais pas l'abandonner ici toute seule.

— Dellie était là, dit Ewie. De toute façon, tu ne sortais pas le soir bien avant que je m'enrhume.

— Si je préfère rester tranquillement à la maison une fois de temps en temps, je peux le faire sans devoir supporter tes commentaires, dit Mrs. Hazelton.

Ewie reprit sa chanson, mais sans paroles. Elle s'employa également à former de minuscules plis dans le bas de sa robe, en les écrasant bien avec l'ongle de son pouce.

— Je parie que vous recevez beaucoup vous-même, dit Miss Nicholl.

— Oh, c'est si dur de trouver l'énergie nécessaire, dit Mrs. Hazelton. Et tous ces hommes seuls à caser cette saison ! Ils ont un âge qui conviendrait à Ewie. Ils me donnent l'impression d'avoir moi-même cent ans.

— Vous ! D'avoir cent ans ! fit Miss Nicholl.

— Je ne peux pas supporter de les voir traîner dans ma maison et abîmer mes tapis, dit Mrs. Hazelton. Je connais des tas de femmes qui les invitent. C'est leur affaire, mais pour moi, c'est la mort.

Ewie cessa ses activités.

— Vous savez pas ? fit-elle. Un jour, je suis allée à un enterrement.

— Sûrement pas ! dit Mrs. Hazelton.

— Que si, j'y étais ! dit Ewie. Il y avait un long enterrement qui descendait la Cinquième Avenue et il était si long que des voitures qui étaient à la fin ont dû s'arrêter à un feu, et alors, j'ai commencé à traverser la rue pour aller au parc, et alors, j'étais là, en plein milieu. Mais Dellie a hurlé et m'a ramenée. Elle dit que ça porte malheur de couper un enterrement. Un jour, un cousin à elle a fait ça, et deux semaines plus tard, au jour près, il est mort.

— Je ne peux pas dire que l'idée de Dellie en train de hurler et de gesticuler sur la Cinquième Avenue me ravisse, dit Mrs. Hazelton. C'est comme ça qu'elles se comportent quand elles sont depuis longtemps chez vous... elles se croient tout permis.

Évidemment, je ne sais pas comment je m'en serais sortie sans elle. Elle a presque élevé Ewie, vous savez.

— Oui, j'en vois les séquelles, dit Miss Nicholl. Oh, je plaisantais, belle dame, c'était juste pour rire. J'ai toujours dit que Dellie était une perle rare. D'ailleurs, vous avez toujours des domestiques parfaits.

— J'étais là, en plein milieu de l'enterrement, dit Ewie.

— Je ne sais pas ce qu'a Ewie, dit Mrs. Hazelton.

— Oh, tous les enfants sont comme ça, dit Miss Nicholl.

— Moi, je n'ai jamais été comme ça, dit Mrs. Hazelton.

— En y réfléchissant, moi non plus, je ne pense pas, dit Miss Nicholl. Et vous, vous ne pouviez être que parfaite. Tout le temps.

Elles contemplèrent Ewie, qui était maintenant en train de faire des plis et de fredonner.

— Elle est si active, dit Miss Nicholl. Elle ne reste jamais sans rien faire.

— Ce n'est pas de son père qu'elle tient ça, dit Mrs. Hazelton. Ni ça ni le reste.

Ewie fredonna plus fort.

— Mon trésor, tu ne penses pas avoir de la fièvre, n'est-ce pas? dit Mrs. Hazelton.

Ewie porta la main à sa nuque.

— Pas encore, dit-elle.

— Tu es presque complètement rétablie, dit Mrs. Hazelton. S'il fait raisonnablement beau demain, Dellie et toi vous pourrez aller au parc.

— Oh, quelle chance! s'écria Miss Nicholl.

— Demain, c'est le jour de congé de Dellie, dit

Ewie. Elle va aller voir sa sœur. Le mari de sa sœur est terriblement malade.

— Est-ce que Dellie n'a pas des amis bien portants, mon petit cœur ? dit Miss Nicholl.

— Oh, elle en a des millions, dit Ewie. Ils étaient dix-sept, rien que dans sa famille, et il y en a seulement douze qui sont morts. Il y en a certains qui sont mort-nés et les autres avaient mal au foie. Dellie dit que c'est rien d'autre que la bile, la bile, la bile...

— Ewie, je t'en prie, épargne-nous les détails, si tu veux bien.

— Dellie dit que ceux qui sont en vie se portent bien, dit Ewie. C'est seulement ce mari de sa sœur. Il ne peut pas travailler ni rien, mais Dellie dit qu'on ne pourrait pas trouver d'homme plus beau. Il est bien malade. Dellie dit que sa sœur dit que ça l'étonnerait pas s'il se mettait un de ces jours à cracher du sang.

— Tu veux bien arrêter cette discussion dégoûtante, dit Mrs. Hazelton. Nous sommes en train d'essayer de boire nos cocktails.

— C'était seulement pour lui répondre, dit Ewie en agitant la tête en direction de Miss Nicholl. Elle m'a demandé si Dellie avait des amis en bonne santé, alors je lui ai dit qu'à part le mari de sa sœur qui...

— Ça suffit, dit Mrs. Hazelton. Et maintenant, pourquoi ne cours-tu pas demander à Dellie de te prendre la température ? Et tu pourras rester à la cuisine pour bavarder avec elle et Ernestine.

— Est-ce que je peux emmener Bonne Bouche ? demanda Ewie.

— Je suppose que oui, dit Mrs. Hazelton en

soulevant la petite chienne. Mais empêche Ernestine de lui donner quoi que ce soit à manger en dehors de son repas. Elle commence à perdre la ligne, dit-elle en embrassant Bonne Bouche sur son ruban. N'est-ce pas, ma chérie ?

Avec joie, Ewie prit la chienne dans ses bras.

— Est-ce qu'on pourra rester à la cuisine pour manger ? demanda-t-elle.

— Oh, bon, bon ! dit Mrs. Hazelton.

— Youpie ! fit Ewie en se précipitant vers la porte.

— Ewie, qu'est-ce qu'il t'arrive ? dit Mrs. Hazelton. Je t'assure que je songe sérieusement à te changer d'école l'année prochaine. Tu n'as pas plus de manières qu'un cerf. Dis au revoir à Miss Nicholl, pour l'amour du Ciel.

Ewie se retourna vers Miss Nicholl et lui sourit... d'un sourire qui avait la rareté de tout ce qui est vraiment précieux.

— Au revoir, Miss Nickel, dit-elle. Je vous en prie, revenez très bientôt.

— Je n'y manquerai pas, mon ange adoré, dit Miss Nicholl.

Roucoulant à l'oreille de Bonne Bouche, Ewie les abandonna.

— Elle est tout simplement adorable ! dit Miss Nicholl. Oh, belle dame, pourquoi avez-vous tout ce dont on peut rêver ? Bon, vous le méritez, c'est tout ce que je peux dire. C'est ce qui m'empêche de vous assassiner sur-le-champ.

— Oh, n'allez surtout pas faire une chose pareille, dit Mrs. Hazelton.

— Si seulement je pouvais avoir une petite fille

215

comme Ewie, gentille et heureuse, je n'en demanderais pas davantage, dit Miss Nicholl. Vous ne savez pas à quel point j'ai toujours voulu avoir un enfant à moi. Sans qu'un bonhomme ne s'en mêle.

— J'ai bien peur que ce ne soit difficile à réaliser, dit Mrs. Hazelton. Je crois qu'il faut accepter le bon et le mauvais dans la vie, comme tout le monde. Bon. De quoi étions-nous en train de parler au moment où Ewie a fait irruption dans la pièce ? Ah oui... qu'est-ce que vous faites le soir ?

— Eh bien, quand j'ai fini ma journée de travail, je me dis que j'ai vraiment mérité un peu de détente. Alors, quand je rentre à la maison, après avoir fait le ménage, Idabel et moi...

— Qui ? demanda Mrs. Hazelton.

— Idabel Christie, dit Miss Nicholl. Sa chambre est en face de la mienne. Vous savez bien... je vous ai parlé d'elle.

— Oh oui, bien sûr, dit Mrs. Hazelton. Pendant un instant, j'avais oublié qu'elle s'appelait Idabel. Je ne sais pas pourquoi.

— C'est un nom curieux, dit Miss Nicholl. Mais je le trouve assez mignon, pas vous ?

— Oui, charmant, dit Mrs. Hazelton.

— Bref, on fait toutes sortes de choses, dit Miss Nicholl. Quand on se sent riches, on va dîner au salon de thé Candlewick... c'est terriblement agréable, et c'est juste à côté de chez nous. C'est si joli... il y a des bougies, des nappes jaunes et, sur chaque table, un petit bouquet d'immortelles de différentes couleurs, je suppose qu'elles sont teintes. Ce sont ces petits raffinements qui donnent une certaine atmosphère. Et la cuisine ! Ah ! Idabel et moi, nous

nous disons toujours en y allant : « Vous qui entrez en ces lieux, abandonnez tout régime pernicieux. »

— *Vous,* en tout cas, vous n'avez pas besoin de faire de régime, dit Mrs. Hazelton. Vous êtes une privilégiée.

— Moi, privilégiée ! Eh bien, c'est une trouvaille ça, dit Miss Nicholl. Je dois tout de même dire une chose, je ne voudrais pas prendre du poids si je peux l'éviter. Mais ces délicieux petits pains tendres présentés dans des corbeilles, et ce clafoutis aux prunes avec des marasques à l'intérieur ! Idabel Christie aime la crème au chocolat, mais moi, je ne résiste pas au clafoutis.

Seule une onde parcourant la robe de voile indiqua que Mrs. Hazelton frémissait.

— Bien sûr, le Candlewick n'est pas du tout le genre d'endroit où vous iriez, dit Miss Nicholl. Vous en ririez probablement.

— Mais absolument pas, voyons, dit Mrs. Hazelton.

— Oh que si, dit Miss Nicholl. Vous savez, quand on a peu de chose, il faut s'en contenter. On ne peut pas aller très souvent au Candlewick. Ce n'est pas du tout bon marché, je veux dire, pour nous. Vous ne pouvez presque pas vous en tirer à moins de deux dollars par personne avec le pourboire. Écoutez, je parie que pour vous, deux dollars, c'est une somme ridicule.

— Allons, arrêtez donc, dit Mrs. Hazelton.

— Il y a autre chose avec le Candie — entre nous, on l'appelle le Candie, dit Miss Nicholl. C'est qu'il faut y arriver tôt. C'est très petit et c'est devenu si connu qu'on n'a aucune chance de trouver une table après six heures du soir.

— Mais quand vous avez fini de dîner, est-ce que la soirée ne vous paraît pas horriblement longue ? demanda Mrs. Hazelton.

— C'est ça qui est bien, dit Miss Nicholl. Il faut se lever tôt le lendemain, on est des travailleuses, vous savez. Généralement, quand on va au Candie, on se fait une vraie fiesta et on va au cinéma ensuite. Et parfois, quand on se sent complètement folles, on va au théâtre. Mais c'est très rare. Vous savez, au prix où ils vendent les billets de nos jours !

— Oh, vous faites ça ? demanda Mrs. Hazelton. Vous allez toutes les deux toutes seules au théâtre ? Moi, je n'oserais pas !

— Je ne crois pas qu'on se risquerait à nous attaquer, dit Miss Nicholl. Et au cas où ça se produirait, on est deux.

— Je ne voulais pas parler de se faire attaquer, dit Mrs. Hazelton. C'est seulement qu'on m'a toujours dit que rien ne vieillit davantage une femme que d'être vue au théâtre le soir avec une autre femme pour seule compagnie.

— Oh, vraiment ? dit Miss Nicholl.

— Oh, ce n'est certainement pas le cas avec *vous,* dit Mrs. Hazelton. D'ailleurs, c'est probablement une histoire de vieilles chipies. Mais, écoutez, à supposer que vous n'alliez pas au cinéma ou au théâtre, qu'est-ce que vous faites ?

— Eh bien, on reste à la maison, on se fait les ongles, on se fait des chignons, on bavarde, dit Miss Nicholl.

— Ça doit être un grand réconfort d'avoir quelqu'un avec qui bavarder quand on en a envie, dit Mrs. Hazelton. Un grand réconfort.

— Eh bien, oui, ça l'est, vous savez, s'écria Miss Nicholl.

— C'est la seule chose qui pourrait me convaincre de me remarier, dit lentement Mrs. Hazelton. Avoir quelqu'un dans la maison, quelqu'un à qui on puisse parler.

— Mais vous avez Ewie ! s'écria Miss Nicholl.

— Vous avez entendu Ewie, dit Mrs. Hazelton.

— Et puis, certains soirs, quand on n'a pas envie de sortir, ni de parler ni rien, on reste dans notre chambre et on lit, dit Miss Nicholl. Idabel Christie... oh, c'est une rouée ! Elle travaille dans une bibliothèque, comme je vous l'ai dit, et quand elle voit un livre dont elle est sûre qu'il me plaira, elle le prend pour moi, même s'il y a une longue liste d'attente. Je suppose que je suis aussi horrible qu'elle d'accepter ça.

— Il faut absolument que je commande des livres, dit Mrs. Hazelton. Il n'y a pas un seul livre nouveau dans cette maison.

— Ah, acheter des livres au lieu de les emprunter à la bibliothèque ! dit Miss Nicholl. Vous vous rendez compte, être la première à les lire ! Ne jamais plus avoir à toucher une couverture en plastique ! Bon, inutile de rêver d'acheter des livres quand on n'a rien de décent à se mettre sur le dos, vous ne croyez pas ? Ah, quelle calamité, la pauvreté !

— Mary Nicholl, personne ne penserait que vous êtes pauvre si vous n'en parliez pas autant, dit Mrs. Hazelton.

— Ça m'est bien égal qu'on le sache, dit Miss Nicholl. Je n'ai jamais entendu dire que la pauvreté était une tare. Je n'en ai pas honte. Le peu d'argent que j'ai, je l'ai gagné, sou après sou. Il y a des gens qui ne peuvent pas en dire autant.

— Je suis persuadée qu'il y a de quoi en être très fière, dit Mrs. Hazelton.

— Oui, et je le suis, dit Miss Nicholl. Mais j'aurais aimé avoir au moins quelques vêtements. La veste que je dois porter est dépareillée. La jupe du tailleur... les mites en ont mangé tout le dos. Ça vous donne l'impression d'être très chic de vous balader avec une jupe qui est complètement mangée par-derrière.

— Je trouve que ce que vous portez est terriblement joli, dit Mrs. Hazelton.

— Bon, parlons de quelque chose de plus joli que mes vieilles frusques, dit Miss Nicholl. Je parie que vous vous êtes acheté des tas et des tas de nouveaux vêtements, je me trompe ?

— Oh, j'ai déniché quelques petites choses, dit Mrs. Hazelton. Rien de très intéressant. Vous aimeriez les voir ?

— Si j'aimerais ! fit Miss Nicholl.

— Alors, venez, dit Mrs. Hazelton.

Elle se leva avec grâce.

— Est-ce que je pourrais... dit Miss Nicholl. Je veux dire, vous ne me trouveriez pas trop goulue si je prenais ce qui reste de ce bon petit cocktail ?

— Oh, faites donc, dit Mrs. Hazelton. J'espère que c'est encore assez glacé.

Ayant à la main son verre que le fond du shaker n'avait pu remplir qu'à moitié, Miss Nicholl suivit son hôtesse dans une pièce consacrée à d'immenses placards profonds. Elle se tenait près de Mrs. Hazelton tandis que celle-ci passait en revue, cintre après cintre, des robes dont le prix paraissait à Miss Nicholl au moins équivalent à deux années de loyer.

— Mais elles sont toutes neuves ! s'écria-t-elle. Toutes ! Oh, qu'est-ce que vous avez fait des vieilles... celles qui n'étaient même pas vieilles, je veux dire ? Qu'est-ce que vous en avez fait ?

— Oh, je ne sais pas, dit Mrs. Hazelton. J'ai dû dire à Dellie de s'en débarrasser, je suppose. Je ne supportais plus de les voir.

Il était clair que la question ne l'avait pas intéressée. Miss Nicholl se mit au travail, et elle y alla carrément. Elle accumula les éloges, jusqu'à donner l'impression de les amonceler en tours vertigineuses. Mrs. Hazelton ne parlait pas, mais il y avait un certain encouragement dans la manière dont elle regardait distraitement autour d'elle, comme si elle cherchait dans ses possessions quelque chose à donner.

Miss Nicholl élevait ses tours toujours plus haut ; l'admiration lui dégoulinait des lèvres comme du sirop, et Mrs. Hazelton avait à nouveau l'air de chercher quelque chose. Sa quête s'arrêta quand elle ouvrit un tiroir et en sortit une pochette du soir recouverte de sequins chatoyants. Elle insista pour que Miss Nicholl l'accepte.

Ce n'était pas que Mrs. Hazelton fût peu généreuse, mais elle n'avait pas beaucoup d'imagination. Son plus récent cadeau de Noël à Miss Nicholl avait été un gros bocal de sels de bain et un grand flacon de lotion après-rasage. Les quatre femmes qui vivaient sur le palier de Miss Nicholl partageaient l'unique salle de bains. Elles se levaient toutes à la même heure le matin ; elles se couchaient toutes à la même heure le soir. Monopoliser la salle de bains pour prendre son temps et s'oindre le corps aurait été considéré pour le moins comme grossier. Miss Nicholl avait donc posé le bocal et le flacon, sans les ouvrir, sur sa commode, là où ils faisaient leur meilleur effet et étaient très admirés par Miss Christie. Et maintenant, voilà qu'elle héritait d'une pochette ornée de sequins, parfaite pour aller avec une robe du soir.

Mais un cadeau est un cadeau et Miss Nicholl se contorsionna véritablement de gratitude.

Elle emporta la pochette au salon quand elles eurent terminé de passer la garde-robe en revue, et elle la mit dans son grand sac à main en toile plastifiée qu'il était impossible de distinguer du cuir à cinquante mètres de distance. Dellie était venue retirer le plateau du cocktail mais n'avait rien apporté d'autre. Miss Nicholl émit un petit glapissement en voyant l'obscurité derrière les vitres et dit qu'elle devait vraiment partir. La protestation de Mrs. Hazelton ne fut pas assez vive ni assez convaincante pour lui faire changer d'avis. En fait, Mrs. Hazelton semblait quelque peu alanguie, presque comme si quelque chose l'avait fatiguée, lassée, si cela pouvait du moins se concevoir chez une telle personne.

— Je ne dois pas prendre le risque de lasser au point qu'on ne veuille plus me recevoir, dit Miss Nicholl. C'est terrible quand je viens chez vous... je ne peux plus m'arracher d'ici.

Elle jeta un regard autour d'elle.

— Je voudrais emporter avec moi l'image de cette pièce. Oh, je me délecte tout simplement de tout cet espace merveilleux !

— Oui, l'espace est pour moi un plaisir sans égal, dit Mrs. Hazelton.

Miss Nicholl eut un petit rire.

— Pour moi aussi, ça le serait, dit-elle, mais c'est aussi ce qui revient le plus cher, n'est-ce pas ? Ou bien ne le savez-vous pas, belle dame ? Bon, eh bien, adieu. J'ai passé un moment charmant, vraiment charmant.

— Faites en sorte de revenir, dit Mrs. Hazelton. N'oubliez pas.

— Je n'oublie jamais, dit Miss Nicholl. Je me manifeste toujours quand on ne s'y attend pas. Vous ne tarderez pas à avoir de mes nouvelles.

— A vrai dire, je serai plutôt occupée toute la semaine prochaine, dit Mrs. Hazelton. La semaine d'après, peut-être. En tout cas, téléphonez d'abord.

— Oh, c'est ce que je ferai, ne vous inquiétez pas, dit Miss Nicholl. Et merci encore, un million de fois, pour la merveilleuse pochette. Je penserai à vous à chaque fois que je m'en servirai.

Miss Nicholl prenait le bus pour rentrer chez elle, mais avant qu'elle n'arrive à l'arrêt, une pluie perverse et un vent horrible l'attaquèrent. Tout en luttant contre les éléments, elle se parlait avec virulence, même si ses lèvres ne remuaient pas.

— Eh bien, en voilà une belle visite, je dois dire. Un demi-shaker de cocktail et même pas un biscuit salé. On s'imaginerait que quelqu'un qui a autant d'argent pourrait faire mieux. Et quand je pense qu'elle m'a jetée sous une pluie battante, qu'elle ne m'a même pas offert l'ombre d'une invitation à dîner. Je suppose qu'elle attend des amis de son monde, et que je ne suis pas assez bien pour me mêler à eux. Non que je serais restée, même si elle m'avait suppliée à genoux. Je ne veux rien avoir à faire avec ces gens-là, merci bien. Je serais malade d'ennui.

» Et ces fleurs fanées. Et cette horrible Dellie, à qui on n'arrache jamais un sourire, même en essayant d'être démocratique avec elle. La première chose que j'aurais, si j'étais riche, ce serait des domestiques bien élevés. On peut toujours reconnaître une vraie dame aux manières de ses domestiques. Et cette petite chienne... moi, j'ai l'impression qu'elle était droguée.

» Et tous ces vêtements, sur tous ces cintres. Une fille de vingt ans n'aurait pas assez du restant de ses jours pour en porter la moitié. Oui, et ça serait vraiment le cas, parce qu'ils sont faits pour quelqu'un de vingt ans. S'il y a quelque chose que je déteste, c'est de voir une femme essayer de rester jeune en s'habillant comme une gamine. Elle se rend simplement ridicule. Et cette pochette avec des sequins qu'elle m'a donnée. Qu'est-ce qu'elle croit que je vais en faire, sinon la fourrer dans mon tiroir du bas ? Parce que c'est là que je vais l'expédier, sans même du papier de soie pour l'envelopper... non, même pas du papier journal. C'est-à-dire que je vais peut-être la montrer à Idabel d'abord. Elle a dû coûter les yeux de la tête. Idabel sera contente de la voir. Oh, mon Dieu, Idabel ne va pas être là. Tout mon après-midi n'a été que du temps perdu.

» Oui, et la superbe Mrs. Hazelton prend du poids, en plus. Elle doit bien peser trois kilos de plus que la dernière fois. Ça, ça va lui faire un coup, de grossir. Ça va presque l'achever. Eh bien, je peux vous dire qu'elle aura pris pas mal de kilos, la prochaine fois que je l'appellerai. Elle n'aura qu'à m'appeler si elle a envie de me voir. Et encore, je ne suis même pas sûre que j'irai.

» Et cette enfant. Cette petite ne m'a pas l'air d'aller bien. Elle est si pâle. Et toute cette discussion sur la maladie et les enterrements. Il n'y a rien de bon là-dessous. On dirait que c'est une sorte de signe. Je serais vraiment surprise que cette enfant fasse de vieux os.

» Non que ce soit la faute de cette pauvre petite. Sa mère ne s'en occupe pas du tout. Sauf pour dire : « Ça suffit, Ewie » et : « Arrête de faire ça, Ewie. » Ewie, en plus... quel nom ! C'est du pur snobisme. Ce n'est pas étonnant que la pauvre gosse aime mieux Dellie que sa mère. Oh, quelle chose terrifiante ce doit être que de voir votre propre enfant se détourner de vous ! Je ne comprends pas comment elle peut dormir la nuit.

» Quel genre de vie ça doit être, ça, de rester assise en robe d'intérieur à compter ses perles ? Des perles de cette taille sont vulgaires, de toute façon. Pourquoi devrait-elle avoir toutes ces choses ? Elle n'a jamais rien fait... elle n'a même pas réussi à garder un mari. C'est affreux de penser au vide de son existence ; elle n'a rien à faire sinon prendre le petit déjeuner au lit et dépenser de l'argent pour s'acheter ce qui lui fait plaisir. Ah ça non ! Elle peut bien avoir ses perles, ses cintres, son argent et son fleuriste qui vient deux fois par semaine, grand bien lui fasse. Je jure que je ne changerais pas ma place contre celle d'Alicia Hazelton pour tout l'or du monde ! »

C'est étrange, mais c'est un fait : alors que cela aurait été parfaitement justifié, la foudre ne déchira pas le ciel pour venir frapper Miss Nicholl à ce moment-là.

Une fois Miss Nicholl partie, Mrs. Hazelton s'affala sur son fauteuil, croisa ses chevilles incomparables, et lissa les plis de sa robe de voile. Elle exhala le long et doux soupir qui indique qu'un travail a été accompli, mais avec effort. C'était là le problème avec les gens comme Miss Nicholl, une fois qu'ils étaient là, Dieu, comme ils s'incrustaient ! Bon. La pauvre fille était ravie d'avoir cette pochette. Comme c'était peu de chose ! Et ces fiestas avec la Miss Machin-chouette d'en face, dans ce salon de thé et ses petits raffinements, le clafoutis de prunes avec des cerises à l'intérieur !

Ewie entra.

— Tu sais pas ? dit-elle. Le mari de la sœur de Dellie est bien plus mal. La sœur de Dellie a téléphoné et Dellie dit qu'elle a l'impression que le mari de sa sœur est pour ainsi dire fichu, d'après ce que dit sa sœur.

— Ça ne m'intéresse pas, dit Mrs. Hazelton. C'est déjà bien assez d'entendre toute la journée ce que dit Dellie sans devoir en plus entendre ce que dit sa sœur.

Ewie se cala confortablement au fond du fauteuil.

— Miss Nickel n'est pas très jolie, hein ? dit-elle.

— La beauté n'est pas tout, dit Mrs. Hazelton.

— Je crois que je n'ai jamais vu personne d'aussi horrible, dit Ewie. Et ses vêtements sont plutôt affreux.

— Ils ne sont pas du tout affreux, dit Mrs. Hazelton. Elle s'habille très raisonnablement pour quelqu'un de son type. Tu ne dois pas la critiquer, tu m'entends, Ewie ? C'est une femme merveilleuse.

— Pourquoi ? demanda Ewie.

— Eh bien, elle travaille très dur, elle ne fait jamais le moindre tort à personne et les gens aiment bien faire quelque chose pour elle parce que ça lui procure tant de plaisir, répondit Mrs. Hazelton.

— Elle me fait un peu pitié, dit Ewie.

— Ce n'est pas la peine, dit Mrs. Hazelton. Elle a bien plus que beaucoup de gens. Bien plus.

Elle regarda la grande et belle pièce, égayée par les fleurs chatoyantes. Elle effleura les perles qu'elle portait autour du cou, entrelaça ses doigts dans le long collier et jeta un coup d'œil sur les délicates mules qui étaient faites sur mesure à Rome.

— Qu'est-ce qu'elle a de plus ? demanda Ewie.

— Eh bien, elle n'a pas de responsabilités, dit Mrs. Hazelton. Et elle a un travail qui lui donne quelque chose à faire tous les jours, et une belle chambre, et beaucoup de livres à lire, et son amie et elle, elles font toutes sortes de choses le soir. Oh, laisse-moi te dire que je serais plus que ravie d'être à la place de Mary Nicholl !

Encore une fois, la foudre, quoique à coup sûr provoquée, resta où elle était.

(Titre original : *The bolt behind the blue*)

L'HÉRITAGE DE WHISTLER

Tout sourires, étincelles et petits pas de danse avortés, l'hôtesse conduisit le jeune homme aux favoris à travers la pièce jusqu'à l'endroit où était assise la jeune fille à qui on avait dit deux fois qu'elle ressemblait à Clara Bow[1].

— La voilà! s'écria-t-elle. Voilà la jeune fille que je cherchais! Miss French, permettez-moi de vous présenter Mr. Bartlett.

— Ravi de faire votre connaissance en société, dit Mr. Bartlett.

— Excusez-moi de vous tendre un gant mouillé, dit Miss French.

— Oh, vous deux, alors! dit l'hôtesse. Je mourais d'envie de vous faire vous rencontrer. Je savais que vous vous entendriez sans le moindre problème. Est-ce que je ne vous avais pas dit qu'il savait parler aux femmes, Alice? Et vous, Jack, qu'est-ce que je vous avais dit? Je ne vous ai pas répété sur tous les tons qu'elle était impayable? Et elle est toujours comme ça. Attendez de la connaître aussi bien que je la

---

1. Actrice. *(N.d.T.)*

connais ! Mon Dieu, j'aimerais bien pouvoir rester là à vous écouter.

Cependant, frustrée dans son désir, elle sourit chaleureusement, agita la main comme un cher petit nourrisson faisant au revoir, et elle s'élança sur un pas de danse écossaise pour reprendre le fardeau de l'hospitalité.

— Dites donc, où avez-vous été pendant toute ma vie ? demanda le jeune homme qui savait parler aux femmes.

— Ne faites pas le terrier d'Airedale, dit la jeune fille qui était toujours comme ça.

— Vous voyez une objection à ce que je m'assoie ? demanda-t-il.

— Allez-y, dit-elle. Asseyez-vous et soulagez-vous les pieds.

— Je vais faire un petit quelque chose pour vous, dit-il. M'asseoir avant de tomber, qu'est-ce que vous en dites ? Quelle réception, hein ? C'est vraiment quelque chose !

— Et comment ! dit-elle.

— « Et comment », c'est exactement l'expression qui convient, dit-il. C'est merveilleux.

— C'est splendide, dit-elle.

— C'est horriblement agréable, dit-il.

— C'est le paradis, dit-elle.

— Vous avez le sens de la repartie, hein ? dit-il. Quelle fille vous faites ! Vous êtes quelqu'un, hein ?

— Oh, ne faites pas le terrier d'Airedale, dit-elle une nouvelle fois.

— Vous êtes vraiment une bonne fille, dit-il. Et une jolie petite, avec ça. D'où est-ce que vous sortez ces grands yeux bleus ? Vous ne savez pas que je suis du genre à ne pas pouvoir résister à de grands yeux bleus ?

— Ça ne m'étonne pas de vous, dit-elle. Vous m'avez l'air assez stupide pour ça.

— Dites donc, écoutez, écoutez, dit-il. Laissez-moi souffler une minute, d'accord ? Allez, soyez gentille, maintenant. Vous ne voulez pas me dire d'où vous sortez ces grands yeux bleus ?

— Oh, ne soyez pas ridicule, dit-elle. Ils ne sont pas grands. Vous les trouvez grands ?

— Si je les trouve grands ! dit-il. Vous ne savez pas qu'ils sont grands, c'est ça ? Oh, non, ne me dites pas que personne ne vous l'a encore dit. Et vous ne savez pas ce que ça me fait quand vous levez les yeux comme ça. Non, vous ne savez pas !

— Je ne vois pas comment je le saurais, dit-elle.

— Ah, arrêtez ça, voulez-vous ? dit-il. Allons, avouez, maintenant. Dites-moi d'où vous sortez ces grands yeux bleus.

— Qu'est-ce que vous avez derrière la tête ? dit-elle.

— Et vos cheveux sont aussi très chouettes, dit-il. Je suppose que vous ne savez pas que vous avez de chouettes cheveux. Vous ne pouvez pas savoir ce genre de choses, c'est ça ?

— Même si c'était bien dit, je n'aimerais pas qu'on vienne me raconter ça, dit-elle.

— Allons, dit-il. Parce que vous ne savez pas que vos cheveux sont très chouettes ?

— C'est merveilleux, dit-elle. C'est splendide.

— De savoir que tu m'aimes[1] ? dit-il.

1. Paroles d'une chanson en vogue de George Gershwin. *(N.d.T.)*

— Oh, ne faites pas le terrier d'Airedale, dit-elle.

— Moi, je pourrais devenir dingue de vous, dit-il. Ce que ces grands yeux bleus que vous avez me font ne regarde personne. Vous le savez?

— Oh, je ne vois pas comment je pourrais le savoir, dit-elle.

— Dites donc, écoutez un peu, dit-il. Qu'est-ce que vous essayez de faire... de m'éreinter? Vous ne cessez donc jamais de plaisanter? Quand est-ce que vous allez me dire d'où vous sortez vos grands yeux bleus?

— Voyons, remettez-vous, dit-elle.

— Il faut que je fasse bien attention avec quelqu'un comme vous, dit-il. Il faut que je me surveille, voilà ce qu'il faut que je fasse.

— Ne soyez pas ridicule, dit-elle.

— Vous ne savez pas? dit-il. Je pourrais ne pas pouvoir me sortir une fille comme vous de l'esprit.

— Sortir de quoi? dit-elle.

— Oh, allez, dit-il. Laissez tomber ces trucs-là, d'accord? Dites-moi où vous vous cachiez. Il y en a beaucoup comme vous dans cette maison?

— Non, c'est tout, il n'y en a pas d'autre, dit-elle.

— Moi, ça me va, dit-il. Une comme vous, ça me suffit. Ce que vos yeux me font me suffit largement. Vous le savez?

— Je ne vois pas comment je pourrais le savoir, dit-elle.

— Cette robe que vous avez me renverse, dit-il. Où est-ce que vous avez trouvé une robe de cette classe? Hein?

— Ne faites pas le terrier d'Airedale, dit-elle.

— Dites donc, d'où sortez-vous cette expression, à propos? dit-il.

— C'est un don, dit-elle.

— Les dons, c'est très bien, dit-il. C'est fantastique.

— Et vous n'avez encore rien entendu, dit-elle.

— Vous me renversez, dit-il. Je vous assure. D'où est-ce que vous sortez tout ça ?

— Qu'est-ce que vous avez derrière la tête ? dit-elle.

Brillant de tous ses feux, l'hôtesse sautilla jusqu'à eux.

— Eh bien, pour l'amour du Ciel ! s'écria-t-elle. Allez-vous regarder au moins quelqu'un d'autre, tous les deux ? Que pensez-vous d'elle, Jack ? Elle n'est pas mignonne ?

— Qu'elle est mignonne ! dit-il.

— Il n'est pas merveilleux, Alice ? demanda l'hôtesse.

— A un point qui vous surprendrait, dit-elle.

L'hôtesse redressa la tête comme un mignon petit terrier espiègle et elle les aveugla de ses feux.

— Oh, vous deux, alors ! dit-elle. Est-ce que je ne vous avais pas dit que vous vous entendriez comme personne ?

— Et comment ! dit la jeune fille.

— « Et comment », c'est exactement l'expression qui convient ! dit le jeune homme.

— Vous deux, alors ! roucoula l'hôtesse. Je pourrais rester là toute la nuit à vous écouter.

(Titre original : *The Mantle of Whistler*)

LA JEUNE FEMME EN DENTELLE VERTE

Le jeune homme en smoking bien coupé traversa la pièce bondée et s'arrêta devant la jeune femme en dentelle verte et perles qui auraient pu passer pour véritables. On était tenté de dire qu'il avait de l'imagination, de la suite dans les idées et qu'il semblait ouvert à ce qui était nouveau. En effet, une telle tenue vestimentaire ne peut pas être le fait du hasard mais réclame de la réflexion et du temps, ainsi qu'une belle confiance en soi. Plus sûrement que les lignes de sa main, son veston permettait de déchiffrer les composantes du caractère du jeune homme. De la fantaisie s'accrochait aux revers de son smoking; de l'équilibre se dégageait de son double boutonnage; et la couleur du tissu, le bleu langoureux d'une nuit de printemps, trahissait une nette tendance à la sentimentalité. Le visage qui surmontait le veston était soigné et étroit, et pour l'instant, il arborait une expression suppliante.

— Bonsoir, dit le jeune homme. A vrai dire, je vous demande de bien vouloir m'excuser. A vrai dire, je me demande si ça ne vous ennuie pas que je m'assoie à côté de vous. Ou, plutôt, si ça ne vous ennuierait pas. A vrai dire, si vous me le permettriez.

— Mais certainement, dit la jeune femme qui revenait d'un séjour en France. Mais bien entendu.

Légère et languissante, elle lui fit de la place sur le petit canapé et il s'assit à côté d'elle, ne paraissant pas très à l'aise. Il fixa le visage de la jeune femme et n'en détourna plus le regard.

— Vous savez, c'est terriblement gentil à vous de me le permettre, dit-il. C'est... eh bien, ce que je veux dire, c'est que j'avais peur que vous refusiez.

— Mais non, voyons, dit-elle.

— Voyez-vous, je vous ai observée toute la soirée, dit-il. A vrai dire, j'étais incapable de regarder ailleurs. Franchement. Dès que je vous ai vue, j'ai essayé de demander à Marge de me présenter à vous, mais elle était si occupée à servir à boire et caetera, que je n'ai pas pu l'approcher. Et puis je vous ai vue vous asseoir ici, toute seule, et j'ai essayé de prendre mon courage à deux mains pour venir vous parler. A vrai dire, je pensais que vous pourriez vous mettre en colère ou quelque chose comme ça. J'étais prêt à venir vous rejoindre, et puis je me suis dit : « Oh, elle est si adorable, si jolie, qu'elle va m'envoyer promener. » Je pensais que vous vous mettriez en colère si je venais vous parler sans vous avoir été présenté.

— *Oh, non*[1], dit-elle. Voyons, il n'est pas question que je me mette en colère. En Europe, vous savez, on dit que le toit est en soi une présentation.

— Je vous demande pardon ?

— C'est ce qu'on dit là-bas, dit-elle. A Paris et

---

1. En français dans le texte. *(N.d.T.)*

ailleurs. Vous allez à une réception et ceux qui donnent cette réception ne présentent personne à personne. On est sûr que tout le monde va se parler parce qu'il est évident que les amis de nos amis sont nos amis. *Comprenez-vous*[1]? Oh, excusez-moi. Ça m'a échappé. Il faut absolument que je cesse de parler français. Seulement, c'est tellement difficile, une fois qu'on a pris l'habitude de bavarder dans cette langue. Vous voyez ce que je veux dire? J'avais complètement oublié qu'il fallait présenter les gens les uns aux autres à une réception.

— Eh bien, je suis vraiment heureux que vous ne soyez pas fâchée, dit-il. A vrai dire, je trouve ça merveilleux. Seulement, vous préféreriez peut-être rester seule. Qu'en dites-vous?

— Oh, *non non non non non*[1], dit-elle. Seigneur, non. J'étais seulement en train d'observer tout le monde. J'ai l'impression de ne plus connaître un chat depuis que je suis revenue. Mais c'est tellement intéressant d'être là en train de regarder la manière dont les gens se conduisent, s'habillent et tout. On a l'impression d'être sur une autre planète. Bon, je suppose que vous savez ce qu'on ressent quand on revient d'Europe, n'est-ce pas?

— Je ne suis jamais allé en Europe, dit-il.

— Oh, mon Dieu, dit-elle. *Oh là là*[1]! Vraiment? Eh bien, vous devez absolument y aller, dès que vous aurez une minute. Vous adorerez ça. Rien qu'à vous regarder, je peux vous dire que vous en raffolerez.

— Vous y êtes restée longtemps? demanda-t-il.

---

1. En français dans le texte. *(N.d.T.)*

— Je suis restée plus de trois semaines à Paris, dit-elle.

— C'est une ville que j'aimerais visiter, dit-il. Je suppose que ça doit être le summum.

— Oh, ne m'en parlez pas, dit-elle. Ça me donne tellement la nostalgie que j'ai la vue qui se brouille. Oh, Paris, Paris, *ma chère*[1] Paris. J'ai vraiment l'impression que c'est ma ville. Franchement, je ne sais pas comment je vais pouvoir vivre loin d'elle. J'aimerais bien y repartir à la minute même.

— Allons, ne dites pas ça, dit-il. Nous avons besoin de vous ici. Tout au moins, ne partez pas tout de suite, vous voulez bien? Je viens à peine de faire votre connaissance.

— Oh, c'est charmant à vous de me dire ça, dit-elle. Seigneur, il y a si peu d'Américains qui savent parler aux femmes. Je suppose qu'ils doivent être trop occupés ou quelque chose comme ça. Tout le monde semble si pressé... les gens n'ont plus le temps de faire quoi que ce soit, sauf de penser à l'argent, l'argent, l'argent. *Voilà, c'est ça*[1], je suppose.

— Nous pourrions trouver le temps de faire autre chose, dit-il. Nous pourrions aller nous amuser. A vrai dire, on peut bien s'amuser à New York.

— Ce vieux New York! dit-elle. Je ne crois pas que j'arriverai à m'y habituer. Il n'y a rien à faire, ici. En revanche, à Paris, tout est si pittoresque qu'on n'a pas une seconde de cafard. Il y a tous ces adorables petits cafés où on peut aller prendre un verre quand on veut. Oh, c'est merveilleux.

— Je connais des tas d'adorables petits cafés où

---

1. En français dans le texte. *(N.d.T.)*

on peut aller prendre un verre, dit-il. Je peux vous conduire dans l'un d'eux en moins de dix minutes.

— Ce ne serait pas la même chose qu'à Paris, dit-elle. Oh, à chaque fois que j'y repense, je suis *terriblement triste*[1]. Mince alors, voilà que je recommence. Est-ce que je vais un jour me rappeler qu'il ne faut plus parler français ?

— Écoutez, pour l'instant, est-ce que je peux aller vous chercher un verre ? proposa-t-il. Vous n'avez encore rien bu. Qu'est-ce que vous désirez ?

— *Oh, mon Dieu*[1], je ne sais pas, dit-elle. J'ai tellement pris l'habitude de boire du champagne que vraiment... Qu'est-ce qu'il y a, ici ? Qu'est-ce que les gens boivent ?

— Eh bien, il y a du scotch et du gin, et je pense qu'il doit y avoir de l'alcool de seigle dans la salle à manger. Du moins, c'est possible.

— Comme c'est drôle ! dit-elle. On en arrive à oublier les horribles choses que boivent les gens ici. Eh bien, quand j'étais à Rome... Je crois que je prendrai un gin.

— Avec du ginger ale ? demanda-t-il.

— *Quelle horreur !*[1] dit-elle. Non, sans rien, je pense. Seulement... comment dit-on ici ?... sec.

— Je reviens tout de suite, et ça va déjà me sembler trop long, dit-il.

Il s'éloigna et revint rapidement, apportant de petits verres pleins. Avec précaution, il lui en tendit un.

— *Merci mille fois*[1], dit-elle. Oh, mince, je voulais dire... merci.

---

1. En français dans le texte. *(N.d.T.)*

Le jeune homme se rassit à côté d'elle. Il buvait mais il ne regardait pas le verre qu'il tenait à la main. Il regardait la jeune femme.

— *J'ai soif, mon Dieu!*[1] dit-elle. J'espère que vous n'allez pas penser que je dis trop d'horribles jurons. J'ai tellement pris l'habitude de le faire que je ne me rends pas compte de ce que je dis. Et en français, vous savez, on ne pense pas à mal. Tout le monde en dit. Ce n'est même pas considéré comme des jurons. Hou! Seigneur, c'est fort.

— Mais c'est du bon alcool, dit-il. Marge a un bon contact.

— Marge? dit-elle. Un bon contact?

— Au moins, le raide n'est pas trafiqué, dit-il.

— Le raide? fit-elle. N'est pas trafiqué?

— Elle a un bon bootlegger, au moins, dit-il. Je ne serais pas surpris d'apprendre que l'alcool vient directement du bateau.

— Oh, je vous en prie, ne me parlez pas de bateaux! dit-elle. Ça me donne tellement le mal du pays que ça me fait presque mourir. Ça me donne envie de reprendre tout de suite un bateau.

— Ah, surtout pas, dit-il. Donnez-moi une petite chance. Seigneur, quand je pense que j'ai presque failli ne pas venir à cette réception. Franchement, au début, je ne voulais pas venir. Et à la minute où je vous ai vue, j'ai compris que c'était ce que j'avais fait de mieux dans ma vie. A dire vrai, quand je vous ai vue assise là, avec cette robe et tout... eh bien, j'ai perdu la tête, c'est aussi simple que ça.

— Quoi, ce vieux truc? dit-elle. Cette robe est vieille comme le monde. Je l'avais déjà avant de

---

[1] En français dans le texte. *(N.d.T.)*

partir en Europe. Je ne tenais pas tellement à mettre mes vêtements français ce soir parce que... eh bien, évidemment, ici, personne n'irait critiquer ce genre de choses, mais je me suis dit que, peut-être, on trouverait ça plutôt excentrique à New York. Vous savez comment sont les vêtements de Paris. Ils sont si français.

— Qu'est-ce que j'aimerais vous voir dedans, dit-il. Ça alors ! D'ailleurs je... Dites donc, il n'y a plus rien dans votre verre. Donnez, je vais aller vous en chercher un autre. Et ne bougez pas, d'accord ?

A nouveau il s'éloigna puis revint, à nouveau il apportait des verres remplis d'un fluide incolore. Il recommença à regarder la jeune femme.

— Eh bien, dit-elle. *A votre santé*[1]. Bonté divine, j'aimerais bien pouvoir m'arrêter de parler français. Je voulais dire bonne chance.

— J'en ai, depuis que je vous ai rencontrée, dit-il. J'aimerais... à vrai dire, j'aimerais qu'on puisse aller quelque part, loin d'ici. Marge dit qu'on va rouler les tapis pour pouvoir danser. Tout le monde va vouloir danser avec vous et je n'aurai pas une seule chance.

— Oh, je ne veux pas danser, dit-elle. Les hommes américains dansent si mal, pour la plupart. Et puis je ne veux pas rencontrer des tas de gens. Ça m'est horriblement difficile de leur parler. Depuis que je suis revenue, j'ai l'impression que je n'arrive pas à comprendre de quoi ils parlent. Je suppose qu'ils trouvent leur argot amusant, mais pour moi il ne l'est pas.

— Vous savez ce qu'on pourrait faire, du moins, si vous voulez, dit-il. On pourrait attendre qu'ils se

---

1. En français dans le texte. *(N.d.T.)*

mettent à danser et puis filer. On pourrait passer un moment en ville. Du moins, qu'est-ce que vous en dites ?

— Vous savez, ça pourrait être assez amusant, dit-elle. J'aimerais vraiment voir certains de vos nouveaux *bistros*[1]... comment vous les appelez ? Oh, vous savez de quoi je veux parler... les bars clandestins. J'ai entendu dire que certains d'entre eux étaient vraiment tout à fait intéressants. Je suppose que ce raide est fort, mais il ne semble rien me faire du tout. Ça doit être parce que je n'ai été habituée qu'à ces merveilleux vins français.

— Est-ce que je peux aller vous en chercher un autre ? dit-il.

— Eh bien, je pourrais en boire un petit, dit-elle. Il faut bien faire comme tout le monde, n'est-ce pas ?

— La même chose ? dit-il. Du gin sec ?

— *S'il vous plaît*[1], dit-elle. Oui, mais oui.

— Madame, ça, on peut dire que vous tenez bien le coup ! dit-il. Qu'est-ce qu'on va passer comme soirée !

Pour la troisième fois, il s'éloigna et revint. Pour la troisième fois il l'observa tout en buvant.

— *Ce n'est pas mal*[1], dit-elle. *Pas du tout*[1]. Il y a un petit bistro sur l'un des boulevards... ce sont ces grandes avenues qu'ils ont là-bas... qui sert une sorte de digestif qui ressemble beaucoup à ça. Mon Dieu, ce que j'aimerais y être en ce moment !

— Ah, que non ! dit-il. Vraiment, vous aimeriez ? En tout cas, dans un moment, vous ne voudrez plus être là-bas. Il y a un petit café dans la Cinquante-deuxième Rue où je veux d'abord vous emmener.

---

1. En français dans le texte. *(N.d.T.)*

Écoutez, quand ils vont se mettre à danser, qu'est-ce que vous dites de ça, vous prenez votre manteau, ou du moins ce que vous avez, et vous venez me rejoindre dans le couloir, hein ? Ce n'est vraiment pas la peine d'aller dire au revoir. Marge ne s'en apercevra même pas. Je peux vous montrer quelques endroits qui vous feront peut-être oublier Paris.

— Oh, ne dites pas ça, dit-elle. S'il vous plaît. Comme si je pouvais oublier mon Paris ! Vous ne pouvez absolument pas savoir ce que je ressens. A chaque fois que quelqu'un dit « Paris », j'ai envie de me mettre à pleurer pendant des heures.

— Vous pourrez même le faire, du moins tant que vous pleurerez sur mon épaule, dit-il. Elle vous attend. Qu'est-ce que vous en dites, petite, on y va ? Ça ne vous embête pas que je vous appelle petite ? Allons nous taper quelques gentils petits verres. Comment vous vous en sortez avec ce gin ? Il est fini ? La brave petite ! Si on allait se biturer tout de suite ?

— D'accord ! dit la jeune femme en dentelle verte.

Ils sortirent.

(Titre original : *The Young Lady in green lace*)

DIALOGUE À TROIS HEURES DU MATIN

— Avec de l'eau plate pour moi, dit la femme au chapeau couleur de pétunia. Oh, et puis laisse donc tomber l'eau. Qu'elle aille se faire voir. Un scotch sec. Qu'est-ce que ça peut faire ? Sec, tout simplement. C'est comme ça que je suis. Je n'ai encore jamais embêté personne de ma vie. D'accord, on peut raconter ce qu'on veut sur moi, mais moi, je sais... je sais... que je n'ai encore jamais embêté personne de ma vie. Tu peux leur dire ça de ma part, d'accord ? Qu'est-ce que ça peut me faire ?

— Écoute, fit l'homme aux cheveux gris avant de se pencher au-dessus de la table et de froncer sévèrement les sourcils en regardant les dessins qu'il traçait sur la nappe avec son couteau argenté. Écoute, je voudrais seulement que tu comprennes bien...

— Mais oui, dit-elle. Que je comprenne. Elle est bien bonne, celle-là. Ça me fait bien rire. C'est risible, d'entendre ça. Parce que s'il y a quelqu'un qui doit bien comprendre quelque chose, il faut obligatoirement que ce soit moi. Tu sais pas ce que tu vas faire, tu vas retourner voir Jeannette, hein, et tu vas lui dire que je sais ce qu'elle raconte à mon sujet. Je ne voudrais pas te mêler à tout ça, mais tu peux aller le lui dire de ma part. Tu peux aussi rester en dehors de toute cette affaire. Tu n'as pas besoin de lui dire que tu me l'as dit. Tu n'as même pas besoin de lui dire que tu m'as vue. Parce que si tu as honte de dire aux gens que tu me connais, ça ne me dérange pas, tu comprends ? Je ne veux embêter personne, moi. Si tu as honte de dire à tes amis que tu es un de mes amis, qu'est-ce que ça peut me faire ? Je crois que je suis capable d'encaisser ça. J'ai déjà encaissé pas mal de choses.

— Oh, écoute, dit-il. Écoute. Tu veux bien m'écouter seulement une minute ?

— Mais oui, écouter, dit-elle. Mais comment donc. Écouter. Eh bien, j'en ai assez d'écouter. Tu peux dire à tout le monde, de ma part, qu'à partir de maintenant, c'est moi qui vais parler au lieu d'écouter. Tu peux le dire à Jeannette. Qu'est-ce que ça peut me faire ? Tu peux courir lui raconter ça. Elle dit que j'ai l'air énorme dans ma robe rouge, hein ? Voilà qui est agréable, de savoir que quelqu'un dit ça de vous. Ça vous remonte le moral, ça, c'est sûr. Tu peux aller dire à Miss Jeannette qu'elle n'a pas grand-chose à faire pour trouver à redire à la robe rouge de quelqu'un. C'est vraiment risible, je t'assure. Dis donc, le jour où je lui demanderai de payer ce que j'ai sur le dos, elle pourra se permettre de faire des réflexions. Elle ou n'importe qui, d'ailleurs. Je gagne ma vie, Dieu merci, et je n'ai besoin de rien demander à personne. Tu peux aller leur dire tout ça. Toi ou n'importe qui.

— Tu veux bien me faire une faveur ? dit-il. Tu veux bien me faire une toute petite faveur ? Tu veux bien ? Tu veux bien écouter ce que…

— Mais oui, une faveur, dit-elle. Personne n'a besoin de me faire de faveurs, à moi. Je gagne ma vie et je ne suis obligée de demander de faveurs à personne. Je n'ai encore jamais embêté personne de ma vie. Et si les gens ne sont pas contents, ils savent ce qu'ils peuvent faire, tous autant qu'ils sont. C'est comme les bijoux de chez Tiffany, c'est à prendre ou à laisser, tu saisis ? Oh, c'est moi qui ai cassé ce verre ? Oh, c'est vraiment terrible. Bon, très bien, s'il est cassé, il est cassé, pas vrai ? Qu'il aille se faire voir. Qu'ils aillent tous se faire voir.

— Si seulement tu voulais bien m'écouter, dit-il. Il n'y a pas de quoi se mettre en colère. Écoute et...

— Qui se met en colère ? dit-elle. Je ne suis pas en colère. Je me sens très bien. Tu n'as pas à t'inquiéter de moi. Ni toi, ni Jeannette, ni personne. En colère ! Dis donc, si on ne se met pas en colère pour ça, pour quelle autre raison est-ce qu'on devrait se mettre en colère ? Après tout ce que j'ai fait pour elle. Le problème, avec moi, c'est que j'ai trop bon cœur. C'est ce que tout le monde m'a toujours dit. « Le problème avec toi, c'est que tu as trop bon cœur », on m'a dit. Et maintenant, regarde ce qu'elle va répéter partout. Et tu la laisses te raconter ça, et tu as honte de dire que tu es un de mes amis. Bon, très bien, tu n'es pas obligé de le faire. Tu peux retourner à ta Jeannette et y rester. Vous pouvez tous y aller, tous autant que vous êtes.

— Écoute, mon cœur, dit-il. Est-ce que je n'ai pas toujours été ton ami ? Je ne l'ai pas été ? Bon, et maintenant tu ne voudrais pas écouter ton ami juste une...

— Un ami, dit-elle. Un ami. J'en ai, des fameux amis. Qui n'hésitent pas à vous trancher la gorge.

Voilà ce que ça rapporte, d'avoir bon cœur. Une grosse souillon au bon cœur. Voilà ce que je suis. Oh, laisse tomber l'eau. Je vais le boire sec. Je gagne ma vie, je n'embête personne, et tout le monde me tombe dessus. Après la manière dont j'ai été élevée, la maison qu'on avait et tout, ils se permettent de faire des réflexions sur moi. Je travaille toute la journée et je ne demande rien à personne. Et, en plus, je me retrouve avec un cœur faible. Je préférerais encore être déjà morte, tiens. Quelle raison j'ai de vivre, de toute façon? Tu veux bien répondre à cette question, je te prie? Quelle raison j'ai de vivre?

Des larmes zébraient ses joues.

L'homme aux cheveux gris avança le bras par-dessus la nappe trempée de whisky pour prendre la main de la femme.

— Ah, écoute, dit-il. Écoute.

Un serveur surgit du néant. Il gazouilla et voltigea autour d'eux. Pour sécher ces oisillons trempés, on avait l'impression qu'il allait bientôt les recouvrir de feuilles...

(Titre original : *Dialogue at three in the morning*)

QUATRE ARTICLES
(1919 - 1929 - 1937 - 1944)

LES BONNES ÂMES
LEURS CARACTÉRISTIQUES, LEURS HABITUDES
ET LEURS INNOMBRABLES MÉTHODES
POUR ÔTER TOUTE JOIE À LA VIE

Juin 1919

Tout autour de nous, dans nos propres familles, peut-être, il existe une race d'étranges créatures. Extérieurement, elles n'ont aucune marque distinctive. En fait, à première vue, on peut les prendre pour des êtres humains ordinaires. Elles sont bâties selon les normes courantes ; elles possèdent le nombre de caractéristiques humaines requises, agencées d'une manière classique ; elles ne présentent aucune variation par rapport aux usages en cours quant à leurs habitudes vestimentaires, culinaires et professionnelles.

Pourtant, entre elles et le reste du monde civilisé se dresse une barrière infranchissable. Bien qu'elles vivent au sein même du genre humain, elles en sont à jamais isolées. Elles sont vouées à traverser la vie en parias congénitaux. Elles mènent leur petite existence et, si elles se mêlent au monde, elles n'en font jamais partie.

Ce sont, en bref, de Bonnes Ames.

Et ce qui est pitoyable, c'est qu'elles sont complètement inconscientes de leur état. Une Bonne Ame pense qu'elle est exactement comme quelqu'un d'autre. Rien ne saurait la convaincre du contraire. Il est navrant de la voir s'activer joyeusement, et même siffloter ou fredonner, dans la plus totale inconscience de son terrible sort. Tout au plus peut-elle s'attirer une patience bienveillante, un mot d'approbation, pour la forme, une louange tempérée de faibles jurons, pour ainsi dire... cependant, elle croit fermement qu'il n'y a rien qui cloche chez elle.

Rien ne permet d'expliquer les Bonnes Ames.

Elles surgissent partout. Elles apparaîtront soudain dans des familles qui, pendant des générations, n'ont pas eu le plus léger stigmate dans leurs rangs. Peut-être sont-elles des formes régressives. Il y a peu de familles qui ne possèdent au moins une Bonne Ame quelque part, en ce moment même — il peut s'agir d'une vieille tante, d'une sœur qui ne s'est pas mariée, d'un frère qui n'a pas réussi dans la vie, d'un cousin pauvre. Aucune famille n'est complète sans sa Bonne Ame.

La Bonne Ame se déclare très tôt, elle montrera des signes de sa condition dans l'extrême jeunesse. Approchez-vous donc de votre fenêtre et regardez les petits enfants qui s'amusent en bas. N'importe quel groupe de gamins sur lequel vous jetterez un œil fera pratiquement l'affaire. Voyez-vous l'enfant auquel tous les autres chers petits imposent tel ou tel rôle dans leurs joyeux amusements ? Avez-vous repéré celui auquel on arrache ses bonbons pour les manger sous ses yeux ? Vous avez bien vu celui dont les précieux jouets sont empruntés pendant une durée indéterminée par les petits plaisantins et ne lui sont restitués qu'en miettes ? Voyez-vous l'enfant auquel les autres gamins jouent leur complet répertoire d'agréables petites plaisanteries — déverser des seaux d'eau sur lui, s'enfuir et se cacher, scander son nom en y ajoutant des rimes pittoresques, inscrire à la craie de grossières légendes sur son dos sans qu'il ne songe à se méfier ?

Repérez bien cet enfant. Il va devenir une Bonne Ame en grandissant.

C'est ainsi que l'enfant condamné traverse jeunesse et adolescence, cheminant vers l'accomplissement de sa destinée. Et puis, un jour, quand on parlera de lui, quelqu'un dira : « Bon, en tout cas, il est plein de bonnes intentions. » Son cas sera réglé. Pour lui, ce sera la fin. Ces mots l'auront marqué au sceau indélébile de la classe des parias. Il aura atteint sa majorité ; il sera une Bonne Ame achevée.

Les activités de l'espèce adulte nous sont familières. Quand vous êtes malade, qui se précipite à votre chevet en vous apportant du blanc-manger, ce qui vous cause une indicible aversion depuis l'enfance ? Comme d'habitude, il y a déjà longtemps que vous avez compris, gentil lecteur, c'est bien la Bonne Ame. Ce sont des Bonnes Ames qui tapotent vos oreillers au moment précis où vous veniez de leur donner une forme confortable, qui traversent la pièce sur la pointe des pieds en faisant un bruit d'enfer, qui étalent tendrement sur votre front fiévreux un gant mouillé qui ne cesse de dégouliner le long de votre cou. Ce sont elles qui demandent, toutes les deux minutes, s'il y a quelque chose qu'elles puissent faire pour vous. Ce sont elles qui, au prix d'un immense sacrifice personnel, passent de longues heures à votre chevet, en lisant à voix haute les feuilletons du *Woman's Home Companion* ou en commentant gentiment l'augmentation du taux de la mortalité en ville.

Que vous soyez en bonne santé ou malade, elles sont toujours tout de suite là, prêtes à vous secourir. Vous n'êtes pas plutôt assis qu'elles s'aperçoivent que vous ne devez pas être à l'aise dans ce fauteuil et insistent pour que vous changiez de place avec elles. Ce sont les Bonnes Ames qui savent, mais oui, que vous n'aimez pas votre thé de cette manière, et qui vous le retirent magistralement pour le modifier avec du lait et du sucre jusqu'à ce que le goût vous en soit complètement étranger. A table, ce sont elles qui ont toujours l'impression que leur pamplemousse est meilleur que le vôtre, si bien qu'on doit presque user de violence pour les empêcher de l'échanger avec le vôtre. Au restaurant, le serveur commet invariablement une erreur et leur apporte toujours quelque chose qu'elles n'ont pas commandé, mais qu'elles refusent de faire rapporter, l'avalant avec un sourire de regret. Ce sont elles qui provoquent des embouteillages, en restant devant l'entrée du métro, discutant avec altruisme pour savoir qui va payer les tickets.

Au théâtre, si elles disposent d'une loge, les Bonnes Ames insistent pour occuper les sièges du fond ; s'il s'agit de fauteuils d'orchestre, pendant toute la représentation, elles s'inquiètent de façon audible parce qu'elles arrivent à mieux voir que vous, jusqu'à ce qu'enfin, par désespoir, vous accédiez à leur supplique et vous changiez de place avec elles. Là, si quelque chose peut ajouter à leur inconfort — le fait d'être assises dans un courant d'air, par exemple, ou derrière un pilier —, leur bonheur est total. Sentir la douce exaltation du martyre, c'est tout ce qu'elles demandent à la vie.

Les Bonnes Ames sont pointilleuses dans leur

observance des petits rites. Si, par exemple, elles vous empruntent un timbre, elles vous offrent immédiatement deux sous et insistent pour qu'ait lieu cette transaction commerciale. Elles ne manquent jamais de se rappeler les anniversaires, et leur petit cadeau vous occasionne immanquablement un choc au moment où vous vous rendez compte que vous aviez royalement ignoré leur propre anniversaire. Au dernier moment, le soir de Noël, arrive un présent de quelque Bonne Ame dont vous aviez complètement oublié l'existence dans la précipitation des achats à faire. Quand elles partent quelque part, ne serait-ce que pour passer deux jours, elles ne manquent jamais d'envoyer à toutes leurs connaissances une carte postale montrant les principaux bâtiments de l'endroit ; à leurs intimes, elles rapportent toujours un souvenir — un plat minuscule, avec le nom de la ville en lettres d'or, un dé à coudre dans son coffret, portant tous deux le nom de leur ville natale, un porte-cravates avec l'endroit de sa résidence pyrogravé de façon décorative sur son bois, ou quelque autre article aussi utile.

La vie des Bonnes Ames est constellée d'Occasions, chacune avec son cortège de rites qui doivent être solennellement observés. Le jour de la Fête des Mères, les Bonnes Ames arborent consciencieusement des œillets ; le jour de la Saint-Patrick, elles ornent fidèlement leur boutonnière d'un trèfle [1] ; le jour de l'anniversaire de la découverte de l'Amérique par Christophe Colomb, elles accrochent à leur revers de minuscules drapeaux italiens. Chaque fête

---

1. Saint Patrick est le patron de l'Irlande et le trèfle l'emblème de ce pays. *(N.d.T.)*

doit être célébrée par l'envoi d'une carte : la Saint-Valentin, le Jour où chacun doit planter son arbre, le Jour de la Marmotte[1] et toutes les autres festivités sont dûment observés. Les Bonnes Ames ont le génie de dénicher des cartes appropriées à l'événement. Cela doit leur prendre des heures de recherche.

S'il faut attendre trop longtemps entre deux fêtes, la Bonne Ame enverra de petites cartes ou de petits souvenirs, juste pour vous faire une surprise. Elle s'y entend d'ailleurs, en surprises. Ça la ravit d'arriver à l'improviste chez ses amis. Qui ne connaît pas la joie de ces soirées où une Bonne Ame débarque, pour vous faire la surprise ? Ça fait surtout son petit effet quand il y a chez vous une compagnie choisie, quand il y a, disons, juste assez de gens pour former deux tables de bridge. Ce qui veut dire qu'à regret la Bonne Ame doit regarder jouer les autres et attendre patiemment la fin de la partie, ou bien qu'elle jouera par intermittence, exprimant avec beaucoup de volubilité son désespoir de causer tant de dérangement et demandant qu'on veuille bien l'excuser pendant toute la soirée.

Pour admirable qu'elle soit, sa conversation n'obtient jamais l'attention et l'approbation qu'elle mérite. La Bonne Ame fait partie des gens qui croient fermement en un principe exemplaire qu'elles citent fréquemment, à savoir qu'il y a du bon chez tout le monde ; accrochée dans sa chambre à

1. Le 2 février. Selon la tradition, si, en sortant de son hibernation, la marmotte voit son ombre parce qu'il y a du soleil, elle retourne dans son trou et l'hiver durera six mois de plus. *(N.d.T.)*

coucher, une pancarte en cuir porte en lettres pyrogravées cette affirmation formulée de façon fantasque, mais d'une importance capitale : « Il y a tant de bon dans les pires d'entre nous et tant de mauvais dans les meilleurs d'entre nous qu'il ne sied guère à quiconque de parler de ceux qui restent. » Elle cite également cette phrase en des occasions appropriées. Il se peut que deux ou trois personnes soient en train de parler d'une connaissance mutuelle. La discussion commence à être vraiment passionnante quand la Bonne Ame se croit obligée d'y aller de son : « Il ne faut pas juger trop durement. Après tout, nous ne devons pas oublier que souvent, nos propres actions peuvent être mal comprises. » Au bout de plusieurs de ces petites remarques, l'intérêt général semble faiblir ; la petite congrégation se sépare, inventant de curieuses excuses pour partir afin de pouvoir débattre cette question plus à fond, en y ajoutant quelques détails piquants, quelque part où la Bonne Ame ne suivra pas. Alors, la Bonne Ame, pitoyablement ignorante de leur coupable dessein, rayonne de se savoir vertueuse, et se plonge dans la liste des mécènes qui financent l'*Atlantic Monthly*, avec la satisfaction du devoir accompli.

Pourtant, il ne faudrait pas croire que leur vertu élève les Bonnes Ames au-dessus des joies des divertissements populaires. Rien ne serait plus faux. Elles s'enthousiasment pour les bons et sains amusements. Elles accordent sans compter leur contribution à l'art dramatique. Elles courent voir les pièces de Miss Rachel Crothers, de Miss Eleanor Porter et de Mr. Edward Childs Carpenter. Elles sont de ferventes admiratrices de l'art de Mr. William

Hodge. En littérature, elles se prosternent devant les chastes autels d'Harold Belle Wright, de Gene Stratton-Porter, d'Eleanor Hallowell Abbott, d'Alice Hegan Rice et des autres apôtres à triple nom de l'optimisme. Elles ne sont plus aussi amateurs d'Arnold Bennett depuis qu'il leur a imposé *la Belle Dame*; elles n'offrent plus *la Machine humaine et Comment vivre vingt-quatre heures par jour* à leurs amis pour leur anniversaire. En poésie, si Tennyson, Whittier et Longfellow sont pour elles les plus grands, bien sûr, elles ont un penchant prononcé pour les œuvres de Mrs. Ella Wheeler Wilcox. Elles rencontrent constamment des gens qui la connaissent, rencontres qu'elles relatent avec fierté. Parmi les humoristes, elles ont une prédilection pour Mr. Ellis Parker Butler.

Les Bonnes Ames ne sont elles-mêmes pas de piètres humoristes. Elles ont à leur actif une série de recettes attestées par le temps pour faire rire les gens et elles les suivent scrupuleusement. Il s'agit surtout de déformer malicieusement et systématiquement certains mots ou expressions. A chaque fois qu'elles prennent congé, elles répètent consciencieusement : « Promenons-nous dans les bois »; « Je ne veux pas entendre de sous-entendus », préviennent-elles, espiègles; et elles ne manquent jamais de parler de « trois fois de fuite ». Selon des rites immuables, ces expressions hilarantes doivent être répétées plusieurs fois pour faire le plus d'effet possible, et elles sont invariablement suivies d'un éclat de rire du locuteur, à qui elles semblent d'une fraîcheur toujours renouvelée.

Le rôle qui convient peut-être le mieux à une Bonne Ame, c'est celui de conseiller. Elle adore prendre les gens à part et avoir avec eux de petites conversations privées, pour leur bien, il va sans dire. Elle pense qu'il faut leur ouvrir les yeux sur les défauts ou les mauvaises habitudes qu'ils ont peut-être inconsciemment contractés. Elle rentre chez elle et rédige de longues lettres compliquées qui débutent invariablement par : « Vous allez sans doute penser que cela ne me regarde pas, mais j'estime que vous devriez vraiment savoir que... » et caetera, et caetera, indéfiniment. Dans son désir d'aider, elle fait irrésistiblement penser à Marcelline qui essaya de façon si vaine et si pathétique d'apporter son concours à l'organisation du cirque et qui attira ainsi tant de malheurs sur son innocente personne.

Les Bonnes Ames seront sans nul doute récompensées au ciel. En ce bas monde, on peut affirmer sans risque de se tromper qu'elles en bavent, selon l'expression familière. Elles sont soumises aux outrages les plus odieux. « Oh, ça ne lui fera rien, c'est une Bonne Ame », disent les gens. Ils s'emploient alors à l'accabler des plus horribles tâches qui soient. Quand une Bonne Ame donne une réception, les gens qui ont accepté d'y assister des semaines à l'avance appellent à la dernière seconde pour se décommander, sans même l'ombre d'une excuse, si ce n'est un engagement contracté ultérieurement. D'autres personnes partent tôt parce qu'elles sont invitées à toutes sortes de réjouissances ; la Bonne Ame, qui n'y est pas conviée, leur dit au revoir avec entrain et, avec un air de regret, elle leur souhaite de passer un bon moment. C'est elle qui prend la place la plus inconfortable dans une voiture, c'est elle qui, en train, voyage dans le sens inverse de la marche ; c'est elle qu'on choisit toujours pour aller solliciter des souscriptions, pour combler des déficits. Les gens lui empruntent son argent, lui volent ses domestiques, perdent ses balles de golf, l'utilisent comme une sorte de garçon de courses, la laissent choir dès que quelque chose de plus intéressant se présente... et font tout cela en répétant leur allègre petite devise : « Oh, ça ne lui fera rien... c'est une Bonne Ame. »

Et c'est exactement le cas... ça ne leur fait jamais rien. Après chaque nouvelle atrocité, elles se sentent plus gaies, plus enclines au pardon et, si possible, plus vertueuses. Rien ne saurait les abattre... les voilà qui reviennent avec leurs petits cadeaux, leurs petits conseils, leurs petites tentatives pour se rendre utiles, brûlant apparemment de se faire maltraiter.

Oui, aucun doute là-dessus : leur récompense les attend dans l'autre monde.

Si seulement elles pouvaient déjà y être !

(Titre original : *The Good Souls*)

LE TRIBUT DE L'ÉCRIVAIN

30 novembre 1929

Il y avait une fois un voyageur qui était allé seul voir le Grand Cañon. Il arriva au bord du précipice juste au moment où le jour se mourait et où de lentes brumes montaient vers le ciel en tournoyant. Il se tenait là et regardait.

Des pas se firent entendre derrière lui... de grands pas, décidés, ceux d'une touriste au pied sûr. Elle arriva jusqu'à notre voyageur et s'arrêta, rayonnant d'une bienveillance naturelle et respirant la bonne humeur chère à Fred Harvey. Elle aussi, elle regarda. Puis un besoin de parler, féminin, vieux comme le monde, s'empara d'elle, et elle fut incapable d'y résister.

— Ça, on peut dire que c'est beau ! dit-elle.

Eh bien, mes amis — car je considère tous ceux qui sont assemblés ici ce soir comme mes amis, et je voudrais que vous me considériez de la même façon —, je me suis sentie un peu comme cette brave dame du Cañon quand votre accueillant journal d'entreprise m'a demandé de dire quelques mots sur Ernest Hemingway. Ça, on peut dire que c'est beau, ce qu'il a écrit !

Car il est tellement clair dans mon esprit que l'auteur de *In Our Time, Men without Women,* et de *l'Adieu aux armes* est de loin le plus grand artiste américain, que c'est la croix et la bannière pour trouver quelque chose de plus compliqué ou de plus nécessaire à dire à son sujet.

Ce n'est pas une mince affaire que d'esquisser une description d'Ernest Hemingway, de l'Écrivain et de l'Homme. Tout d'abord, on hésite à ajouter au fatras de ce qui a déjà été écrit sur lui. Il n'y a probablement aucun autre personnage vivant sur lequel on ait dit ou écrit autant d'inepties. En ce moment, il est de bon ton de brosser le portrait d'une célébrité en mêlant délicatement la manière « anecdotique », à savoir la recherche de toutes les phrases intelligentes que-notre-cher-petit-a-prononcées-dans-son-enfance, et la manière « tendre », ou les souvenirs-fleurant-bon-la-lavande. Ernest Hemingway ne se prête pas du tout à ce style. Il refuse — et pour ma part, je crois qu'il en est incapable — d'exhumer de sa mémoire de jolies anecdotes arachnéennes sur son institutrice préférée, et il ne vous aidera pas dans votre tâche en vous sortant de Bons Mots que vous pourriez immédiatement coucher sur le papier. Il existe bien des anecdotes sur lui, et aussi des choses d'une rare saveur ; et certaines de ses phrases finiront, je pense, par passer dans la légende. Je ne peux toutefois pas vous les citer ici. Je suis désolée, mais je n'ai pas l'impression que nous sommes assez intimes pour cela. Pour vous je resterai Mrs. Parker, si vous n'y voyez pas d'inconvénient.

Il n'empêche que les gens ont envie qu'on leur parle d'Ernest Hemingway. Comme le disaient nos amis avant de laisser retomber leur phrase à plat et de partir dans toutes les directions avec des expressions comme « gestuelle », « bon auteur dramatique » et « littérature américaine », il excite l'imagination. Les gens voulaient tellement qu'il soit le héros d'une saga qu'ils n'ont pas hésité à en fournir eux-mêmes les éléments. Et le résultat est vraiment hilarant.

J'ai entendu dire de lui, aussi bien par des personnes isolées que par tout un groupe, qu'il est si coriace qu'il se fait une règle quotidienne d'envoyer un coup de poing dans la figure de sa veuve de mère ; qu'il dicte sa prose parce qu'il ne sait pas écrire et qu'on la lui relit parce qu'il ne sait pas lire ; qu'il se sent apatride à un tel degré qu'il arrache tous les drapeaux américains qu'il voit flotter en France ; qu'aucune femme n'est en sécurité si elle se trouve à moins d'un kilomètre de lui ; qu'il n'exige pas seulement un prix faramineux pour ses nouvelles mais, en outre, insiste pour arracher l'œil droit de ses éditeurs ; qu'il a été tour à tour épave, cambrioleur de coffres-forts, garçon de ferme ; qu'il est l'idole de la Rive Gauche, et qu'à toute heure du jour et de la nuit on peut le voir attablé au Select, en train de siffler de l'absinthe ; qu'en fait, il déteste tous les sports et qu'il skie, chasse, pêche et combat les taureaux uniquement pour se faire valoir ; qu'une blessure reçue pendant la Grande Guerre serait curieuse, gênante, et ferait inévitablement rire si on la décrivait ; qu'il écrit également sous le nom de Morley Callaghan. Les seules choses qu'on pourrait encore ajouter, c'est qu'il est le Dauphin Égaré, qu'il a été fusillé en tant qu'espion allemand, et qu'il est en réalité une femme qui se déguise en homme. D'ailleurs, ces bruits ne vont sans doute pas tarder à circuler, pendant que nous sommes encore assis ici.

Il est bien difficile, en effet, de ne pas raconter de choses spectaculaires au sujet d'Ernest Hemingway. Les gens ont tellement envie d'en entendre que vous n'avez pas le cœur de les renvoyer les mains vides. Les jeunes femmes, tout particulièrement, attendent, frémissantes, ce type d'informations. (Parfois, je me dis que la large diffusion de cette photographie sur laquelle il sourit et porte une casquette inclinée sur le côté et une chemise ouverte sur un pull sombre a peut-être été une erreur.)

— Oh! disent-elles. Vous connaissez Ernest Hemingway? Oh, j'adorerais faire sa connaissance! Oh, dites-moi comment il est!

Eh bien, je vous avais prévenus que cette tâche était au-dessus de mes forces. Ernest Hemingway est un peu — mais pas complètement — comme ça :

Il connaît le pire et le meilleur de l'existence, je dirai ; il fait plusieurs fois par jour l'expérience de l'un et de l'autre. Il a un nombre incalculable d'intérêts dans la vie et il est capable d'une concentration passionnée. Tout ce qu'il fait, il le fait jusqu'au bout. Son énergie est d'une capacité prodigieuse. Il possède une telle réserve d'aptitude au plaisir qu'il peut en distribuer largement autour de lui sans que cela lui manque. Je ne peux pas vous dire autre chose, sinon qu'il peut très bien vous emmener voir une course cycliste et vous faire dresser les cheveux sur la tête.

Il a un peu plus de trente ans, il pèse environ quatre-vingt-dix kilos, et il est même mieux que sur cette fameuse photo. Il fait un tel effet aux femmes qu'elles veulent immédiatement le faire empailler pour l'emporter chez elles. Dieu lui vienne en aide si jamais il s'installe à New York et qu'on le montre aux femmes de théâtre, de lettres, de salons et des faubourgs, ces dames aux dents acérées qui peuplent les réunions bohèmes. Il est sensible aux flatteries, et ensuite, il n'arrive plus à se dépêtrer du flatteur. Il est affligé d'une maladie tenace en présence de femmes dont le mariage est malheureux et qui s'intéressent à l'Art.

Son père était médecin dans le Middle West. Je suis incapable de dire quoi que ce soit sur son éducation — il a probablement beaucoup lu. En tout cas, il est parti de chez lui à un âge quelque peu inférieur à ce que l'on appelle généralement l'âge tendre, avec en tête l'idée, prestigieuse pour lui, de devenir boxeur. (Il était un mauvais professionnel, ce qui fait qu'il est maintenant un bon amateur.) Il s'est ensuite débrouillé pour devenir reporter, et il est allé en Europe. A ce moment-là, la guerre est arrivée, et il s'est retrouvé dans l'Armée italienne. Il a été plusieurs fois grièvement blessé et il est condamné à porter à vie une rotule d'aluminium. Il a obtenu des médailles ; ça le rend malade qu'on lui demande en quelle occasion. Il n'aime pas parler de la guerre, surtout si c'est vous qui essayez de l'amener sur ce sujet.

Chaque année, il passe quelque temps à Paris, et c'est ainsi qu'il a commencé à écrire des histoires d'expatriés. Sa femme et lui vivent ainsi parce que ça leur plaît et parce que leur loyer n'est pas élevé. (Il ne gagne pas beaucoup d'argent... pas même la moitié de ce que vous gagnez.) Ils ne participent pas à la vie de danses et de drogues douces de la capitale française. Leur appartement n'a pas de téléphone ; et tout rendez-vous pris par télégramme, lettre ou oralement, plusieurs jours à l'avance, met Mr. Hemingway dans tous ses états. Il déteste en effet tout ce qui est fixé à l'avance, bon ou mauvais. C'est là qu'il écrit, la plupart du temps au lit, et il lit des livres dans lesquels il y a beaucoup d'action, les romans d'Alexandre Dumas, et des livres, des livres et des livres sur les Croisades.

Quand les Hemingway viennent aux États-Unis, ils n'habitent pas dans une grande ville. Leur bébé est né dans l'Arkansas, et ils ont passé l'hiver dernier sur l'île de Key West, à faire de la pêche sous-marine, ce qui leur procurait la plus grande partie de leur nourriture. Hemingway évite New York, car il possède l'atout le plus précieux pour un artiste : la peur de ce qu'il sait être mauvais pour lui. On ne peut pas arriver à l'imbriquer dans le puzzle de la vie new-yorkaise. Boire, ça il le fait, il l'a fait et il le fera encore, mais il n'est pas du genre à aimer les boîtes de nuit et il lui est virtuellement impossible de parler avec aisance. Son esprit refuse de considérer l'idée de participer à un thé littéraire ou d'aller passer une soirée à jouer à des jeux de société. Non que son ambition soit tournée vers la rive nord de Long Island. Un jour, je l'ai entendu dire : « Prenez un écrivain, grattez un peu et vous découvrirez quelqu'un qui veut s'élever dans l'échelle sociale. » Mais personne, y compris lui-même, ne peut être d'accord avec ça s'il se rappelle qu'Hemingway est écrivain.

Avec, peut-être, Ring Lardner, c'est, parmi les auteurs que je connais, celui qui ressemble le moins à l'image de l'écrivain que l'on trouve dans les romans. Avec lui, il n'est pas question de l'excitation de la création, du besoin de s'exprimer, ni même du plaisir à tisser une intrigue. Il travaille comme un damné et c'est pour lui un enfer. Rien ne lui vient facilement. Il lutte, écrit un mot, le raye, et recommence depuis le début. Il considère son art comme un travail ingrat et difficile, et n'a aucun espoir d'arriver à le faire dans de meilleures conditions. Il écoute, avec l'expression d'un orphelin en guenilles devant la vitrine d'un boulanger, ce que racontent les gens de lettres sur la nécessité d'un environnement calme et plaisant et sur l'utilisation de procédés coûteux pour faciliter la création. Un jour, il a entendu l'odyssée d'un écrivain américain très prisé, le récit de ses fuites incessantes et vaines vers les points luxueux et pourtant cachés du globe, à la recherche de ce qu'il appelait « un bon endroit pour travailler ».

« Le seul bon endroit pour travailler, c'est votre tête... » a dit Ernest Hemingway en prononçant un certain nom.

Il a remanié soixante-dix fois les dernières pages de *l'Adieu aux armes.* Il ne pensait jamais pouvoir en être un jour satisfait. Il espérait simplement que les mots finiraient par se rapprocher un peu plus de ce qu'il voulait dire. La pile des feuillets gribouillés formait un manuscrit impressionnant. Soixante-dix fois... « Je suppose qu'on trouvera que la fin est bâclée », a-t-il remarqué.

Il est excessivement sensible aux critiques, peut-être parce que son œuvre a engendré des spécimens qui devraient être conservés dans de l'alcool. L'*American Mercury* traita *In Our Time* d'« esquisses impudentes et inintéressantes, dans le genre de ce qui se fait au Café du Dôme ». Un certain jeune monsieur qui se consacrait aux belles-lettres avoua avec une sorte de fierté amusée — dans les colonnes d'un journal qui se consacrait également aux belles-lettres — qu'il n'était absolument pas capable de comprendre certaines nouvelles de *Men without Women*. Un autre jeune monsieur, qui occupa à un moment donné le siège du rédacteur en chef d'un journal culturel maintenant défunt, chercha à former le goût du public américain ; on lui avait montré quelques œuvres d'Hemingway, qui n'étaient pas encore publiées aux États-Unis, il les refusa en déclarant : « J'ai entendu dire qu'il avait été reporter... dites-lui de continuer à faire du journalisme et de ne pas essayer d'écrire. »

Au moment où j'écris ceci, les critiques de *l'Adieu aux armes* ne sont pas encore parvenues à Hemingway à Paris. Toutes celles qui ont été rédigées par les grands critiques, comme on les appelle, pourront bien être louangeuses, sérieuses et intelligentes, je ne crois pas me tromper en affirmant que s'il y a parmi elles un minuscule entrefilet proclamant que Miss Harriet McBlease, qui rédige la rubrique « Un coup d'œil sur les livres » de l'*Observer-Companion* de Middletown, ne trouve pas le nouveau roman d'Hemingway à son goût, ce sera celui-ci que notre héros choisira pour broyer du noir...

Hemingway est capable d'une tendresse immense, irraisonnée et aveugle. Il est agréable de lire sur la jaquette d'un roman publié récemment qu'il est devenu « un Hemingway compatissant » et on s'empresse de le féliciter d'avoir changé en bien ; mais le personnage d'origine s'est montré compatissant depuis le début. Comme c'est toujours le cas, les gens sur lesquels il s'apitoie lui grignotent une bonne partie de son temps. Il est beaucoup plus prodigue de compassion que d'amitié. Son amitié, il ne l'accorde qu'à peu de gens, et avec quelque réticence, comme s'il s'attendait à être trahi. Mais une fois que vous l'avez gagnée, elle est solide et ni la négligence ni les abus ne peuvent l'entamer.

Bon... je vous avais dit que c'était au-dessus de mes forces. Ernest Hemingway n'est pas uniquement comme ça non plus.

D'après mon expérience, les questions ne se referment jamais sur le « Comment est-il ? ». On en pose toujours une dernière, à voix délicatement basse et pourtant légèrement frémissante : « Est-ce qu'il parle comme il écrit ? »

Oui, il parle comme il écrit. En fait, plus qu'on ne saurait le dire. Mais comment savez-vous à quoi ressemble ce qu'il écrit quand vous ne remarquez que les grossièretés ? (Du moins, c'est ce que j'ai toujours envie de répondre et je le ferai peut-être un jour.)

Il y a quelque chose de curieux avec Ernest Hemingway. Quelqu'un — le public, la ville de Boston, un rédacteur de jaquettes, un critique, bref, quelqu'un — a rendu son nom synonyme de blasphème généreusement assaisonné d'obscénité. Ils l'ont lu et, avec un petit coup de coude et un rire sous cape, ils lui ont réglé son compte.

Le titre de cet article intéressant est tiré, sans en avoir demandé la permission, d'une lettre qu'Ernest Hemingway a écrite à son ami, Scott Fitzgerald. « Je suis actuellement dans un état de dépression qui consiste à lire et à relire ce qu'on a écrit, à tel point qu'on est incapable de dire si c'est bon ou mauvais.

C'est ce qu'on appelle le tribut de l'écrivain », écrit-il.

Et Mr. Hemingway a remporté un autre prix, tout aussi réconfortant, pour son dur labeur. Il a pu avoir la satisfaction de constater qu'on qualifiait de « nouvel Hemingway » tout écrivain employant le mot « bâtard ».

Il y a encore quelque chose que je n'ai pas dit à son sujet, car je ne suis pas une rapide. Il a une telle bravoure que je n'ai pas encore eu le privilège d'en constater une semblable. Et je ne suis pas du genre à décerner des médailles aux représentants du sexe opposé. Il a connu la souffrance, la maladie, et cette sorte de pauvreté qu'on a du mal à s'imaginer — celle qui s'accompagne de faim véritable. Il a eu au moins huit fois plus de responsabilités à prendre que la plupart des gens. Et jamais il n'a fait de compromis. Il n'a jamais été tenté d'emprunter un chemin plus facile que celui qu'il s'était tracé. Cela demande du courage.

Voilà qui m'amène au point où je voulais en venir depuis le début : la définition du courage que donne Ernest Hemingway, cette définition qui, à mon sens, fait paraître bien clinquante la formule de Barrie : « Le courage, c'est l'immortalité. » Mr. Hemingway n'a pas utilisé le terme « courage ». Ayant toujours préféré l'euphémisme, il parlait d'« avoir du cran » et il attribuait cette qualité à un ami absent.

— Attendez une minute, lui a dit quelqu'un, car il s'agissait d'une de ces soirées consacrées à discuter âprement. Qu'est-ce que vous entendez exactement par « cran » ?

— Faire preuve d'élégance dans les situations critiques, a dit Ernest Hemingway.

Cette élégance, elle est sienne. Les situations critiques, je suppose qu'elles sont offertes en prime avec le Tribut de l'Écrivain.

(Titre original : *The Artist's Reward*)

LE SIÈGE DE MADRID

23 novembre 1937

Tout d'abord, je voudrais dire que je ne suis pas allée en Espagne dans le but de défendre une cause personnelle. Personne ne m'avait chargée d'un message et je ne devais aller voir personne. Je ne suis membre d'aucun parti politique. Le seul groupe auquel j'ai jamais été affiliée, c'est cette petite bande qui n'est pas spécialement courageuse et qui cache la sensibilité de son cœur et l'indigence de son esprit sous le voile démodé du sens de l'humour. J'ai entendu dire, et j'ai moi-même répété, que le ridicule était une arme d'une redoutable efficacité. Je ne crois pas y avoir vraiment ajouté foi, mais c'était facile et rassurant de le proclamer. Mais maintenant, je sais. Je sais qu'il y a des choses qui n'ont jamais été amusantes et qui ne le seront jamais. Et je sais que le ridicule peut être un bouclier, mais qu'il n'est pas une arme.

J'étais déconcertée, comme vous, peut-être, par la situation en Espagne. Je lisais dans nos grands quotidiens qu'il y avait là-bas la guerre civile et que les factions rivales étaient gentiment divisées en Rouges et en Blancs, comme les pièces d'un jeu d'échecs. Même moi, je pouvais me rendre compte que quelque chose n'allait pas dès lors que les Maures s'employaient à défendre la Chrétienté. Depuis que je suis ici, j'ai entendu parler les gens dans la rue. Il n'y en a pas beaucoup qui parlent de « guerre ». Ils utilisent le terme « invasion ». Il convient beaucoup mieux.

Dans le monde entier, il ne peut pas y avoir de ville comparable à Madrid. Elle est en état de siège depuis presque un an. En lisant une description de villes assiégées au Moyen Age, vous vous dites ça devait vraiment être horrible, Dieu merci, ça ne se produit plus de nos jours. Ça s'est produit à Madrid et ça continue. Dans une ville qui est aussi grande, aussi belle et aussi moderne que Washington.

D'après les dépêches, il ne se passe pas grand-chose sur le front de Madrid en ce moment — il y a très peu d'activité. C'est ce qu'on appelle une accalmie. Mais toute la journée, on entend tirer, et cela va des coups de canon assourdis au caquetage énervant des pistolets-mitrailleurs. On sait aussi que ceux qui tirent ne le font plus à seule fin de s'exercer. Quand on entend des coups de feu, ça veut dire des gens aveuglés, du sang et la mort.

Pourtant, il y a foule dans les rues, les magasins sont ouverts et les gens vaquent à leurs occupations quotidiennes. Il n'y a ni tension ni hystérie. Ce qui les soutient, ce n'est pas un moral que l'on crée, que l'on entretient et que l'on manipule, c'est le courage sûr et tenace de ceux qui savent pourquoi ils se battent, qui savent qu'ils doivent gagner.

Malgré toutes les évacuations de population, il reste encore près d'un million de personnes ici. Certaines d'entre elles — vous réagiriez peut-être comme ça vous-même — ne veulent pas abandonner leur maison, leurs possessions, toutes les choses qu'elles ont amassées au fil des ans. Elles ne dramatisent pas du tout. Simplement, elles ne peuvent pas concevoir une vie autre que celle qu'elles s'étaient préparée. Hier, j'ai vu une femme qui habite le quartier le plus pauvre de Madrid. Il a été bombardé deux fois par les fascistes. La maison de cette femme est l'une des rares qui tiennent encore debout. Elle a sept enfants. On lui a souvent conseillé de quitter Madrid avec ses enfants pour aller vivre dans un endroit moins dangereux. Paisiblement, fermement, elle rejette cette idée. Toutes les six semaines, dit-elle, son mari, qui est au front, a une permission de quarante-huit heures. Il a naturellement envie de voir sa femme et ses enfants. Tout comme chacun de ses sept enfants, elle est calme, résolue et souriante. C'est là une famille madrilène typique.

Il y a encore cinquante mille bébés ici. La nourriture est rare et les produits laitiers ne sont presque plus qu'un souvenir. Mais dans toute la ville, le gouvernement républicain a des postes où une mère peut obtenir régulièrement, et immédiatement, du lait, des œufs et des céréales pour son bébé. Si elle a un peu d'argent, elle peut les acheter au prix coûtant. Si elle n'en a pas, on les lui distribue gratuitement. Les médecins disent que les petits enfants de Madrid sont mieux nourris qu'ils ne l'étaient dans le passé.

Les enfants plus grands jouent dans les rues, aussi joyeux et bruyants que les enfants d'Amérique. Plus précisément, ils jouent après l'école. Car pendant que la ville est assiégée, là, sous les obus, l'instruction continue dans l'Espagne républicaine. Je ne sais pas où on peut voir quelque chose de plus beau.

Il y a six ans, quand Alphonse XIII, expert royal en batifolage, a abandonné ses voitures et ses chevaux de course, ainsi qu'à la demande du peuple, son pays, il restait vingt-huit millions d'habitants. Parmi eux, douze millions étaient complètement analphabètes. On raconte qu'Alphonse avait, quant à lui, appris à lire et à écrire, mais il n'avait pas pris la peine de pousser l'exploit jusqu'à lire des statistiques ou signer des arrêtés d'ouverture d'écoles.

Il y a six ans, presque la moitié de la population de ce pays était analphabète. La première chose que fit le gouvernement républicain fut de reconnaître cette soif désespérée d'instruction. Maintenant, il y a des écoles même dans les villages les plus minuscules et les plus pauvres. On a créé plus d'écoles en un an que pendant toute la royauté. Et tous les jours, on en ouvre encore de nouvelles. J'ai vu une ville qui avait été bombardée pendant la nuit, et le lendemain matin, les gens se levaient pour aller achever la construction de leurs écoles. Ici, à Madrid, de même qu'à Valence, il existe un institut pour les travailleurs. C'est une université, mais pas le genre d'universités où vont de riches jeunes gens à seule fin de rencontrer d'autres riches jeunes gens qui pourront leur être utiles plus tard dans les affaires. C'est une université où ceux qui ont dû commencer à travailler dans les champs et les usines dès l'enfance peuvent étudier pour devenir professeurs, médecins, avocats ou scientifiques, selon leurs talents. Ils suivent une formation intensive de deux ans. Et pendant qu'ils étudient, le gouvernement verse à leurs familles l'argent qu'ils auraient gagné s'ils avaient travaillé.

Dans les écoles primaires, il n'existe pas cette horrible chose dont on parle tant, la perte de l'identité. Chaque enfant reçoit, aux frais du gouvernement, une éducation aussi moderne et adaptée à sa personnalité qu'un enfant américain privilégié qui va dans ces écoles instituées pour développer les potentialités de chacun. Ce que le gouvernement républicain espagnol a réalisé en matière d'éducation serait déjà une magnifique réussite en temps de paix, quand l'argent arrive facilement et que les ressources ne sont pas comptées. Mais ces gens le font sous les balles...

Le gouvernement s'occupe également des victimes de guerre. Il y a un million d'enfants réfugiés en Espagne. Un million est un nombre qu'on dit facilement. Mais vous rendez-vous compte de ce qu'il signifie ? Trois cent mille sont placés dans des familles et sept cent mille se trouvent dans des colonies d'enfants. Quand ce sera possible, le gouvernement désire les regrouper tous dans ces colonies. J'espère que ce sera le cas, parce que j'ai vu certaines de ces colonies. Elles n'ont rien d'une assistance publique terrifiante. Je n'ai jamais vu des enfants plus épanouis. Ils grandissent dans la liberté et le bonheur. Une colonie était située dans une ville balnéaire, près de Valence. Il y avait soixante enfants, de quatre à quatorze ans, qui allaient en classe à Madrid. Et les avions des fascistes avaient bombardé leur école.

C'était incroyable de voir tant de ces enfants dessiner, et bien dessiner... et c'était encourageant de constater à quel point leurs professeurs les aidaient à développer leur talent. Quand ils étaient arrivés à la colonie, les enfants ne dessinaient que ce qu'ils ressentaient profondément, ce qu'ils connaissaient bien — avions, bombes en train d'exploser, maisons en flammes. On voyait à la perfection terrifiante des détails qu'ils possédaient bien leur sujet. Maintenant, ils dessinent des fleurs, des pommes, des bateaux à voile et des petites maisons avec de la fumée qui s'échappe de la cheminée. Maintenant, ils sont vraiment des enfants.

Et à quelques kilomètres, les avions des fascistes survolent Valence et lâchent leurs bombes. Il y aura donc davantage d'enfants qui dessineront des avions, des flammes et des fragments de corps projetés en l'air. Si toutefois il reste encore des enfants.

Je suis incapable d'introduire une agréable variété dans ce thème. Je ne peux pas vous rapporter d'amusantes anecdotes que les braves petits gars se racontent dans les tranchées. Je ne pense pas qu'il y en ait. Les hommes qui luttent pour l'Espagne républicaine, ces hommes qui, en moins d'un an, sont passés d'une troupe portant bleu de travail ou fourche à une armée formidablement disciplinée, ne sont pas une bande d'agneaux pathétiquement perdus, ne sachant pas sur quel front ils combattent et qui est de chaque côté. Ce sont des hommes réfléchis, qui savent ce qu'ils font et ce qu'ils doivent continuer à faire.

Ils ne se battent pas seulement pour défendre leur vie. Ils se battent pour pouvoir la vivre, pour donner une chance à leurs enfants, pour que l'avenir soit décent et pacifique.

Leur lutte est certainement la chose la plus importante de notre époque, mais elle n'a rien de spectaculaire. Ce n'est pas une guerre conduite avec gaieté et élégance, avec fanfares et bannières flottant au vent. Ces hommes n'ont nul besoin de tels soutiens. Ce ne sont pas des aventuriers prestigieux, ce ne sont pas des jeunes gens turbulents plongés dans le chaos. Je ne crois pas qu'il y aura une « génération perdue »[1] après cette guerre.

Mais moi, en tant que spectatrice, je suis déconcertée. Pendant que j'étais à Valence, les fascistes ont fait quatre raids aériens. Si vous devez en subir un, il vaut mieux pour vous qu'il se produise la nuit. Tout paraît alors irréel, presque beau, on dirait un ballet entre le tourbillon des appareils et les grandes trouées blanches des projecteurs. Mais quand un raid se passe le jour, alors vous pouvez voir l'expression des gens, et ce n'est plus irréel du tout. Vous voyez une terrible résignation sur les visages des vieilles femmes et vous voyez les petits enfants fous de terreur.

A Valence, dimanche dernier, par une belle et éclatante matinée dominicale, cinq avions allemands sont arrivés et ont bombardé le quartier du port. C'est un quartier pauvre, dans lequel habitent les dockers, et comme tous les quartiers pauvres, il est surpeuplé. Une fois que les avions ont eu lâché leurs bombes, il n'est pas resté grand-chose des maisons où avaient habité tant de familles. Il y avait un très vieil homme qui abordait tous ceux qu'il voyait pour demander je vous en prie, vous n'avez pas vu ma femme, je vous en prie, vous ne pouvez pas me dire où est ma femme. Il y avait deux petites filles qui

---

1. Allusion à la « Lost Generation », la jeunesse américaine d'après-guerre (la Première Guerre mondiale), dont le représentant le plus célèbre fut Scott Fitzgerald. *(N.d.T.)*

avaient vu leur père se faire tuer sous leurs yeux et essayaient de se faufiler, à l'insu des gardes, dans les maisons qui étaient encore en train de s'écrouler, pour tenter de retrouver leur mère. Il y avait un immense tas de moellons et, sur le dessus, une poupée cassée et un chaton mort. C'était vraiment du beau travail. C'étaient là des ennemis impitoyables du fascisme.

J'ai vu les fermes à l'extérieur de Valence, les jolies fermes vertes et tranquilles. Le sol y est si fertile, depuis que le gouvernement a fait des travaux d'irrigation, qu'il donne trois récoltes par an ; si hospitalier, que les oranges, les haricots, les pommes de terre, le maïs et les grenades y poussent dans un même champ. J'ai vu les gens de la campagne et de la ville désirer uniquement continuer à vivre, désirer uniquement assurer l'avenir de leurs enfants. Ils ne demandent pas plus que ce que vous avez, ce sont des gens comme vous, ils veulent se lever de table et aller se coucher, pour pouvoir se réveiller par une matinée tranquille et envoyer leurs enfants à l'école. Ils ne pensent pas à accumuler de l'argent. Ils veulent faire leur travail dans la paix et le respect d'eux-mêmes. Ils veulent les mêmes choses que celles que vous avez — ils veulent vivre en démocratie. Ils lutteront pour y arriver, et ils gagneront.

Mais pour l'instant, ça vous rend malade d'y penser. De penser que ces gens, qui se sont arrachés à des siècles d'oppression et d'exploitation, ne peuvent pas avoir droit à une vie décente, à la paix, au progrès et à la civilisation, sans que leurs enfants soient assassinés, que leurs idées soient contrecarrées, parce que deux hommes, je dis bien deux hommes, veulent plus de pouvoir. C'est incroyable, c'est fantastique, ça passe absolument l'entendement... mais c'est vrai.

(Titre original : *The Siege of Madrid*)

LA PÉRIODE BLEUE

Décembre 1944

Qu'est-ce qu'il fallait que je me rappelle à la minute même où j'ouvrirais l'œil ? Je sais que c'était quelque chose d'horrible. Pas horrible tout court, non, c'était la qualité supérieure dans l'horrible, l'horrible fourré aux raisins. Ah, j'y suis. Mon anniversaire. Voici l'anneau cosmique revenu au point où il était le jour de ma naissance. Dieu sait que je m'en serais bien passée. J'en avais autant besoin que d'un trou dans la tête. J'en ai déjà eu bien assez dans ma vie.

Bon. On ne peut rien y faire. Joyeux anniversaire, ma chérie, qu'il soit suivi de beaucoup d'autres. Ça te fait rire, hein ? Bravo, voilà qui est déjà mieux. Mais que viennent faire ces larmes salées sur ta joue, en ce jour de fête, de *ta* fête ? C'est la fiesta. Regarde, le vin coule des fontaines, et déjà on danse sur la place. Allez, une chanson, une chanson ! Joyeux anniversaire, joyeux anniversaire, joyeux anniversaire, pauvre bougresse, joyeux anniversaire !

Voilà qui va t'achever, ma petite, ça, tu le sais. Cette année de plus va être le coup de grâce. Tu as dit adieu à la quarantaine pour la dixième et dernière fois. Rends-toi à l'évidence, ma petite. Et vlan dans les gencives, ma petite. Entre guillemets, petite.

Ça t'a bien avancée, d'essayer de mentir sur ton âge. Le plus que tu pouvais retirer de façon crédible, c'étaient deux ou trois ans, et que sont deux ou trois tertres de sable de plus dans un archipel ? Peut-être que si tu t'étais installée dans une ville étrangère, si tu avais laissé entendre que tu y avais mené une vie terriblement tragique, passée en grande partie sous les tropiques, tu aurais pu soustraire un nombre d'années conséquent.

Non, tu n'aurais pas pu le faire. Même si cette ville étrangère était Trébizonde, tu aurais rencontré là-bas quelqu'un qui allait en classe avec toi. Elles sillonnent le monde entier, tes copines d'école ; il ne doit plus rester une seule âme à Upper Montclair[1]. Ferme les yeux et pose le doigt n'importe où sur une mappemonde, et quel que soit l'endroit que tu toucheras, terre ou mer, il y aura là quelqu'un qui était en classe avec toi. C'est vraiment invraisemblable que quatorze sales petites gamines puissent avoir pris un tel envol.

Même chez toi, tu n'en es pas à l'abri. Mets-toi sur ton trente et un et sors devant ta porte, dans la tendre lumière, toute prête à signer « Amicalement, Katharine Hepburn » dans n'importe quelle collection d'autographes qu'on te tendra, et là, prête à fondre sur toi, il y en aura une qui était assise à côté de toi à l'Académie Jackson Whites, où on avait le privilège de pouvoir manger avec ses doigts, ce que

---

1. Ville du New Jersey. *(N.d.T.)*

tu aurais apparemment fait dans ta jeunesse. Rien qu'à leur allure, l'allure des condamnés que les gardiens de prison assistent pour leur dernier parcours, tu es capable de reconnaître tes anciennes camarades à au moins cent mètres. Il y a également d'autres points de repère : les cheveux qui ressemblent à des cendres qui volent, la bouche en fer à cheval avec la chance qui a bavé, et l'air d'être toujours, même par un temps radieux, habillée comme s'il allait pleuvoir à verse. Oh, Seigneur ! Peut-être que tu leur fais cet effet-là, toi aussi. Non, non, bien sûr que non, voyons. Ça suffit. Tu n'es pas comme ça, tu n'es pas comme ça, tu n'es pas comme ça.

Tu sais parfaitement qu'elles ont cet air-là parce qu'elles l'ont toujours eu et que les années n'ont rien à voir là-dedans. Les années ne sont que des vêtements ; on peut les porter avec style toute sa vie ou marcher vers sa tombe mal fagotée. Et les années qu'on va t'octroyer vont être les plus jolies, les plus seyantes de toutes. Tu ne peux pas arriver à te mettre ça dans la tête, pauvre gourde ? Oh, avec quelle gratitude tu repenseras à ce jour ! Tu y repenseras comme à une arche délicate que tu as franchie pour gagner le jardin enchanté. Évidemment. Tu sais ce qui se passe aujourd'hui ? Le plus bel anniversaire de ta vie est arrivé, comme dit Mlle Rossetti. Si tu avais un peu de jugeote, ton cœur serait à l'image d'un oiseau qui chante alors qu'il a fait son nid dans une gouttière trempée. (Chère Christina Rossetti, nous apprenons la poésie anglaise en classe et je vous ai choisie comme sujet de ma rédaction. Pouvez-vous, je vous prie, m'indiquer quelques faits intéressants sur vous que vous

vous rappelleriez, et me dire comment vous en êtes arrivée à faire de la poésie, et puis aussi comment se sent un oiseau qui a fait son nid dans une gouttière trempée.) Bon, très bien, tu as un cœur d'oiseau trempé, puisque tu insistes. Mais tu n'es pas obligée d'y penser toute la journée. Tu pourrais au moins avoir la décence de montrer un petit peu d'enthousiasme. Écoute, tu as maintenant tous les atouts dans ton jeu. Dorénavant, tout va bien se passer pour toi. Tu vas avoir tout ce que tu n'avais encore jamais pu avoir : la tranquillité, le mérite, la raison d'être et le respect. Tu vas passer le meilleur moment de ta vie. Oh, tu vas adorer ça. Franchement, ça va être bien. Je t'assure.

Bon, d'accord. Voici venir un certain âge. Tu as hésité pendant au moins dix ans. Enlève ton pied de la porte et entre... Non... S'il te plaît, attends une minute... S'il te plaît, juste une minute... Je n'arrive pas vraiment à...

C'est cette expression d'un certain âge, d'entre deux âges, cette notion d'intermédiaire qui est déprimante. Être à mi-chemin, faire partie de la classe moyenne, être entre deux âges, quelle horreur. Si seulement on pouvait sauter ces lugubres décennies pour atteindre tout de suite un nombre respectable. Soixante-dix ans, c'est déjà beaucoup plus chic, quatre-vingts, ça ne manque pas d'élégance.

Les gens devraient être soit jeunes, soit vieux. Non, à quoi ça sert de se raconter des histoires ? Les gens devraient être soit jeunes, soit morts.

Bon, tu vas affronter ça en brave petit soldat, pas vrai ? D'ailleurs, qu'y a-t-il donc à affronter, pour l'amour du Ciel ? Si tu n'avais pas arraché les pages du calendrier hier soir, tu ne te serais aperçue de rien.

En un jour, tu ne peux pas avoir pris plus de vingt-quatre heures. C'est seulement que tu n'as vraiment pas de chance d'avoir cet âge-là alors que dans ta tête tu ne t'es jamais sentie plus intéressante.

Intérieurement, tu es exactement la même qu'il y a quinze, vingt ans (je pourrais même aller jusqu'à trente, mais aucun gentleman, je suppose, n'aurait la goujaterie de me demander de le faire). La seule différence notable, c'est que tu as tendance à croire que tes amies ont plusieurs années de plus que ce qu'elles annoncent, et que tu as envie de considérer soixante ans comme l'âge nubile. Bon, il y a certains petits changements extérieurs auxquels tu pourrais procéder, si tu y tiens. Tu pourrais, par exemple, te débarrasser de ce chapeau orné de fleurs de pommier; une pauvre gamine serait heureuse de le mettre pour aller au catéchisme. Et puis le moment est peut-être venu de reconnaître la défaite et de cesser de te faire faire des robes d'une taille au-dessus de la tienne pour pouvoir continuer à les porter en grandissant.

Prends les choses du bon côté, c'est tout ce qu'il te reste à faire. Ne lutte pas. Tu es la seule à être passionnément intéressée par ton âge; les autres ont leurs propres problèmes. Le sujet ne sera probablement jamais abordé, à moins que tu ne le cherches. Après tout, combien de fois est-ce que le discours d'inauguration du président McKinley surgit dans une conversation courante?

Quelle conduite lamentable! Voilà que les meilleures années de ta vie s'ouvrent devant toi, comme un éventail richement décoré, et tu es là à faire la tête. Regarde les femmes qui sont devenues célèbres bien après... l'épanouissement, dirons-nous. Regarde Ninon de Lenclos. Non, ne t'écarte pas du sujet en pensant à toutes les pauvres femmes qui ont cherché à se remonter le moral en regardant Ninon de Lenclos. Contente-toi de fixer ton attention sur Ninon de Lenclos et tu ne risqueras rien. Ce qu'une femme a fait, une femme peut le refaire. Et continue à imaginer ce qui est devant toi : amis, travail, échanges intéressants, rires. Et pourquoi pas une série d'aventures empreintes d'une certaine noblesse ? Il n'est pas impossible qu'on te demande d'entrer dans la danse. Pour l'amour de Dieu, il doit bien y avoir quelqu'un, quelque part, qui a lu la lettre à un jeune homme, de Benjamin Franklin !

Le chemin qui t'attend est si doux, si aimable. Tu ne risques plus de te rendre ridicule ; tu as réuni tous les éléments du puzzle. Plus d'erreurs, tu les as déjà toutes faites. Pour toi, il n'y a plus que facilité, accomplissement, tendresse. Et tu n'as rien fait pour les mériter. Ils te sont offerts pour le plus joyeux de tes anniversaires.

Oh, viens, période d'entre deux âges, viens, viens ! Approche-toi de moi, donne-moi la main, laisse-moi te regarder en face... Oh... C'est à ça que tu ressembles ?... Oh, mon Dieu, aidez-moi... aidez-moi...

(Titre original : *The Middle or Blue Period*)

TABLE DES MATIÈRES

Note de l'éditeur	7
Les heures blêmes	9
Une question de standing	19
Encore un tout petit...	29
Mrs. Hofstadter, qui habite Josephine Street...	36
La valse	51
Soldats de la République	59
Le dernier thé	67
Journal d'une New-Yorkaise	74
Cousin Larry	81
Haute couture	90
Lolita	104
La jolie permission	119
La gloire en plein jour	143
Le cœur qui fond	166
Je ne vis que par tes visites	180
La foudre narguée	196
L'héritage de Whistler	228
La jeune femme en dentelle verte	233
Dialogue à trois heures du matin	242

QUATRE ARTICLES (1919 - 1929 - 1937 - 1944) 247

Les bonnes âmes 249
Le tribut de l'écrivain 259
Le siège de Madrid..................... 270
La période bleue 279

ACHEVÉ D'IMPRIMER SUR LES PRESSES
DE COX & WYMAN LTD. (ANGLETERRE)

N° d'éditeur : 2143
Dépôt légal : janvier 1992
Nouveau tirage : juin 1994
Imprimé en Angleterre